QUATRE OU DOUBLE

DU MÊME AUTEUR
CHEZ POCKET

DEUX FOIS N'EST PAS COUTUME
LA PRIME
À LA UNE, À LA DEUX, À LA MORT

JANET EVANOVICH

QUATRE OU DOUBLE

Traduit de l'américain
par Philippe Loubat-Delranc

PAYOT SUSPENSE

Titre original :
FOUR TO SCORE

ISBN : 2-266-10267-2

1

Vivre à Trenton en juillet, c'est comme vivre dans un immense four à pizza. Chaud, étouffant, aromatique.

Comme je ne voulais me refuser aucun des plaisirs de l'été, j'avais ouvert le toit de ma Honda CRX. Mes cheveux bruns et frisés étaient noués en une queue-de-cheval livrée aux caprices du vent. Le soleil me cuisait le haut du crâne, et je sentais des gouttes de sueur rouler sous mon soutien-gorge noir en Lycra. Je portais un short assorti et un polo sans manches trop grand pour moi sponsorisant l'équipe de base-ball locale : les Thunders. C'était une supertenue, sauf que je n'avais trouvé aucun endroit où enfoncer mon .38 – ce qui voulait dire que j'allais devoir emprunter un revolver pour tuer mon cousin Vinnie.

Je me garai juste devant son agence de cautionnement judiciaire, bondis hors de ma voiture, traversai le trottoir en deux enjambées et poussai la porte du bureau.

— Ho-ho, fit Lula de derrière le classeur métallique. Alerte mode rhinocéros.

Lula est une prostituée en retraite anticipée qui aide à faire du classement et qui, de temps en temps, me donne un coup de main pour arrêter un fugitif. Si Lula était une voiture, elle serait une grosse Packard 53 noire avec une grille de radiateur gris métallisé, des phares

« hénaurmes » et un tigre dans son moteur. Trop de masse musculaire pour tenir dans une Mini.

Connie Rosolli, la secrétaire de direction, prit appui sur son bureau et poussa sa chaise en arrière. Cette pièce sur rue, c'est son royaume. C'est là que les amis et les parents des mauvais garçons viennent faire la mendicité. Claquemuré dans son bureau du fond, mon cousin Vinnie se paluche et bavarde avec son bookmaker à longueur de journée.

— Salut, me dit Connie. Je sais ce qui te tracasse, et je n'y suis pour rien. Moi, à ta place, je lui ferais faire le tour du pâté de maisons à coups de pied au derrière, à ton pervers de cousin !

Je repoussai la mèche de cheveux rebelle qui me barrait le visage.

— Des coups de pied, ce serait trop gentil. Je crois que je vais le buter.

— Vas-y, fonce ! m'encouragea Lula.

— Ouais, c'est ça, approuva Connie. Bute-le.

— T'as besoin d'un flingue ? me demanda Lula en avisant ma tenue. J'vois pas de bosse sous ton Lycra. (Elle souleva son T-shirt et tira un Chief's Spécial de la ceinture de son minishort taillé dans un jean.) Prends le mien, me dit-elle. Mais fais gaffe : il vise un peu haut.

— Tu ne vas pas prendre ce pistolet à eau, se récria Connie en ouvrant illico le tiroir de son bureau. J'ai un .45. T'as de quoi faire un joli trou avec ça.

— Oh, attends, dit Lula en allant chercher son sac. Tant qu'à faire, je vais te donner le gros modèle. J'ai un magnum 44 à balles dum-dum. Ce petit bijou peut faire de sacrés dégâts, tu vois ce que je veux dire ? Il te fait des trous, tu peux y faire passer une Volkswagen.

— Heu..., je plaisantais quand je disais que je voulais le buter.

— Dommage, dit Connie.

— Ouais, tu me déçois beaucoup, surenchérit Lula en rengainant son revolver dans la ceinture de son short.

— Alors, où est-il ? Dans son bureau ?

— Hé, Vinnie ! brailla Connie. Stéphanie te demande !

La porte du bureau s'ouvrit et Vinnie passa sa tête dans l'entrebâillement.

— Qu'est-ce qu'il y a ? fit-il.

Mon cher cousin Vinnie : un mètre soixante-cinq ; tête de rat ; mentalité de rat ; cocotte autant qu'une fille de joie française et a eu un amour coupable pour un canard.

— Tu sais très bien ce qu'il y a ! lui dis-je, poings sur les hanches. Il y a Joyce Barnhardt ! Ma grand-mère est allée chez sa coiffeuse et elle a appris que tu avais embauché Joyce pour faire des filatures.

— Oui, je l'ai embauchée, et alors ?

— Joyce Barnhardt fait des ravalements de façade chez Macy's.

— Et toi, tu vendais bien de la lingerie fine.

— C'est complètement différent. J'ai dû te faire chanter pour que tu m'engages !

— Justement. Alors, où veux-tu en venir ?

— Très bien ! criai-je. Fais en sorte que je ne la croise pas sur ma route, parce que je la hais ! Je haaaaais Joyce Barnhardt !

Et tout le monde savait pourquoi. À l'âge tendre de vingt-cinq ans, au bout de moins d'un an de mariage, j'ai surpris Joyce Barnhardt cul nu sur la table de ma salle à manger en train de jouer à cache-saucisse avec mon époux. C'est bien la seule fois où elle m'a rendu service. On a fait toute notre scolarité ensemble, et elle a passé son temps à faire courir des bruits et à raconter des craques sur les uns et les autres, à briser des amitiés et à mater sous les portes des toilettes des filles pour voir quel genre de petite culotte on portait.

Gamine, elle était grosse et elle avait des dents de lapin. Ce défaut a été corrigé grâce à un appareil dentaire et, à partir de quinze ans, Joyce s'est escrimée à ressembler à une poupée Barbie sous stéroïdes. Elle a des cheveux d'un roux artificiel flamboyant qu'elle Babylisse à mort, des ongles interminables vernis en permanence, des lèvres rouge sang, des yeux cerclés d'eye-liner bleu outremer et des cils gluants de rimmel.

Elle mesure trois centimètres de moins que moi, pèse trois kilos de plus et, côté bonnet, me bat de deux tailles. Elle a trois ex-maris, pas d'enfants et le bruit court qu'elle aurait un faible pour les molosses.

Joyce et Vinnie sont faits l'un pour l'autre – dommage que Vinnie soit déjà marié à une femme absolument charmante qui n'est autre que la fille de Harry l'Étalon. À la mention profession de son curriculum vitæ, on peut lire : « Expéditeur ». Harry a passé beaucoup de temps en compagnie d'hommes qui portaient des feutres mous et de longs imperméables noirs.

— Contente-toi de faire ton boulot, me dit Vinnie. Sois pro. (Il se tourna vers Connie et lui dit, avec un vague geste de la main :) Refile-lui quelque chose... notre dernière délinquante en date.

Connie prit une enveloppe en papier kraft sur son bureau et me la tendit.

— Maxine Nowicki. Son ex-petit ami l'accuse d'avoir volé sa voiture. On lui a avancé sa caution, mais elle n'est pas venue au tribunal.

En empruntant à Vinnie le montant de sa caution, Nowicki avait pu sortir libre de sa garde à vue et retrouver sa place dans la société en attendant son procès. Sauf qu'elle ne s'était pas présentée à l'audience, devenant ce qu'on appelle en langage de chasseur de primes un DDC : un Défaut de Comparution. Par ce manquement à l'étiquette judiciaire, Nowicki avait accédé au statut de hors-la-loi et, du coup, mon cousin Vinnie se faisait un sang d'encre car le tribunal pouvait juger opportun de conserver l'argent de la caution.

En ma qualité d'agent de cautionnement judiciaire, j'étais censée remettre la main sur Nowicki et la ramener de gré ou de force dans le système. En rendant ce service en temps et en heure, je touchais dix pour cent de la caution. De l'argent facile puisque cette affaire m'avait tout l'air d'être une banale scène de ménage, et je ne pensais pas que Maxine Nowicki irait jusqu'à me tirer une balle de .45 dans la tête.

Je feuilletai son dossier qui comprenait son accord

de caution, sa photo et une photocopie du rapport de police.

— Tu sais ce que je ferais si j'étais toi ? me dit Lula. J'irais parler au petit ami. Un mec qui en a assez gros sur la patate pour porter plainte contre sa nana parce qu'elle a chouré sa bagnole, ben, il en a assez gros sur la patate pour baver sur son compte. Si ça se trouve, il attend que ça pour dire où elle se planque.

C'était, à peu de chose près, ce que je pensais moi aussi.

— Edward Kuntz, lus-je à voix haute dans le dossier. Blanc. Célibataire. Vingt-sept ans. Adresse : 17 Muffet Street. Se dit cuisinier.

Je me garai devant chez Edward Kuntz en me demandant à quel genre d'homme j'allais avoir affaire. Je regardai sa maison : bardeaux blancs, encadrements de fenêtres bleu-vert, porte mandarine. Une moitié de maison jumelle à l'air coquet. Devant, dans le minuscule carré de pelouse tondue à la perfection, était plantée une statue de la Vierge Marie d'environ un mètre de haut. Sur la porte des voisins, un cœur en bois, orné de petites marguerites sculptées peintes en blanc, proclamait en lettres rouges que les Glick habitaient là. Le côté Kuntz était dénué de toute ornementation.

Je suivis l'allée jusqu'au perron recouvert d'une moquette aiguilletée verte et sonnai chez Kuntz. La porte s'ouvrit sur un homme à moitié nu aux muscles saillants et luisant de sueur.

— C'est pour quoi ?

— Eddie Kuntz ?

— Ouais ?

Je lui tendis ma carte professionnelle.

— Stéphanie Plum, agent de cautionnement judiciaire. Je cherche Maxine Nowicki. J'ai pensé que vous pourriez peut-être m'aider.

— Et comment ! Elle s'est tirée avec ma caisse. Vous vous rendez compte ?

De son menton en fesses d'ange, il désigna le bord du trottoir.

— C'est celle-là. Elle a de la veine de ne pas y avoir fait une égratignure. Les flics l'ont arrêtée en ville et ils m'ont ramené ma bagnole.

Je jetai un coup d'œil à l'objet du délit. Une chevrolet Blazer blanche. Lavée depuis peu. Je fus presque tentée de la voler à mon tour.

— Vous viviez ensemble ?

— Ben ouais, depuis un moment. Quatre mois, je dirais. Puis on s'est disputés et, en deux temps trois mouvements, la voilà partie avec ma caisse. C'est pas que je voulais qu'elle soit arrêtée... c'était juste pour récupérer ma caisse. C'est pour ça que j'ai appelé la police. Pour ma caisse, quoi.

— Vous avez une idée de l'endroit où elle pourrait être ?

— Non. J'ai essayé de la contacter, histoire de nous rabibocher, mais je l'ai pas trouvée. Elle a démissionné de son boulot au restau et personne l'a revue depuis. Je suis passé à son appart deux ou trois fois, mais y a jamais personne. J'ai téléphoné à des copines à elle, mais apparemment elles ne savent pas où elle est. Bon, elles ont toujours pu me baratiner, mais j'ai pas eu l'impression. (Il me fit un clin d'œil appuyé.) Les femmes me mentent pas, à moi, voyez ce que je veux dire ?

— Non. Pas vraiment.

— Ben, c'est pas pour me vanter, mais je sais m'y prendre avec les gonzesses.

— Oh ?

C'est sans doute son odeur épicée qu'elles trouvent irrésistible, me dis-je. Ou peut-être ses pectoraux hyper-développés à force de gonflette et de stéroïdes qui donnent l'impression qu'il a oublié de mettre son soutien-gorge. Ou alors la façon si distinguée qu'il a de se grattouiller les testicules pendant qu'il vous parle.

— Alors, qu'est-ce que je peux faire pour vous ? me demanda Kuntz.

Une demi-heure plus tard, je repartais avec une liste des amies et des proches parents de Maxine. Je connaissais le nom de sa banque, de son marchand de vin, de son épicerie, de son pressing et de sa coiffeuse. Kuntz me promit de m'appeler s'il avait de ses nouvelles, et je lui promis de lui renvoyer l'ascenseur si jamais j'apprenais quoi que ce soit d'intéressant. Bien entendu, je lui fis cette promesse en ayant pris soin de croiser les doigts dans mon dos. D'après moi, sa façon de s'y prendre avec les femmes devait les faire fuir à toutes jambes.

Il resta sur le pas de sa porte et me regarda m'asseoir au volant.

— Superchouette, me cria-t-il. J'aime bien les nanas qui conduisent des petites bagnoles sport, comme ça.

Je lui grimaçai un sourire et démarrai. J'avais acheté cette CRX en février, séduite par sa peinture rutilante et ses vingt mille kilomètres au compteur. Pratiquement vierge, m'avait assuré le propriétaire. Elle avait très peu roulé. C'était en partie vrai : elle avait très peu roulé avec le câble du compteur connecté. Aucune importance. Je l'avais payée un prix très raisonnable, et j'avais l'air *cool* au volant. Mon pot d'échappement était percé depuis peu – une lésion de la taille d'une pièce de monnaie –, mais si j'écoutais le groupe Metallica assez fort, j'entendais à peine le bruit du silencieux. Si j'avais su qu'un type dans le genre d'Eddie Kuntz allait la trouver « superchouette », j'y aurais réfléchi à deux fois avant de l'acheter.

Première étape : le Silver Dollar. Maxine travaillait dans ce restaurant depuis sept ans et n'avait pas déclaré d'autres employeurs aux impôts. Ouvert vingt-quatre heures sur vingt-quatre, on y servait une nourriture familiale en grande quantité, et il était toujours plein à craquer de gens obèses et de vieux grippe-sous. Les gros pleins de soupe ne laissaient pas une miette dans leurs assiettes, et les harpagons au petit pied repartaient avec des *doggy-bags*... barquettes de beurre, pains ronds, sachets de sucre en poudre, restants de haddock frit, chou rouge, salade de fruits, frites imbibées de graisse.

Un repas au Silver Dollar leur assurait de quoi manger pendant trois jours.

Le Silver Dollar se trouve dans la commune de Hamilton, au bord d'un tronçon de route où s'agglutinent des magasins de discount et de petits centres commerciaux. Il était presque midi. Les clients du restaurant s'empiffraient de hamburgers et de sandwiches bacon-salade-tomate. Je me présentai à la femme qui tenait la caisse et lui parlai de Maxine.

— Je n'arrive pas à croire qu'elle ait tous ces ennuis, dit-elle. Maxine est une fille qui a la tête sur les épaules. On peut lui faire confiance.

Elle redressa une pile de menus.

— Et cette histoire au sujet de la voiture ! reprit-elle en levant les yeux au ciel. Maxine la prenait souvent pour venir travailler. Il lui avait donné un double des clés. Et tout à coup, voilà qu'on l'arrête pour vol ! Ah, les hommes, les hommes !

Elle poussa un soupir de dégoût.

Je m'écartai pour permettre à un couple de payer leur addition. Une fois qu'ils eurent empoché les bonbons à la menthe, la pochette d'allumettes et les cure-dents offerts par la maison et furent sortis du restaurant, je repris la conversation avec la caissière.

— Maxine ne s'est pas présentée au tribunal à la date convenue. Vous a-t-elle laissé entendre qu'elle comptait quitter la ville ?

— Elle m'a dit qu'elle partait en vacances, et on pense tous qu'elle les a bien méritées. Ça fait sept ans qu'elle travaille ici, et elle n'avait encore jamais pris de congés.

— Quelqu'un a eu de ses nouvelles depuis son départ ?

— Pas que je sache. Margie, peut-être. Maxine et elle faisaient toujours équipe. De quatre à dix heures. Si vous voulez lui parler, il va falloir que vous reveniez vers huit heures. On est très occupés avec le premier service, à quatre heures, mais vers huit heures, ça commence à se tasser.

Je la remerciai et regagnai ma CRX.

Prochaine étape : l'appartement de Maxine Nowicki, situé à cinq cents ou six cents mètres du restaurant. Selon Kuntz, Maxine et lui vivaient ensemble depuis quatre mois, mais elle ne s'était jamais résignée à résilier son bail. Dans sa demande de caution, elle avait déclaré qu'elle était locataire de cet appartement depuis six ans. Toutes ses adresses précédentes étaient dans le coin. Maxine Nowicki était « trentonienne » jusqu'à la racine de ses cheveux de fausse blonde.

Je me garai devant des bâtiments en briquette rouge plantés dans des carrés de pelouse fanée autour desquels étaient disposés des emplacements de parking bitumés. L'appartement de Maxine Nowicki se trouvait à un premier étage, mais l'entrée était au rez-de-chaussée. Escalier intérieur privé. Pas génial si on veut espionner par la fenêtre. Tous les appartements en étage étaient dotés d'un petit balcon à l'arrière du bâtiment, mais il aurait fallu que j'aie une échelle pour l'atteindre. Et nul doute qu'une jeune femme grimpant à un balcon par une échelle, ça éveillerait des soupçons.

J'optai pour la solution la plus simple et frappai à la porte. Si personne ne venait m'ouvrir, je m'adresserais au gardien. Les gardiens d'immeubles s'étaient souvent montrés serviables à mon égard – surtout ceux qui croyaient à l'authenticité de mon badge.

Il y avait deux portes côte à côte : celle de l'appartement du dessus – sur laquelle je lus le nom « Nowicki » –, et celle de l'appartement du rez-de-chaussée – sur laquelle je lus le nom « Pease ».

Je sonnai à la porte de l'appartement du dessus et ce fut celle de l'appartement du rez-de-chaussée qui s'ouvrit sur une femme âgée. Elle me toisa.

— Elle n'est pas là.

— Madame Pease ?

— Oui.

— Vous êtes sûre que Maxine n'est pas chez elle ?

— Je suis bien placée pour le savoir. On entend tout dans ces immeubles de pacotille. Si elle était là, j'entendrais sa télé, je l'entendrais marcher. Et puis, elle serait passée chez moi pour prendre son courrier.

Ah-ah ! Cette femme garde le courrier de Maxine. Peut-être a-t-elle aussi un double de ses clés.

— Oui, mais supposons qu'elle soit rentrée tard hier soir, qu'elle n'ait pas voulu vous réveiller... et qu'elle ait eu un malaise...

— Je n'avais pas pensé à ça.

— Elle est peut-être chez elle, inconsciente, sur le point de pousser son dernier soupir.

La femme leva les yeux vers le plafond comme si elle pouvait voir au travers.

— Vous avez une clé ?

— Heu, oui...

— Et ses plantes ? Vous les avez arrosées ?

— Elle ne me l'a pas demandé.

— Peut-être qu'on devrait monter pour vérifier qu'il n'y a pas de problème.

— Vous êtes une amie de Maxine ?

— Comme ça, dis-je en croisant deux doigts sous ses yeux.

— Bah, je suppose que ça ne coûte rien d'aller voir. Je vais chercher la clé dans ma cuisine.

Bon, d'accord, j'ai un peu menti – mais pour une bonne cause. Et puis, après tout, qui me dit que Maxine n'est pas morte dans son lit... et que ses plantes ne sont pas mortes de soif !

— Voilà, dit Mme Pease en brandissant la clé. (Elle la glissa dans la serrure et ouvrit la porte.) Hou-hou ! cria-t-elle de sa voix chevrotante. Il y a quelqu'un ?

Pas de réponse. On monta à l'étage sans faire de bruit, on s'immobilisa dans le petit hall d'entrée et on jeta un coup d'œil dans le salon-salle à manger.

— Pas vraiment une femme d'intérieur, fit remarquer Mme Pease.

Aucun rapport avec le ménage : l'appartement était sens dessus dessous. Il n'y avait pas eu de bagarre car rien n'était cassé. Ce n'était pas non plus du désordre dû à un départ précipité. Les coussins du canapé gisaient par terre à l'autre bout de la pièce ; les portes du bahut étaient grandes ouvertes ; les tiroirs étaient sortis de leurs coulisseaux et leur contenu renversé sur le sol. Je fis un rapide tour du propriétaire et vis le même spectacle dans la chambre et la salle de bains. Quelqu'un avait cherché quelque chose. De l'argent ? De la drogue ? Si c'était un cambriolage, il avait été très ciblé car la télévision et le magnétoscope étaient toujours là.

— L'appartement a été mis à sac, dis-je à Mme Pease. Je suis étonnée que vous n'ayez pas entendu valser les tiroirs.

— Si j'avais été chez moi, j'aurais entendu. Ça a dû se passer quand je suis allée jouer au bingo. J'y vais tous les mercredis et tous les vendredis. Je ne rentre jamais avant onze heures du soir. Vous croyez qu'on devrait prévenir la police ?

— Ça ne servirait pas à grand-chose pour le moment... (À part leur notifier que j'étais entrée chez Maxine plus ou moins illégalement.) On ne sait pas s'il y a eu vol. On ferait mieux d'attendre que Maxine rentre. Elle appellera la police elle-même.

Ne voyant aucune plante à arroser, on redescendit sur la pointe des pieds et Mme Pease referma la porte à clé. Elle regarda ma carte.

— Chasseuse de primes, murmura-t-elle, un peu surprise.

— Il faut ce qu'il faut.

— Ouais, je suppose, dit-elle en hochant la tête.

Je plissai les yeux et scrutai l'étendue du parking.

— Je crois savoir que Maxine a une Fairlane 84. Je ne la vois pas.

— Elle est partie avec. Entre nous, pas terrible, comme voiture. Toujours en panne. Enfin, Maxine a chargé sa valise et elle est partie.

— Elle vous a dit où elle allait ?

— En vacances.

— C'est tout ?

— C'est tout. En général, Maxine est plutôt bavarde,

mais là, elle ne m'a pas dit grand-chose. Elle était pressée... elle n'avait pas le temps de parler.

La mère de Maxine Nowicki habite dans Howser Street. Elle s'était portée garante pour sa fille. À première vue, mon cousin Vinnie n'avait pas pris un gros risque en avançant le montant de la caution ; mais, en vérité, faire expulser quelqu'un, c'est un vrai parcours du combattant et ce n'est pas fait pour redorer le blason des agents de cautionnement judiciaire.

Je sortis le plan de la ville et repérai la rue, au nord de Trenton. Je repartis donc en sens inverse et découvris que Mme Nowicki habitait à deux pas de chez Eddie Kuntz. Même quartier résidentiel aux demeures proprettes – hormis la maison individuelle de Mme Nowicki : une ruine. Façade écaillée, bardeaux manquants sur le toit, véranda défoncée, jardinet où le gazon se faisait rare.

Je gravis prudemment les marches pourrissantes du perron et frappai à la porte. La femme d'une soixantaine d'années qui m'ouvrit avait dû être belle, mais son visage était marqué par l'abus d'alcool et les déceptions de la vie. Elle était vêtue d'un peignoir. On était au milieu de l'après-midi, mais on aurait dit qu'elle venait de sortir du lit. Son visage terreux portait encore des traces de son maquillage de la veille. Elle avait la voix éraillée par ses deux packs de bières quotidiens, et son haleine avoisinait les quarante degrés d'alcool.

— Madame Nowicki ?

— Mouais.

— Je viens voir Maxine.

— Vous êtes une copine à elle ?

— Je travaille pour l'agence Plum, lui dis-je en lui tendant ma carte. J'aimerais lui parler pour que nous puissions convenir d'une nouvelle date de comparution.

Mme Nowicki haussa un sourcil redessiné au crayon.

— J'suis pas née de la dernière pluie, ma puce. Vous êtes chasseuse de primes et vous en avez après ma petite.

— Vous savez où elle est ?

— Je le saurais que je vous le dirais pas. Vous la trouverez quand elle voudra bien qu'on la trouve.

— Vous vous êtes portée caution. Si Maxine ne se présente pas, vous risquez de perdre votre maison.

— Sans blague ? Alors ça, ce serait tragique, dit-elle en fouillant dans la poche de son peignoir en éponge dont elle sortit un paquet de Kool. *Architectural Digest* me bassine pour que j'accepte qu'ils fassent un article dessus, mais je trouve jamais le temps.

Elle ficha sa cigarette entre ses lèvres, l'alluma, tira une grosse bouffée et me regarda en plissant les yeux à travers les volutes de fumée qui s'élevèrent devant son visage.

Parfois, les Défauts de Comparution sont tout simplement chez eux, faisant comme si leur vie n'était pas allée à vau-l'eau, espérant que leurs ennuis cesseront d'eux-mêmes s'ils oublient de répondre à la convocation du tribunal. Au départ, j'avais cru que Maxine était de cette race-là. Elle n'était pas une délinquante professionnelle, et le chef d'accusation n'allait pas chercher bien loin. Elle n'avait aucune raison de se dérober à la justice.

Maintenant, je n'étais plus très sûre de rien. Son appartement avait été mis à sac, et sa mère me laissait sous-entendre que Maxine n'avait peut-être pas envie qu'on la retrouve de sitôt. Je regagnai ma voiture à pas lents et décidai que mon raisonnement serait plus clair et mes déductions plus justes si je mangeais un gâteau. Donc, je traversai la ville jusqu'à Hamilton Avenue et me garai devant la boulangerie où j'avais travaillé à temps partiel quand j'étais lycéenne. Elle n'avait pas beaucoup changé depuis. Même linoléum vert et blanc. Mêmes vitrines étincelantes de propreté et pleines de gâteaux italiens, de têtes-de-nègre couvertes de pépites de chocolat, de mille-feuilles, de pain frais et d'éclairs au café. Même odeur accueillante de pâte à pain et de cannelle. Lennie Smulenski et Anthony Zuck, dans l'arrière-boutique, font cuire ces friandises dans de grands fours en acier et dans des marmites d'huile bouillante. Des fines couches de farine et de sucre se déposent sur le plateau des tables et sous la semelle de vos chaussures, vous faisant glisser. Et la graisse quitte quotidiennement des bacs format industriel pour aller se ficher dans les fesses des gens du coin.

Je choisis deux gâteaux fourrés à la crème pâtissière et empochai quelques serviettes. En sortant, je tombai sur Joe Morelli, affalé contre ma voiture. Je connais Morelli depuis que je suis toute petite. Au début, il était un sale mioche lubrique, puis il fut un ado dangereux et finalement, à dix-huit ans, il fut celui qui, un soir après le travail, trouva les mots justes pour me convaincre de retirer ma petite culotte, me coucha par terre derrière la vitrine des éclairs et cueillit ma virginité. Morelli est devenu flic, et la seule façon pour lui de me remettre la main à la culotte, ce serait de me menacer de son arme. Il travaille pour la brigade des mœurs et, à le voir, on se dit qu'il a, sur la question, des connaissances de première main. Ce jour-là, il portait un Levi's délavé et un T-shirt marin. Sa coupe de cheveux laissait à désirer ; rien à redire à sa musculature – développée, sans un gramme de graisse et le plus joli cul de Trenton... du monde, peut-être. Des fesses qu'on a envie de mordre à belles dents.

Non que j'aie la moindre intention de le mordiller où que ce soit. Il a la fâcheuse habitude de surgir à intervalles irréguliers dans ma vie, de me rendre folle de frustration, puis de s'éloigner et de disparaître dans le soleil couchant. Je ne peux pas faire grand-chose contre ses allées et venues, mais contre ma frustration, oui ! Morelli est *erotica non grata.* « On touche avec les yeux », telle est ma devise. Et sa langue, il peut se la garder !

Morelli me salua par un sourire.

— Tu ne vas quand même pas les manger toute seule ?

— C'était mon intention. Qu'est-ce que tu fiches ici ?

— Je passais par hasard en bagnole. J'ai vu la tienne.

J'ai pensé que tu aurais besoin d'un coup de main pour finir tes petits gâteaux à la crème.

— Comment tu sais qu'ils sont à la crème ?

— Tu les achètes toujours à la crème.

La dernière fois que j'avais vu Morelli, ça remontait au mois de février. Il était collé à moi sur mon canapé, sa main quasiment sur mon entrejambe, et la seconde d'après, son alphapage sonnait et il prenait la tangente. Cinq mois aux abonnés absents, et le voilà qui surgissait de nulle part... prêt à me faucher mes puits d'amour.

— J'étais en mission.

Ouais, c'est ça.

— Je me disais que tu étais peut-être mort.

— Tu prends tes désirs pour la réalité, dit-il avec un sourire crispé.

— Tu es une ordure, Morelli.

Il poussa un soupir.

— Alors, tu ne veux vraiment pas partager ?

Je montai dans ma voiture, claquai la portière, sortis du parking en faisant crisser mes pneus et pris la direction de chez moi. Quand je me garai au pied de mon immeuble, j'avais mangé mes deux gâteaux et je me sentais beaucoup mieux. Je pensais à Nowicki. Elle avait cinq ans de plus que Kuntz. Bachelière. Deux mariages. Pas d'enfants. La photo qui figurait dans son dossier était celle d'une blonde à la tignasse hirsute, très maquillée, avec une silhouette de mannequin. Le soleil lui faisait plisser les yeux et elle souriait. Elle portait des talons de dix centimètres de haut, un pantalon moulant en stretch noir et un pull trop grand pour elle aux manches relevées jusqu'aux coudes et au col en V si plongeant qu'on lui voyait la naissance des seins. Je retournai la photo, m'attendant à moitié à voir inscrit au dos : « Si vous avez envie de passer un bon moment, appelez Maxine. »

Il est probable qu'elle avait fait ce qu'elle avait dit : elle était surmenée et elle avait pris des vacances. Il est probable que je ne devrais pas m'en faire, qu'elle serait de retour chez elle d'un jour à l'autre.

Et son appart ? Là, c'était plus inquiétant. L'état des lieux me faisait craindre qu'elle n'ait des ennuis plus importants qu'une simple accusation de vol de voiture. Il valait mieux ne pas y penser. Ça ne faisait que troubler les eaux déjà pas très claires de cette enquête, et ça n'avait rien à voir avec ma mission. Ma mission était simplissime : retrouver Maxine et la traîner devant ses juges.

Je verrouillai les portières de la CRX et traversai le parking. Je tombai sur M. Landowsky qui sortait de l'immeuble par la porte de derrière. Il est âgé de quatre-vingt-deux ans et, au fil du temps, sa poitrine s'est creusée ; du coup, il est obligé de remonter son pantalon jusque sous les aisselles.

— *Oï*, dit-il, quelle chaleur ! Je ne peux pas respirer. Quelqu'un devrait faire quelque chose. (Je supposai qu'il faisait référence à Dieu.) Le monsieur météo du journal du matin, on devrait le buter. Comment voulez-vous que je sorte par un temps pareil ! Et quand il fait chaud comme ça dehors, on se les gèle dans les supermarchés. Chaud, froid. Froid, chaud. Ça me donne la courante, à moi !

Je suis ravie d'avoir un revolver. Quand je serai aussi vieille que M. Landowsky, la première fois que j'aurai la courante au supermarché, ce sera réglé. BANG ! Une balle dans la tête. Fin de la partie.

Je pris l'ascenseur jusqu'au premier étage et pénétrai dans mon appartement. Une chambre, une salle de bains, un salon-salle à manger, une cuisine banale mais fonctionnelle, une petite entrée avec une patère pour accrocher les manteaux, les chapeaux, les holsters.

Rex, mon hamster, faisait tourner sa roue. Je lui racontai ma journée et le priai de me pardonner de ne pas lui avoir gardé un morceau de gâteau – il prit un petit air déçu en entendant ça, aussi allai-je farfouiller dans mon frigo où je dénichai quelques grains de raisin. Je les tendis à Rex qui les prit et disparut dans sa boîte de conserve. Ce que la vie est simple quand on est un hamster.

Je retournai à la cuisine et regardai si j'avais des messages sur mon répondeur.

« Stéphanie, c'est maman. N'oublie pas le dîner. J'ai un beau poulet rôti. »

Samedi soir : poulet rôti chez mes parents. Ce n'était pas le premier, et ce ne serait pas le dernier. C'était un événement hebdomadaire récurrent. Je n'ai pas de vie privée...

Je me traînai jusqu'à ma chambre, me laissai choir sur mon lit et regardai la grande aiguille de ma montre parcourir son lent bonhomme de chemin jusqu'à ce que l'heure soit venue de devoir partir chez mes parents. Ils dînent à six heures. Pas une minute plus tôt, pas une minute plus tard. C'est ainsi. Dîner à six heures ou ils vous font une vie d'enfer.

Mes parents ont une petite maison d'un étage dans un petit lotissement d'un quartier résidentiel de Trenton appelé le Bourg. À mon arrivée, ma mère m'attendait sur le pas de la porte.

— Qu'est-ce que c'est que cet accoutrement ? me demandat-elle. Tu ne peux pas mettre des vêtements comme tout le monde ! C'est une façon de s'habiller, ça ?

— C'est un polo de base-ball des Thunders, lui dis-je. Je soutiens l'équipe locale.

La tête de ma grand-mère apparut au-dessus de l'épaule de ma mère. Mamie Mazur est venue habiter chez mes parents peu après que mon grand-père eut grimpé au ciel pour aller dîner à la table d'Elvis. Ma grand-mère se figure qu'à son âge elle peut se permettre de faire fi des convenances. Mon père pense qu'à son âge elle devrait déjà être morte.

— Il faut absolument que je me trouve le même, dit-elle. Je suis sûre que je me ferai suivre dans la rue habillée comme ça.

— Oui, par Stiva, des pompes funèbres, murmura mon père du salon, la tête enfouie dans son journal. Avec son mètre ruban !

— J'ai une petite surprise pour toi, me dit ma grand-mère en me prenant par le bras. Attends un peu de voir ce que je t'ai concocté.

Au salon, mon père abaissa son journal et haussa les sourcils. Ma mère se signa.

— Je préférerais le savoir tout de suite, lui répondis-je.

— Bon, je voulais te faire la surprise, mais je suppose que je peux cracher le morceau... vu qu'il va être là d'une minute à l'autre.

Silence de mort dans la maison.

— J'ai invité ton petit ami à dîîîneeeer !

— Je n'ai PAS de petit ami !

— Eh bien, maintenant, tu en as un. J'ai tout arrangé.

Je tournai les talons et fonçai vers la porte.

— Je m'en vais.

— Tu ne peux pas faire ça ! cria ma grand-mère. Il serait très déçu. On a eu une longue et sympathique conversation. Et il m'a dit que ça ne le gênait pas du tout que tu doives tirer sur des gens pour gagner ta vie.

— Je ne tire pas sur les gens pour gagner ma vie ! Je n'ai jamais tué personne, enfin presque ! (Je me cognai la tête contre le mur.) J'ai horreur des rendez-vous arrangés, gémis-je. C'est toujours catastrophique.

— Ça ne peut pas être plus catastrophique qu'avec le neuneu que tu avais épousé, me fit remarquer ma grand-mère. On ne peut que remonter quand on a touché le fond.

Elle n'avait pas tort. Avec mon bref mariage, j'avais bel et bien touché le fond.

On frappa à la porte, et on tourna tous la tête.

— Eddie Kuntz ? soufflai-je d'une voix blanche.

— Voui ! dit ma grand-mère. Lui-même ! Il a téléphoné, il voulait te parler, alors je l'ai invité à dîner.

— Salut ! cria Eddie à travers la porte moustiquaire.

Il portait une chemisette grise, à demi ouverte sur ses pectoraux, un pantalon à plis, des mocassins Gucci – pas de chaussettes – et une bouteille de vin rouge dans une main.

— Bonsoir, dit-on d'une seule voix.

— Je peux entrer ?

— Et comment que vous pouvez entrer, lui répondit ma grand-mère. Nous ne sommes pas du genre à laisser un bel homme dehors.

Il tendit la bouteille de vin à mamie Mazur et lui fit un clin d'œil.

— Tiens, poupée.

— Oh, vous alors ! roucoula ma grand-mère.

— Je ne tire presque jamais sur les gens, lui dis-je. *Presque* jamais.

— Moi non plus, me répondit-il. J'ai horreur de la violence gratuite.

— Excusez-moi, lui dis-je en m'éloignant à reculons vers la cuisine.

— Ne fais pas ça ! s'exclama ma mère qui m'avait emboîté le pas.

— Quoi ?

— Tu le sais très bien. Tu allais filer par-derrière.

— Il n'est pas mon type.

Ma mère sortit le plat du four et commença à servir des portions dans les assiettes. Purée, haricots verts, chou rouge.

— Sa chemise est trop déboutonnée.

— C'est peut-être un garçon très bien. Tu devrais lui donner une chance.

— Il a appelé mamie *poupée* !

Ma mère finit de découper le poulet. Elle prit une cuisse, la jeta par terre, donna de petits coups de pied dedans, la ramassa et la reposa sur le bord du plat.

— Voilà, on lui donnera ce morceau.

— Marché conclu.

— Et j'ai fait une tarte à la banane pour le dessert... avec de la crème fraîche, ajouta-t-elle pour sceller notre accord. Alors, fais en sorte de rester jusqu'à la fin du repas.

Ne t'emballe pas, mon cœur.

2

Je m'attablai à côté d'Eddie Kuntz.

— Vous avez essayé de me joindre ? lui demandai-je.

— Ouais. J'ai perdu votre carte. Je l'ai rangée quelque part, mais j'sais plus où. Du coup, je vous ai cherchée dans l'annuaire... mais j'ai trouvé que le numéro de vos parents. Ça tombe bien, remarquez. Votre mémé m'a dit que vous étiez en manque de mec, et il se trouve que je suis entre deux nanas en ce moment, voyez. Et comme ça me gêne pas de sortir avec une gonzesse plus vieille que moi, je dirais que c'est votre jour de chance.

La gonzesse en question fit un effort surhumain pour ne pas lui planter sa fourchette dans l'œil.

— Vous vouliez me parler de quoi ?

— Maxine m'a téléphoné. Elle m'a dit qu'elle avait un message pour moi et qu'elle me l'enverrait par la poste aérienne demain. Je lui ai répondu que demain on était dimanche, qu'il n'y avait pas de courrier, et qu'elle aurait aussi vite fait de me lire le message. Alors, elle m'a traité de tous les noms.

Il fit la moue, comme pour me faire comprendre que Maxine l'avait vexé sans raison valable.

— Grossière, je vous dis pas.

— Et à part ça ?

— À part ça, rien. À part que j'allais me mettre en rogne. Et là, elle a raccroché.

Au dessert, j'avais la danse de Saint-Guy. Nowicki avait appelé Kuntz : donc elle était vivante, et ça, c'était une bonne chose. Malheureusement, elle lui envoyait du courrier par avion. Poste aérienne égale distance. Et ça, c'était une mauvaise chose. Pire que de voir la serviette d'Eddie Kuntz se soulever par à-coups sur ses genoux. Mon premier réflexe fut de hurler « au secours, un serpent ! » et de tirer dessus, mais je suppose que ça ne tiendrait pas la route devant un tribunal. De plus, j'avais beau détester Eddie Kuntz, je pouvais, dans une certaine mesure, éprouver de l'empathie pour un homme qui bandait devant une tarte à la banane.

J'engloutis une part de tarte, fis craquer mes articulations et regardai ma montre.

— Ouah, déjà ! m'exclamai-je.

Ma mère me décocha le regard résigné des mères qui disent à leur fille : Eh bien, vas-y... tu es restée jusqu'au dessert, c'est déjà ça, je serai sûre que tu as fait au moins un vrai repas cette semaine. Mais pourquoi tu n'es pas comme ta sœur Valérie, qui est mariée, qui a deux enfants et qui sait faire cuire un poulet ?

— Je suis désolée, il faut que je file, dis-je en repoussant ma chaise.

— Hein ? fit Kuntz, sur le point d'enfourner une bouchée de tarte. On s'en va déjà ?

— *Moi*, je m'en vais, rectifiai-je en allant chercher mon sac à la cuisine.

— Lui aussi s'en va, dit mon père, la tête penchée sur son assiette.

— C'était bien sympathique, déclara ma grand-mère. Tu vois, ça n'a pas été si pénible que ça.

Kuntz dansouillait dans mon dos tandis que j'ouvrais la portière de ma voiture. Sur la pointe des pieds. Débordant d'énergie. Mister Testostérone.

— On va boire un pot quelque part ?

— Je ne peux pas, lui dis-je. J'ai du travail. Il faut que j'exploite une piste.

— Qui concerne Maxine ? Je vous accompagne ?

Je me glissai au volant et mis le contact.

— Mauvaise idée. Mais je vous appelle si j'ai du nouveau.

Attention, le monde. Chasseuse de primes en action.

À mon arrivée, le restaurant était à moitié vide. La plupart des dîneurs en étaient au café. D'ici une heure, une clientèle plus jeune déboulerait pour manger un dessert ou des frites après la sortie des cinémas.

Il y avait eu un changement d'équipe. Ce n'était pas la même caissière. Je me présentai et demandai à parler à Margie.

— Ah, désolée, me dit-elle. Margie n'est pas venue travailler aujourd'hui. Elle a appelé, elle est malade. Si ça se trouve, elle ne sera pas là demain non plus.

Je regagnai ma voiture et fouillai dans mon sac en quête de la liste « famille et amis » que Kuntz m'avait donnée. Je la lus dans le jour finissant. Il n'y avait qu'une Margie. Pas de nom de famille, pas de numéro de téléphone et, en guise d'adresse, Kuntz avait noté « maison jaune dans Barnet Street ». Il avait également précisé que Margie roulait en Isuzu rouge.

Quand je m'engageai dans Bamet Street, le soleil ne formait plus à l'horizon qu'une traînée écarlate, mais je repérai tout de suite la maison jaune et la voiture rouge garée devant. Au moment où je m'arrêtai au bord du trottoir, une femme à la main bandée sortit sur le seuil pour récupérer son chat. Quand elle me vit, elle prit son mistigri dans ses bras et disparut derrière sa porte. De la rue, je l'entendis tirer le verrou.

Au moins, elle était chez elle. Mon angoisse, c'était qu'elle aussi ait disparu et qu'elle partage un appartement avec Maxine à Cancún.

Je mis mon sac en bandoulière, plaquai un sourire amical sur mon visage, remontai l'allée en ciment et frappai à sa porte.

Celle-ci s'entrouvrit, maintenue par la chaîne de sécurité.

— Oui ?

— Stéphanie Plum, annonçai-je en lui tendant ma carte. J'aimerais vous poser quelques questions au sujet de Maxine Nowicki.

— Navrée. Je n'ai rien à vous dire. Et en plus, je ne me sens pas bien.

Je jetai un coup d'œil par l'entrebâillement de la porte et vis qu'elle tenait sa main bandée à hauteur de sa poitrine.

— Que vous est-il arrivé ?

Elle leva vers moi un regard mort. Apparemment, elle était sous médicaments.

— Un accident, me répondit-elle. Dans ma cuisine.

— Ça a l'air grave.

Elle cligna des yeux.

— J'ai perdu un doigt. Enfin, pas vraiment perdu, il était sur le comptoir. Je suis allée à l'hôpital avec, et ils me l'ont recousu.

Je ne pus m'empêcher de visualiser son doigt gisant sur sa paillasse. De petites taches noires dansèrent devant mes yeux ; je sentis des gouttes de sueur perler au-dessus de ma lèvre supérieure.

— Mais c'est affreux !

— C'était un accident, me dit-elle. Un accident.

— Quel doigt ?

— Le majeur.

— Oh la la ! c'est mon doigt préféré.

— Bon, écoutez, je n'ai pas que ça à faire.

— Attendez ! Encore une petite minute. J'ai vraiment besoin de savoir des choses sur Maxine.

— Y a rien à savoir. Elle est partie. Je ne peux rien vous dire de plus.

Je m'assis au volant de ma voiture et pris une profonde inspiration. Dorénavant, j'allais faire très attention dans ma cuisine. Fini les fouilles à mains nues dans la poubelle pour retrouver des bouchons ; fini les découpages virtuoses de légumes à vitesse grand V.

Il était trop tard pour aller voir une autre personne figurant sur la liste ; je pris donc la direction de chez moi. La température avait baissé de quelques degrés et l'air qui entrait par le toit ouvrant était agréable. Je traversai la ville à vive allure, me garai derrière mon immeuble et franchis la porte de service d'un pied léger.

Quand j'entrai dans le salon, Rex cessa de tourner dans sa roue et me regarda, moustaches frétillantes.

— Pas de questions, lui dis-je. Il vaut mieux que tu ne saches rien.

Les histoires de doigts tranchés le tourneboulent toujours.

Ma mère m'avait donné une part de poulet et une part de tarte. Je brisai un bout de la tarte et l'offris à Rex. Il l'engouffra dans ses bajoues et je crus bien que ses petits yeux noirs et luisants allaient sortir de leurs orbites.

Probable que j'avais fait la même impression à Morelli tout à l'heure quand il m'avait demandé si je voulais lui donner un de mes petits gâteaux.

Je sais quand on est dimanche car je me réveille toujours le cœur contrit. C'est un des avantages d'être catholique : c'est une expérience multiforme. Si on perd la foi, il y a de grandes chances qu'on conserve le sentiment de culpabilité, donc ce n'est pas comme si on s'était complètement fait avoir. Je tournai la tête vers mon réveil à affichage numérique. 8 : 00. Encore le temps d'aller à la dernière messe du matin. Il le faudrait vraiment. À cette pensée, mes paupières s'alourdirent.

Je rouvris les yeux à onze heures. Zut ! Trop tard pour aller à l'église. Je me tirai du lit et gagnai ma salle de bains en me disant que ce n'était pas si grave que ça parce que Dieu, dans sa grande mansuétude, pardonnait les petits écarts comme celui de sécher la messe. Au fil des années, j'avais fait évoluer ma foi en me construisant l'image d'un Dieu miséricordieux qui se fichait pas mal de bagatelles telles que les jurons ou les pieux mensonges, qui voyait ce qu'il y avait dans le cœur des hommes et savait faire la part des choses entre les petites méchancetés et les grandes gentillesses. Dans ma religion, Dieu et le Père Noël ne font pas de « micromanagement ». Évidemment, ça veut dire aussi qu'on ne peut pas compter sur eux pour qu'ils vous aident à perdre du poids.

Je sortis de la douche et m'ébrouai pour donner du style à ma chevelure. Je revêtis mon uniforme habituel : short en Lycra et bustier que je recouvris d'un polo pro-équipe de hockey des Rangers. Je jetai un autre coup d'œil à ma coiffure, décidai qu'il fallait absolument faire quelque chose, aussi me pliai-je à la routine gel-sèche-cheveux-laque qui me fit gagner quelques centimètres. Je me campai devant le miroir et fis mon numéro à la Wonder Woman : campée sur mes jambes, poings sur les hanches. « Je vais te faire mordre la poussière, ordure », dis-je au miroir. Puis je fis mon numéro à la Scarlett O'Hara, main sur le cœur, sourire mutin. « Rhett, mon beau démon, mais qu'est-ce que c'est que ces façons ! » Ni l'un ni l'autre ne me parurent appropriés à la journée qui s'annonçait, aussi filai-je à la cuisine pour voir si je ne trouverais pas mon identité dans le frigo. Je m'attaquai à un flan au fromage blanc que j'avais fait décongeler quand le téléphone sonna.

Eddie Kuntz.

— Salut, me dit-il.

— Salut.

— J'ai reçu la lettre de Maxine. Je me disais que vous auriez envie d'y jeter un coup d'œil.

Je roulai pépère jusqu'à Muffet Street et trouvai Eddie Kuntz dans le bout de jardin devant sa maison, bras ballants, examinant sa fenêtre. Un vrai puzzle. Un gros trou en plein milieu. Des tas de zébrures.

Je claquai ma portière, mais Kuntz ne tourna la tête ni à ce bruit ni à mon approche. On resta un moment immobiles, côte à côte, examinant l'ampleur des dégâts.

— Du beau travail, lui dis-je.

Il acquiesça.

— En plein milieu. Maxine faisait partie de l'équipe de soft-ball [1] du lycée.

— Elle a fait ça hier soir ?

Il acquiesça derechef.

— J'allais me coucher. Je venais d'éteindre la lumière, et BOUM... une brique par ma fenêtre !

— C'est ça, la poste aérienne ?

— Ouais, vous voyez le genre. Ma tante, c'est ma proprio, est folle de rage. Elle habite dans l'autre partie de la baraque, avec mon oncle Léo. Si elle est pas là à se tordre les mains, c'est uniquement parce qu'elle est à l'église.

— Je n'avais pas compris que vous étiez en location.

— Hein ? Vous croyez que c'est moi qui ai choisi ces couleurs de peinture ? Vous me prenez pour une pédale ?

Oh, que non. Les « pédales » ne pensent pas qu'un marcel troué soit le must de la mode.

— Voilà ce qui était ficelé à la brique, me dit-il en me tendant un bout de papier.

La lettre était manuscrite et adressée à Kuntz. Le message était très simple : c'était un connard, et s'il voulait récupérer son bien, il allait devoir jouer à la chasse au trésor. Son premier indice : « dans la grosse ». Suivait un mélange de lettres.

— Qu'est-ce que ça veut dire ? lui demandai-je.

— Vous croyez que je vous aurais appelée si je le savais ? Faire une chasse au trésor, putain de merde ! Elle est barge. J'aurais dû le voir dès le début. Elle adorait les histoires d'espions. Toujours à regarder les films de James Bond à la noix. Je la prenais par-derrière pendant qu'elle regardait James Bond à la téloche. C'est pas croyable, hein ?

Malheureusement oui.

1. Forme de base-ball joué avec une équipe de dix joueurs sur un terrain réduit. *(N.d.T.)*

— Fouiner, ça vous connaît, me dit-il. Espionner, tout ça... décoder des messages codés...

— Je ne sais rien du métier d'espionne, et je ne sais absolument pas ce que ça veut dire.

En fait, non seulement je ne connaissais rien au métier d'espionne, mais je ne connaissais pas grand-chose au métier de chasseuse de primes. J'improvisais au fur et à mesure, essayant de payer mon loyer, priant pour que je gagne au loto.

— Bon, on fait quoi maintenant ? demanda Kuntz.

Je relus le mot.

— De quel bien parle-t-elle ?

Il me considéra pendant une longue minute, le regard vide.

— De lettres d'amour, cracha-t-il enfin. J'y ai écrit des lettres d'amour, et je veux qu'elle me les rende. J'ai pas envie qu'elles traînent chez elle maintenant qu'on a cassé. Y a des trucs gênants dedans.

Eddie Kuntz ne me semblait pas être du genre à écrire des lettres d'amour, mais qu'en savais-je, après tout ? Par contre, il me semblait être du genre à mettre un appartement à sac.

— Vous êtes allé chez elle pour les reprendre, vos lettres ?

— Ouais. Mais l'appart était fermé à clé.

— Vous n'avez pas de clé ? Vous n'êtes pas entré par effraction ?

— Par effraction ? Vous voulez dire, forcer la porte, c'est ça ?

— Je suis entrée chez Maxine hier. Quelqu'un a mis son appartement sens dessus dessous.

Toujours son regard inexpressif...

— Je pense que quelqu'un cherchait quelque chose. Vous croyez que Maxine pouvait faire du recel de drogue ?

— Qui sait ? fit-il en haussant les épaules. Elle est barge, je vous dis.

C'était une bonne chose de savoir que Maxine était dans les parages, mais à part ça, pas de quoi se réjouir d'un mot que je ne pouvais déchiffrer. La seule chose dont j'étais sûre, c'est que je n'avais pas envie d'en entendre davantage sur la vie sexuelle de Kuntz.

Il passa un bras autour de mes épaules et m'attira contre lui.

— Je vais être franc avec vous, ma belle. Je veux récupérer ces lettres. Elles peuvent encore servir, vous me suivez ? C'est pas parce que vous bossez pour votre agence de cautionnement judiciaire que vous pouvez pas bosser pour moi, hein ? Je paie bien. Tout ce que vous aurez à faire, c'est me laisser lui parler avant de la livrer aux flics.

— J'en connais qui pourraient considérer cela comme un cumul de mandats.

— Mille dollars. Dernière offre. À prendre ou à laisser.

Je lui tendis la main.

— Marché conclu, lui dis-je.

Bon, d'accord, on peut m'acheter facilement – mais au moins, il faut y mettre le prix. Et, de plus, c'était pour la bonne cause. Eddie Kuntz ne m'était pas particulièrement sympathique, mais je pouvais comprendre que des lettres d'amour puissent être embarrassantes, vu que moi-même en avais écrit quelques-unes. Elles étaient en possession de mon faux cul d'ex-mari, et je considérerais que mille dollars seraient un bon investissement s'ils me permettaient de les récupérer.

— J'ai besoin de garder ce mot, lui dis-je.

Il me le tendit et, me donnant un coup de poing sur l'épaule, me fit :

— Foncez.

D'après le mot, le premier indice se trouvait dans « la grosse ». J'examinai la mosaïque de lettres qui suivait, et n'y décelai aucune logique. Pas étonnant, vu que je n'avais pas le gène des puzzles et que j'étais infoutue d'en faire un conçu pour des enfants de huit ans. Heureusement, beaucoup de personnes âgées habitent dans mon immeuble, et elles passent le plus clair de leur temps à faire des mots croisés. Et c'était un peu ça, non ?

J'allai d'abord voir M. Kleinschmidt, à l'appartement 315.

— Ho, fit-il en ouvrant sa porte, mais c'est notre Diane chasseresse ! Vous avez capturé des hors-la-loi aujourd'hui ?

— Pas encore, mais j'y songe.

Je lui tendis la lettre expédiée par les voies de l'air.

— Vous pouvez déchiffrer ça ?

Il fit non de la tête.

— Je fais des mots croisés, dit-il. Ça, c'est une anagramme. Allez donc demander à Lorraine Klausner, au rez-de-chaussée. C'est sa spécialité.

— Tout le monde est spécialiste de tout de nos jours.

— Et si Mickey Mouse savait voler, il serait Donald Duck.

Je ne compris pas trop ce qu'il entendait par là, mais je le remerciai tout de même et descendis les deux volées de marches jusqu'à la sonnette de chez Lorraine sur laquelle je m'apprêtai à planter mon doigt quand la porte s'ouvrit.

— Sol Kleinschmidt vient de m'appeler pour me prévenir que vous aviez une anagramme à résoudre, me dit Lorraine. Entrez. Je nous ai sorti des gâteaux secs.

Je m'assis face à Lorraine à la table de sa cuisine et la regardai plancher sur la résolution de cette énigme.

— Ce n'est pas vraiment une anagramme, dit-elle, très concentrée. Je ne sais que vous dire. Je ne fais que des anagrammes. Je connais quelqu'un qui pourrait peut-être vous aider, mais...

— Mais ?

— C'est mon neveu, Salvatore. Il a un don pour ce genre de choses. Tout petit déjà, il était capable de résoudre toutes sortes d'énigmes. C'est un surdoué dans ce domaine.

Je la regardai, dans l'expectative.

— C'est juste qu'il est un peu bizarre parfois. Je

pense qu'il traverse une crise d'anticonformisme aigu, vous voyez...

Tout ce que je demandais, c'est qu'il n'ait pas un anneau en piercing au bout de la langue. Je dois faire des efforts surhumains pour ne pas pousser des cris d'orfraie quand je vois ça.

— Il habite où ? demandai-je.

Elle nota une adresse au dos du mot.

— Il est musicien, me dit-elle. Il travaille la nuit, alors il devrait être chez lui maintenant. Mais il vaudrait peut-être mieux que vous lui téléphoniez avant...

Salvatore Sweet habite dans une tour qui donne sur la rivière. Façade en ciment décapée à la sableuse. Vitres noires. Autour, l'aménagement paysager est sobre et bien entretenu. L'entrée a été repeinte depuis peu, et la moquette est dans les tons mauve et gris. C'est loin d'être un paradis pour un anticonformiste, songeai-je. Et les loyers ne doivent pas être donnés...

Je pris l'ascenseur jusqu'au huitième étage et sonnai à la porte de chez Salvatore. Quelques instants plus tard, elle s'ouvrait soit sur une femme très très laide soit sur un homme très très gay.

— Stéphanie Plum, je présume ?

Je fis oui de la tête.

— Sally Sweet. Tatie Lorraine m'a appelé et m'a dit que t'avais un problème ?

Il était vêtu d'un pantalon de cuir noir moulant orné, sur le côté extérieur, d'un laçage savant qui laissait apparaître une bande de chair blême sur toute la longueur de la jambe, et d'un gilet assorti qui moulait des seins coniques à la Madonna revue et corrigée par Jean-Paul Gauthier. Il mesurait plus de deux mètres dans ses chaussures noires à semelles compensées. Il avait un gros nez aquilin, des roses rouges tatouées sur les biceps, mais – Dieu merci ! – aucun anneau en piercing. Il portait une perruque blonde à la Farah Fawcett, des faux cils et du brillant à lèvres bordeaux assorti à son vernis à ongles.

— Heu..., fis-je, je choisis peut-être mal mon moment ?

— Non, pourquoi ?

Je ne savais ni que faire ni que dire. En vérité, je le trouvais fascinant. C'était un peu comme regarder un accident de la route.

— Je suppose que c'est ma tenue qui t'intrigue ? me demanda-t-il en baissant les yeux sur lui.

— Elle est très... chouette.

— Oui, le gilet est un modèle que j'ai fait faire spécialement pour moi. Je suis le guitariste des Lovelies. Et je peux te dire que c'est une putain de mission impossible que de garder ses ongles intacts jusqu'au week-end quand on est guitariste d'un groupe ! Si j'avais su, j'aurais été batteur, moi !

— Vous avez l'air de bien vous en sortir.

— Le succès et moi, on est potes. Il y a deux ans, j'étais cent pour cent hétéro, je jouais pour les Chiens hurlants. Tu connais ?

— Non, admis-je.

— Putain, personne a entendu parler des Chiens hurlants. Je vivais dans un putain de carton d'emballage dans l'impasse derrière la pizzeria Romano. J'ai été punk, funk, grunge et rythm and blues. J'ai joué avec les Funky Derche, les Pitts, les SDF, et les Chiens hurlants. C'est avec eux que je suis resté le plus longtemps. Ça a été une expérience hyperdéprime, putain. Je supportais plus de chanter toutes ces putains de chansons sur des putains de chagrins d'amour, putain... Et puis fallait que je ressemble à un putain de cow-boy de mes deux. C'est vrai quoi, comment on peut se respecter quand on doit monter sur scène en chapeau de cow-boy ?

Pour les jurons, je suis assez douée, mais contre Sally, je ne faisais pas le poids. Même les jours où je suis vraiment en forme, je ne pourrais jamais placer autant de « putain » en aussi peu de phrases.

— Ben, dites donc, quel langage fleuri.

— Putain, on peut pas être musicien si on jure pas, putain !

Je savais qu'il disait vrai car il m'arrivait de regarder des rockumentaires sur MTV.

— Et maintenant, dis-je, tout en laissant errer mon regard sur ses cheveux, vous portez une perruque à la Farah Fawcett. C'est un peu un chapeau de cow-boy, à sa manière, non ?

— Ouais, mais c'est une putain de revendication. Putain c'est politiquement correct, p'tain ! C'est la radicalisation de la sensibilité masculine, tu vois. C'est sortir ma féminité de merde du placard, tu vois. Une manière de dire, elle est là, regardez-la, tu vois ?

— Hum-hum.

— Et en plus, je me fais des couilles en or. Je suis dans la mouvance sur ce coup. C'est l'année des drag-queens. C'est une putain de méga-invasion.

Il m'arracha le mot des mains et l'étudia.

— Non seulement je suis booké pour tous les week-ends pendant deux ans, poursuivit-il, mais en plus, j'ai du fric plein les poches, putain. J'ai tellement de fric que je ne sais plus quoi en faire.

— Donc, je suppose que vous estimez avoir de la chance d'être gay ?

— Ben... entre nous, je ne le suis pas, gay.

— Vous êtes un travesti.

— Ouais, quelque chose dans ce goût-là... je veux dire, je m'en fous de passer pour un gay. Danser avec un mec, d'accord, tu vois ; mais me faire prendre par-derrière, pas d'accord.

J'opinai. Je le comprenais parfaitement : moi, c'était pareil.

— Lorraine m'a dit que t'étais chasseuse de primes ?

— Je n'ai presque jamais tué personne.

— Si j'étais chasseur de primes, putain, moi, je buterais des tas de gens.

Il finit de griffonner sur le bout de papier et me le rendit.

— Tu vas trouver ça difficile à croire, me dit-il, mais j'étais un peu zarbi quand j'étais môme.

— Non ?

— Si. J'étais genre... ailleurs. Je passais pas mal de temps à parler avec Spock. Spock et moi, on s'envoyait des messages codés.

— Vous voulez parler du Spock de *Star Trek* ?

— Ouais, lui-même. Mince, Spock et moi, on était unis comme les doigts de la main. Mais notre code était duraille, au moins ; celui-là, c'est de la gnognote, c'est juste une poignée de lettres entrelardées de conneries. « Rouge, vert, bleu. C'est au Cocorico chaud qu'est l'indice, parbleu ! »

— Je connais le Cocorico chaud. C'est dans la même rue que l'agence.

Les bennes à ordures qui se trouvent dans le parking du Cocorico chaud sont rouge, verte et bleue. La verte et la bleue sont pour les papiers et l'alu recyclables ; la rouge, pour les ordures. J'étais prête à parier ma prime que le prochain indice était dans une de ces bennes.

Un autre homme apparut sur le seuil. Tiré à quatre épingles, il portait des Dockers et une chemise parfaitement repassée au col boutonné. Il était plus petit que Sally, environ un mètre soixante-quinze. Il était mince, avait le crâne lisse comme un œuf – on aurait dit un chihuahua chauve –, de doux yeux marron cachés derrière des lunettes aux verres épais, et une bouche qui paraissait trop grosse par rapport à son petit visage chafouin et son nez de chérubin.

— Qu'est-ce qui se passe ? demanda-t-il.

— Je te présente Stéphanie Plum, dit Sally. Celle dont Lorraine m'a parlé au téléphone.

— Gregory Stern, dit le nouveau venu en me tendant la main. Mais tout le monde m'appelle Sugar.

— Sugar et moi, on partage cet appart, expliqua Sally. On est dans le même groupe.

— J'ai toujours rêvé de chanter dans un groupe, dis-je. Sauf que je chante comme une casserole.

— Oh, je parie que non, dit Sugar. Je parie que tu serais extra.

— Tu ferais mieux de t'habiller, dit Sally à Sugar. Tu vas encore être à la bourre.

— On a un concert cet après-midi, me précisa Sugar. Un mariage.

Ah, d'acccoooorrrd.

Le Cocorico chaud se trouve dans Hamilton Avenue, à l'abri d'un cube de béton doté de fenêtres sur trois côtés. L'endroit est réputé non pour ses bons petits plats, mais pour le poulet géant pivotant empalé sur un mât de dix mètres de haut ancré dans le parking.

J'y engageai la voiture et stoppai tout contre la benne rouge. La température avoisinait les quarante degrés à l'ombre avec cent pour cent d'humidité. J'avais ouvert le toit de ma voiture, et une fois que je me fus garée, je sentis la chaleur se déposer autour de moi. *Peut-être que lorsque j'aurai retrouvé Nowicki, je ferai réparer ma clim. Ou peut-être que j'irai passer une huitaine au bord de la mer... ou peut-être que je paierai mon loyer pour éviter d'être expulsée.*

Je descendis de voiture et m'approchai de la benne en pensant au plat que j'allais commander pour déjeuner. Deux morceaux de poulet plus du chou en salade, un feuilleté aux pommes et un maxi-Coca, ça me semblait parfait.

Je jetai un coup d'œil à l'intérieur de la benne, me bouchai instinctivement le nez et reculai de plusieurs pas en titubant. Le gros des ordures était dans des sacs, mais certains, étripés, avaient vomi leurs entrailles comme des victimes d'accidents de la route. L'odeur nauséabonde de légumes pourris et de poulets gangreneux me força à reconsidérer mes projets de déjeuner. Hors de question que je joue les asticots dans cette fange en quête d'un indice à la gomme !

Je retournai à ma voiture et appelai Eddie Kuntz de mon portable.

— J'ai déchiffré le mot, lui annonçai-je. Je suis au

Cocorico chaud où se trouve un autre indice. Je crois qu'il vaut mieux que vous veniez voir vous-même.

Une demi-heure plus tard, Kuntz s'engageait dans le parking. J'étais toujours assise dans ma voiture, buvant à grosses goulées mon troisième Coca light géant, et je suais comme une vache. Kuntz avait l'air supercool dans sa nouvelle voiture de sport, modèle de série avec air conditionné. Il avait troqué le short maculé de sueur qu'il portait dans la matinée contre un polo à mailles noir, un short noir en lycra qui ne faisait pas grand-chose pour cacher son Monsieur Labosse, deux chaînes en or autour du cou et des Air Jordan flambant neuves qui donnaient l'impression d'être un 48 fillette.

— Sur votre trente et un ? remarquai-je.

— Faut que je soigne mon image. J'voudrais pas décevoir les gonzesses.

Je lui tendis le mot décodé.

— Le prochain indice est dans la benne rouge.

Il s'en approcha, passa la tête par-dessus le rebord et eut un mouvement de recul.

— Plutôt mûr, lui dis-je. Vous voulez peut-être aller vous changer avant de faire le grand saut ?

— Quoi ? Vous êtes dingue ? Je ne compte pas patauger dans cette mélasse !

— C'est votre indice.

— Ouais, mais c'est *vous* que j'ai engagée.

— Pas pour faire du surf dans une benne à ordures.

— Je vous ai engagée pour la retrouver, c'est tout ce que je vous demande. Je veux que vous la retrouviez, point.

L'un des deux alphapages accrochés à la ceinture de son short sonna et afficha un message.

— Une gonzesse, dit-il. Elles arrêtent pas.

C'est ça. Je parie que c'est sa mère.

Il s'éloigna pour passer deux ou trois coups de fil de son téléphone de voiture, puis vint me retrouver.

— C'est bon, tout est arrangé. Restez ici et attendez Carlos. Je resterais bien, mais j'ai d'autres chats à fouetter.

Je le regardai partir, puis me retournai et plissai les yeux, scrutant les alentours au-delà du parking.

— Hé, Maxine ! criai-je. Tu es là ? Moi aussi, j'aurais bien aimé voir Kuntz farfouiller dans la benne. C'était une bonne idée, mais ça n'a pas marché. Que dirais-tu de m'offrir une barquette de poulet ?

Comme Maxine ne se matérialisa pas devant moi, je restai assise au volant de ma voiture et attendis Carlos. Vingt minutes plus tard, une pelleteuse s'engagea dans le parking. Le chauffeur la fit rouler jusqu'à la benne à ordures qu'il coinça dans les mâchoires de son engin. La benne s'inclina au ralenti puis s'écrasa au sol telle la dépouille d'un dinosaure. Des sacs-poubelle dégringolèrent par terre et s'éventrèrent, un bocal tinta sur le bitume, roula entre les sacs et s'immobilisa à quelques centimètres de moi. Quelqu'un avait écrit au marqueur « indice » sur l'extérieur du bocal.

Le chauffeur de la pelleteuse me jaugea.

— C'est vous, Stéphanie ?

Je regardais, clouée sur place, les ordures étalées devant moi, et mon cœur battait si fort que j'en avais le tournis.

— Mmm-mmm.

— Vous voulez que j'en remette encore un peu, des ordures ?

— Non !

Des gens nous observaient de leur perron et de derrière la vitrine du Cocorico chaud. Deux lycéennes en tenue jaune et rouge du restaurant s'élancèrent en courant sur le parking en direction de la pelleteuse.

— Hé, vous jouez à quoi, là ? Qu'est-ce qui vous prend ? hurla l'une d'elles.

— Mets pas tes dessous sens dessus dessous, lui cria le chauffeur. La vie est trop courte !

Il nous adressa un salut militaire et démarra.

On en resta toutes comme deux ronds de flan, incapables de parler.

— Vous le connaissez ? me demanda la gamine.

— Ni d'Ève ni d'Adam.

J'étais à environ un kilomètre de chez moi. Je ramassai le bocal, sautai dans ma voiture et mis le cap sur mon appart. Pendant tout le trajet, je n'arrêtais pas de vérifier dans le rétro si je n'étais pas poursuivie par les services de voirie.

Je tournai la clé dans la serrure et appelai Rex.

Endormi dans sa boîte de conserve, il ne réagit pas. J'allai à la cuisine me préparer un sandwich beurre de cacahouètes-olives. Je décapsulai une canette de bière, essayai de déchiffrer le nouveau message codé tout en mangeant, mais il demeurait un rien abscons. Je renonçai et appelai Sally. À la troisième sonnerie, son répondeur s'enclencha. « Sally et Sugar sont sorties, mais elles auraient adoré paaaaaaaaarler avec vous, alors, laissez-leur un message ! »

Je laissai mon nom et mon numéro de téléphone et me replongeai dans la contemplation du mot. À trois heures, mes yeux étaient frits et, n'ayant pas de nouvelles de Sally, je décidai de refaire du porte-à-porte chez les seniors. M. Kleinschmidt me dit que ce n'étaient pas des mots croisés. Lorraine me dit que ce n'était pas une anagramme. M. Markowitz me dit qu'il regardait la télé et qu'il n'avait pas de temps à perdre avec de telles sornettes.

Quand je revins chez moi, le voyant lumineux de mon répondeur clignotait.

Le premier message était d'Eddie Kuntz.

« Alors, alors, elle est où ? »

Rien de plus. Fin du message.

— Quel chieur, dis-je au répondeur.

Le second message était de Ranger.

« Rappelle-moi. »

Ranger est un homme peu disert. C'est un Américano-Cubain, un ancien des Forces spéciales, qu'il vaut mieux compter parmi ses amis que ses ennemis, et il est le chasseur de primes *numero uno* de Vinnie. Je composai son numéro et attendis d'entendre une respiration. Parfois, ça se limitait à ça.

— S'lut, dit Ranger.

— S'lut toi-même.

— J'ai besoin de ton aide pour choper un fugitif.

Cela pouvait signifier deux choses : soit Ranger avait envie d'une bonne partie de rigolade, soit il avait besoin d'une femme blanche pour servir d'appât. S'il avait besoin d'un soutien musclé, ce ne serait pas à moi qu'il s'adresserait. Il connaissait des mecs prêts à affronter Terminator contre un paquet de Camel et la promesse de passer un bon moment.

— Faut que j'attire un DDC à l'extérieur d'un immeuble et je n'ai pas ce qu'il faut pour ça, m'expliqua Ranger.

— Oh. Et qu'est-ce qu'il te manque exactement ?

— Une peau blanche et soyeuse à peine cachée sous une minijupe et un polo moulant. Sammy Patte folle a passé l'arme à gauche il y a deux jours. Sa dépouille est exposée chez Leoni, et mon homme, Kenny Martin, est là-bas en train de lui présenter ses derniers hommages.

— Alors, pourquoi n'attends-tu pas qu'il sorte, tout simplement ?

— Il est là-bas avec sa mère, sa sœur et son oncle Vito. À mon avis, ils vont sortir ensemble et je n'ai pas envie de m'empêtrer dans la famille Grizolli pour l'atteindre.

La décharge publique était jonchée des restes de ceux qui s'étaient empêtrés dans la famille Grizolli.

— Pour tout t'avouer, j'avais des projets pour ce soir, lui dis-je. Entre autres, ne pas mourir tout de suite.

— Je veux juste que tu le fasses sortir par la porte du fond. À partir de là, je m'en charge.

La communication fut coupée, mais je n'en criais pas moins dans le combiné :

— *Tu es complètement azimuté ou quoi ?*

Un quart d'heure plus tard, j'avais mis mes CBM à talons de six centimètres (sigle de « Chaussures Baisez-Moi » car, quand je les ai aux pieds, je ressemble à Miss Pute puissance Pute). Je me tortillai pour enfiler une robe décolletée en jersey noir que j'avais achetée dans l'intention de perdre trois kilos, m'engluai les yeux de mascara noir et étoffai mon tour de poitrine en rembourrant mon soutien-gorge de coton hydrophile.

Ranger était garé dans Roebling Street, à deux pas du salon funéraire. Il ne se retourna pas quand je m'arrêtai au bord du trottoir, mais je le vis me suivre des yeux dans son rétro.

Il était tout sourire quand je me glissai à ses côtés.

— Jolie robe, qui tient tout juste sur toi. Tu as déjà envisagé de changer de métier ?

— Je n'arrête pas. J'y pense en ce moment même.

— Kenny Martin, dit-il en me tendant une photo. Vingt-deux ans. Un minable sans envergure. Accusé de vol à main armée. (Il lança un coup d'œil au sac en cuir noir que je portais en bandoulière.) Tu es armée ?

— Oui.

— Il est chargé ?

— Heu..., dis-je en farfouillant dans mon sac. Je ne crois pas, mais je crois que j'ai des balles par là...

— Menottes ?

— Oui, ça, je suis sûre que je les ai.

— Bombe lacrymo ?

— Ouais.

— Alors, vas-y, fonce, tigresse.

Je traversai la rue d'une démarche chaloupée et gravis les marches de chez Leoni. Une poignée de vieux Italiens fumaient sur la véranda. Les conversations cessèrent à mon approche, et le groupe s'écarta pour me laisser passer. Il y avait beaucoup de monde dans le hall, mais pas de Kenny Martin à l'horizon. Je gagnai le salon n° 1 où la dépouille mortelle de Sammy Pattefolle était exposée, douillettement installée dans un cercueil en acajou très ouvragé. Il y avait beaucoup de fleurs fraîches et autant de vieilles Italiennes. Personne ne semblait trop contrarié par le décès de Sammy. Point de veuve assommée par des antidépresseurs. Point de mère éplorée. Point de Kenny.

Je dis *bye-bye* à Sammy et, en équilibre précaire sur

mes hauts talons, j'enfilai le couloir au bout duquel se trouvait une petite pièce qui s'ouvrait sur la cour par la porte du fond ; porte devant laquelle se tenait Kenny Martin qui fumait en cachette ; porte qui donnait sur une allée bitumée et, quelque part au-delà de l'allée, sur Ranger.

Je m'adossai nonchalamment au mur, face à Kenny, et je lui souris.

— Salut, dis-je.

Son regard se planta dans mes boules de coton hydrophile.

— T'es venue pour Sammy ?

Je fis non de la tête.

— Mme Kowalski, dans le salon n° 2.

— T'as pas l'air d'avoir trop de peine.

Je haussai les épaules.

— Si t'avais de la peine, je pourrais te consoler. Je connais pas mal de façons de consoler une femme.

Il mesurait un mètre quatre-vingts et pesait quatre-vingt-quinze kilos au bas mot. Il portait un costume bleu marine, une chemise blanche au col déboutonné.

— Qu'est-ce qui te ferait plaisir, poupée ? demanda-t-il.

Je le regardai de la tête aux pieds, et souris comme si j'appréciais énormément ce que je voyais.

— Comment tu t'appelles ?

— Kenny. Kenny Martin, dit « le Mec ».

Rien que ça ! Je lui tendis la main.

— Stéphanie.

En guise de poignée de main, il enroula ses doigts autour des miens et m'attira contre lui.

— Joli prénom.

— Je sortais prendre l'air. Tu m'accompagnes ?

— Ouais, bien sûr. Y a rien que des morts ici. Même les vivants sont morts, si tu vois ce que je veux dire.

Une gamine surgit du couloir et courut vers nous.

— Kenny, maman veut qu'on s'en aille.

— Dis-lui que j'en ai pour une minute.

— Elle m'a dit de te dire que tu devais venir *tout de suite.*

Kenny tourna les paumes vers le ciel pour m'indiquer qu'il ne lui servirait à rien de protester. On sait tous que c'est perdu d'avance face à une mère italienne.

— Je peux peut-être t'appeler un de ces quatre, me fit Kenny. On pourrait se revoir ?

Ne jamais sous-estimer le pouvoir du coton hydrophile.

— Bien sûr, dis-je. Sortons un petit moment, je vais te donner mon numéro de téléphone. J'ai vraiment besoin de prendre l'air.

— *Main-te-nant !* assena la gamine.

Kenny flanqua une bourrade à l'enfant qui tourna les talons et partit au triple galop vers « Maman ! » en criant à pleins poumons.

— Il faut que j'y aille, dit Kenny.

— Attends ! Je te donne ma carte.

J'avais déjà plongé la tête dans mon sac que je ratissai en quête de ma bombe lacrymo. Si je ne pouvais le convaincre de sortir de son plein gré, j'allais le bomber et le tirer de force.

J'entendis des bruits de pas sur la moquette et relevai la tête pour voir une femme foncer sur nous. Blonde. Cheveux courts. Mince. Jolie. Elle portait un tailleur gris, des chaussures à talons hauts, et son expression se durcit quand elle me vit en compagnie de Kenny.

— Ah, d'accord, je vois, dit-elle à Kenny. Ta mère m'envoie te chercher, mais j'ai bien l'impression qu'il y a un problème.

— Aucun problème, répondit Kenny. Dis-lui de pas me les casser.

— Ouais, c'est ça, je vais dire à ta mère de ne pas te les casser. Tu veux ma mort ?

Elle me considéra, reporta son regard sur Kenny, sourit.

— T'es pas au courant, hein ? demanda-t-elle à Kenny.

Je cherchais toujours ma bombe lacrymo. Brosse à

cheveux... torche électrique... tampons... zut et zut, où était ma bombe ?

— Au courant de quoi ? fit Kenny. De quoi tu parles ?

— Jamais tu lis les journaux ? C'est Stéphanie Plum. Elle a foutu le feu au salon funéraire l'année dernière. Elle est chasseuse de primes.

— Tu déconnes, là ?

Aïe aïe aïe !

3

Kenny me flanqua un coup sur l'épaule qui me fit reculer de quelques mètres.

— C'est vrai ce que dit Terry ? T'es chasseuse de primes ?

— Hé, fis-je. Bas les pattes !

Il me flanqua une autre bourrade qui me projeta contre le mur.

— Faudrait peut-être que je t'apprenne à pas te frotter à Kenny.

— Faudrait peut-être que je vous apprenne à vous présenter au tribunal le jour dit.

J'avais encore la main dans mon sac mais je ne trouvais toujours pas ma bombe lacrymo de merde. En dernier recours, j'extirpai ma laque extraforte et je la lui pulvérisai en pleine figure.

— Aïeeeeuuuuu ! glapit Kenny en bondissant en arrière et en se mettant une main sur les yeux. Garce ! Tu me le paieras. (Il écarta les mains de son visage.) Hé, minute, fit-il. C'est quoi, c'te merde ?

— Tu t'es fait laquer, Kenny, lui répondit Terry en souriant jusqu'aux oreilles.

La petite fille resurgit du couloir, flanquée d'une femme assez âgée.

— Qu'est-ce qui se passe ? s'enquit la femme.

Un vieil homme arriva à leur suite. Vito Grizolli. Il donnait l'impression de sortir tout droit du *Parrain*.

— Kenny s'est fait bomber à la laque, claironna Terry. Il a cherché la bagarre mais il n'est pas assez musclé pour résister à de l'extraforte.

— C'est vous qui avez fait ça à mon fiston ? me demanda la vieille.

Je voulus réprimer un soupir, mais échouai. Il y a des jours où il vaudrait mieux rester couché.

— Je travaille pour l'agence de cautionnement judiciaire de Vincent Plum, lui expliquai-je. Votre fils n'a pas répondu à sa convocation au tribunal, donc il doit venir avec moi afin qu'une autre audience lui soit signifiée et que son affaire puisse être jugée.

Mme Martin inspira en pinçant les narines et se tourna vers son rejeton.

— C'est vrai ? T'es pas allé au tribunal ? À quoi tu joues ? T'es idiot ou quoi ?

— C'est des conneries, tout ça, dit Kenny.

Sa mère lui flanqua une taloche sur le coin de la caboche.

— Surveille ton langage !

— Et vous, me lança-t-elle, c'est comme ça qu'on s'habille ? Si vous étiez ma fille, je ne vous laisserais pas sortir attifée de la sorte !

Prudente, je m'écartai d'elle avant qu'elle ne me gifle à mon tour.

— Ah, la nouvelle génération, soupira Vito Grizolli. Dans quel monde vivons-nous ! Tu aurais dû te présenter au tribunal, dit-il à Kenny en agitant un doigt en signe de réprobation. Comporte-toi en homme. Tu pars avec elle et tu laisses les avocats faire leur boulot.

— J'ai les yeux qui pleurent à cause de la laque, gémit Kenny. Faut que je voie un toubib.

— Ne faites pas l'enfant, lui dis-je de la porte que je maintenais ouverte à son intention. Moi, ça m'arrive tous les jours d'avoir de la laque dans les yeux, et je n'en fais pas une maladie !

Ranger attendait sous la marquise. Il était vêtu d'un

T-shirt noir et d'un pantalon de treillis noir enfoncé dans des bottes noires. Il avait le corps d'un Schwarzenegger, des cheveux aile de corbeau lissés en arrière et un sourire deux mille volts. Il était sexy à en tomber raide morte, aussi réglo que Batman et c'était un chasseur de primes hors pair.

Il me décocha son sourire deux mille volts.

— Tu tires bien avec ta laque.

— Ne me cherche pas.

Le lundi matin, au réveil, j'avais les nerfs en pelote. J'avais envie d'avancer sur l'affaire Maxine Nowicki, mais je séchais sur l'indice. Je l'examinai de nouveau et me sentis rongée par une frustration montante. Sally Sweet ne m'avait pas rappelée. L'envie de lui téléphoner me tenaillait, mais il était huit heures et je me dis qu'il était probable que les drag-queens n'étaient pas des lève-tôt.

J'en étais à ma deuxième tasse de café quand le téléphone sonna.

— C'est moi.

Sally.

Je lui épelai le mot.

Silence.

— Sally ?

— Je cogite. Je cogite. J'ai passé la nuit dehors, à être sexy et à rouler du cul, et c'est pas facile, tu sais.

J'entendis crier en fond sonore.

— Que se passe-t-il ?

— C'est Sugar. Il a fini de préparer le petit déj.

— Sugar vous fait votre petit déjeuner ?

— Je suis au téléphone avec Stéphanie ! cria Sally en retour.

— Ben mince alors, soupirai-je. Personne ne fait ça pour moi.

— Tu n'as qu'à vivre avec un gay, me répondit Sally. Ça les branche la cuisine et toutes ces conneries.

Ça valait la peine d'y réfléchir.

— Je ne veux pas vous gâcher votre petit déjeuner,

lui dis-je. Je serai à l'agence dans une heure. Quand vous aurez élucidé le mystère, vous n'avez qu'à m'appeler là-bas ou me laisser un message sur mon répondeur.

— Reçu cinq sur cinq.

Je me douchai puis m'habillai pour une nouvelle journée caniculaire. Je changeai l'eau de Rex et lui donnai des croquettes qu'il jugea tout juste dignes d'être reniflées.

Je mis mon sac en cuir noir à l'épaule, fermai ma porte à clé et descendis par l'escalier. Dehors, le bitume était fumant et le soleil flou dans un ciel sale. J'écoutais Savage Garden pendant tout le trajet et arrivai à l'agence regonflée à bloc car les dieux de la circulation avaient été cléments, m'épargnant tous les feux rouges. Une journée karmique, je le sentais.

Quand j'entrai, je trouvai Connie penchée sur un dossier. Ses cheveux bruns étaient crêpés haut sur son crâne comme le décor en trompe l'œil d'un plateau de cinéma. Tout devant, rien derrière. Une coiffure géniale tant qu'elle restait de face.

— Si tu veux parler au boss, il n'est pas là, me prévint-elle.

Lula surgit de derrière une rangée de classeurs métalliques.

— Il se fait une pause « crampette », dit-elle. J'ai vu ça sur son agenda.

— Alors ? s'enquit Connie. Du nouveau dans l'affaire Nowicki ?

Je tendis une copie du mot à Connie et à Lula.

— Elle a laissé ce message codé.

— Là, j'peux rien pour toi, fit Lula. J'ai toujours été meilleure à l'oral qu'à l'écrit.

Connie se mordit la lèvre inférieure généreusement peinturlurée de rouge.

— Peut-être que les chiffres correspondent à des lettres, suggéra-t-elle.

— J'y ai pensé, dis-je, mais ça ne m'a menée nulle part.

On fixa toutes les trois le mot pendant un moment.

— Si ça se trouve, ça veut rien dire du tout, fit Lula. C'est peut-être une blague.

J'opinai. Un canular n'était pas à exclure.

— J'ai donné un coup de main à Ranger pour une arrestation, dis-je. Kenny Martin.

Connie eut un rire de gorge.

— Le neveu de Vito Grizolli ? Tu as dû te marrer, je parie ?

— Il y avait une femme avec lui que je n'arrive pas à resituer. Je suis sûre de l'avoir déjà vue, mais impossible de me rappeler où.

— Elle ressemblait à quoi ?

— Blonde, mince, jolie, cheveux courts. Il l'appelait Terry.

— Terry Gilman, dit Connie. Ex-Terry Grizolli. Elle a été mariée à Billy Gilman pendant cinq ou six heures, et elle a gardé son nom.

— Terry Grizolli ! C'était elle !

Terry Grizolli avait deux ans de moins que moi et avait été très liée à Joe Morelli pendant toutes les années de lycée. Elle avait été élue reine du bal de fin d'année et avait fait scandale en choisissant Joe comme cavalier. Après le bac, elle était devenue pom-pom girl professionnelle pour les Giants de New York.

— Ça faisait des années que je ne l'avais pas revue, dis-je. Qu'est-ce qu'elle devient ? Toujours pom-pom girl ?

— Le bruit court qu'elle travaille pour Vito. Elle a beaucoup d'argent et un emploi assez indéterminé.

— Tu es en train de me dire qu'elle fraye avec les mafieux ?

— Affirmatif, dit Connie.

La porte de l'agence s'ouvrit et on se retourna toutes les trois de concert. Lula fut la première à retrouver l'usage de la parole.

— Géante, la boucle.

Un perroquet se balançait sur un anneau d'or accroché à l'un des lobes de Sally.

— Je l'ai eue à la plage. Si t'achètes deux strings,

ils t'offrent la boucle gratis. (Il se fourra la main entre les fesses et se rajusta.) Putain, je ne sais pas comment elles arrivent à porter ces trucs-là, pesta-t-il. Moi, ça me titille les hémorroïdes.

Sans la perruque Farah Fawcett, ses cheveux étaient un méli-mélo brun foncé de mèches en queues de tire-bouchons. Le genre rasta sans dreadlocks. Il portait un jean coupé, un T-shirt blanc, des chaussures rouges à semelles compensées et s'était fraîchement passé les ongles au vernis argent.

— Je vous présente Sally Sweet, dis-je à Connie et à Lula.

— Rien que ça, fit Lula.

Sally me tendit sa traduction du message codé et regarda autour de lui.

— Je m'attendais à voir des avis de recherche sur les murs et des casiers regorgeant de fusils.

— Hé, c'est pas *Les Mystères de l'Ouest*, ici, lui dit Lula. On a de la classe. On range les armes dans la pièce du fond, avec le pervers.

Je lus le mot.

— « 132 Howser Street. Sous le banc. » C'est l'adresse de la mère de Maxine.

Sally s'affala sur le canapé.

— Quand j'étais gosse, je regardais les rediff avec Steve McQueen. Alors, lui, oui, c'était un chasseur de primes.

— Génialissime, commenta Lula. À tomber raide, le mec.

— Bon, qu'est-ce qu'on fait ? demanda Sally. On va à Howser Street ?

Un mauvais pressentiment me noua l'estomac. *On ?*

Lula referma le tiroir du classeur d'un coup sec.

— Minute ! fit-elle. Vous partez pas sans moi ! Et si ça tournait mal ? Et si vous aviez besoin d'un gros gabarit comme moi pour vous aider à redresser la situation ?

J'aime beaucoup Lula, mais la dernière fois qu'on avait travaillé ensemble, j'avais pris trois kilos et j'avais failli me faire arrêter pour avoir tiré sur un type déjà mort.

— C'est *moi* qui vais à Howser Street, dis-je. Moi seule. Une personne. Steve McQueen travaillait seul.

— Je ne voudrais pas te vexer, dit Lula, mais Steve McQueen et toi, ça fait deux. Et s'il se passe quelque chose, tu seras contente de m'avoir avec toi. Et puis, ce sera plus marrant... nous deux refaisant équipe sur une affaire.

— Nous trois, rectifia Sally. Je vous accompagne.

— Mince alors, fit Lula. Les trois mousqueteuses !

Lula jaugea la maison de Nowicki.

— Apparemment, la maman de Maxine ne passe pas beaucoup de temps à entretenir son ranch.

On était dans la Firebird de Lula en compagnie de Sally qui, assis sur la banquette arrière, faisait mine de gratter une guitare pour accompagner le rap diffusé par l'autoradio. Lula coupa le moteur, la musique cessa et Sally fut sur le qui-vive.

— Ça fout les boules, dit-il. Vous avez des flingues, vous deux ?

— Mauvaise idée, lui répondis-je. Pas besoin d'être armé pour trouver un indice.

— Ben, c'est hyperdécevant. Je pensais que vous feriez irruption dans la maison en défonçant la porte à coups de lattes. Qu'il y aurait de la baston, quoi.

— Tu devrais diminuer tes doses de coke au petit déj, lui conseilla Lula. Si tu continues à ce rythme, tu vas perdre tous tes poils de nez.

— Il y a un petit banc en bois sur la véranda, dis-je en débouclant ma ceinture de sécurité. Avec de la chance, nous n'aurons même pas à entrer dans la maison.

On traversa le carré de pelouse inégalement tondue, et Lula mit le pied sur la première des marches qui menaient à la véranda, s'immobilisant en l'entendant gémir sous son poids. Puis elle reprit son ascension, progressant prudemment sur des planches manifestement plus pourries les unes que les autres.

Sally lui emboîta le pas sur la pointe de ses semelles compensées. *Clank, clank, clank.* Comme travesti discret, on faisait mieux.

Ils se placèrent chacun à une extrémité du banc et le retournèrent.

Pas de mot scotché sous l'assise.

— Il s'est peut-être envolé, suggéra Lula.

Il n'y avait pas le moindre souffle d'air dans tout le New Jersey, mais on vérifia tout de même les alentours, nous déployant pour ratisser le jardinet.

Point de mot.

— Bah, fit Lula. On nous a menés en bateau.

Sous la véranda, il y avait un espace fermé par un treillage. Je me mis à quatre pattes et plissai les yeux pour voir à travers les lattes. Le mot indiquait « sous le banc ». Cela pouvait signifier « sous la véranda, sous le banc ». Je trottinai jusqu'à la voiture pour y prendre une torche électrique dans la boîte à gants, revins me mettre à croupetons au même endroit et balayai le sol en terre avec le faisceau de la lampe. Il y avait bel et bien un bocal en verre sous la véranda au niveau du banc.

Deux yeux jaunes, pris dans la lumière de la torche, s'immobilisèrent une fraction de seconde puis détalèrent.

— Tu vois quelque chose ? s'enquit Lula.

— Oui.

— Alors ?

— Des yeux. De petits yeux jaunes inexpressifs. Et des araignées. Beaucoup d'araignées.

Lula ne put réprimer un frisson.

Sally rajusta une fois encore sa ceinture.

— J'irais bien le chercher, dit Lula, mais un gros gabarit comme moi ne passera pas. C'est vraiment dommage qu'il n'y ait pas un peu plus de place là-dessous.

— Je pense que tu passerais, lui fis-je remarquer.

— Non, je ne passerais pas.

J'eus une pensée pour les araignées.

— Moi non plus, je ne passerais pas, dis-je.

— Moi, je passerais, dit Sally, mais je refuse de m'amuser à ça. J'ai payé vingt dollars cette manucure, et il est hors de question que je la bousille pour le plaisir de ramper sous une véranda infestée de rats.

Je m'accroupis pour jeter un autre coup d'œil.

— On pourrait peut-être se servir d'un râteau pour le récupérer ?

— Pff ! fit Lula. Un râteau, mais c'est pas assez long. Il est trop loin, le bocal. Et où veux-tu trouver un râteau, de toute façon ?

— On pourrait en demander un à Mme Nowicki.

— C'est ça, ouais, fit Lula. Rien qu'à voir l'état de sa pelouse, on voit qu'elle jardine beaucoup.

Lula se dressa sur la pointe des pieds et risqua un coup d'œil par une fenêtre latérale.

— Probable qu'elle est même pas là, dit-elle. Elle serait déjà sortie sinon, avec nous sur sa véranda et tout ça.

Lula s'approcha d'une autre fenêtre et colla son visage contre la vitre.

— Ho-ho, fit-elle.

— Quoi « ho-ho » ? dis-je.

Je n'aimais pas ses « ho-ho ».

Sally et moi la rejoignîmes en trottinant et pressâmes le nez contre le carreau.

Mme Nowicki était étalée de tout son long sur le sol de la cuisine, une serviette ensanglantée enroulée autour de son crâne et une bouteille de Jim Beam vide par terre à côté d'elle. Elle portait une chemise de nuit en coton et était pieds nus, orteils pointant vers l'extérieur.

— Hé, c'est « Mort à tous les étages », ici, fit Lula. Si tu veux un râteau, va falloir te le dégoter toi-même.

Je frappai au carreau.

— Madame Nowicki !

Elle ne bougea pas d'un pouce.

— Ça a dû arriver il y a peu de temps, dit Lula. Si elle était allongée ici depuis un bail, par cette chaleur, elle serait aussi gonflée qu'un ballon de plage. Elle aurait explosé. Y aurait des tripes et des asticots sur les murs !

— Je regrette de ne pas voir ce spectacle, dit Sally. Et si on revenait dans quelques heures ?

Je m'éloignai vers la voiture.

— Nous devons appeler la police.

— Oublie le « nous », dit Lula en m'emboîtant le pas. Les flics, ils me donnent des boutons.

— Tu ne fais plus le trottoir. Tu n'as plus à t'inquiéter de la police.

— C'est une de ces histoires de choc traumatristes, dit-elle.

Dix minutes plus tard, deux voitures de police se garaient en épi devant la maison. Carl Costanza descendit du premier véhicule, me regarda et hocha la tête. Je connais Carl depuis l'école primaire. Il avait toujours été le gosse maigre comme un clou, mal coiffé et à la langue bien pendue. Il avait pris un peu d'embonpoint ces dernières années et il s'était trouvé un bon coiffeur. Il avait toujours la parole facile, mais l'un dans l'autre, c'était un type bien et un assez bon flic.

— Encore un cadavre ? fit-il. Tu cherches quoi ? à figurer dans le *Livre des records* ? L'habitante de Trenton qui a découvert le plus grand nombre de cadavres dans sa ville ?

— Elle est allongée sur le sol de sa cuisine. On n'est pas entrés. La porte est fermée à clé.

— Comment sais-tu qu'elle est sur le sol de sa cuisine et que sa porte est fermée à clé ?

— Je... je passais devant sa fenêtre, et...

Carl me fit taire en levant une main.

— Ne m'en dis pas plus. Je ne veux rien entendre. Je n'aurais pas dû demander.

Le flic de la seconde voiture s'était approché de la fenêtre latérale et regardait à l'intérieur, main sur le revolver à sa ceinture.

— Affirmatif, dit-il. Elle est sur le sol de sa cuisine.

Il frappa de petits coups au carreau.

— Hé, m'dame ! cria-t-il. (Il se tourna vers nous,

plissant les yeux à cause du soleil.) Elle m'a tout l'air d'être morte.

Carl gagna la porte d'entrée et frappa.

— Madame Nowicki ? Police !

Rien.

Il frappa plus fort.

— Madame Nowicki, on entre !

Il flanqua un grand coup de poing dans le battant en bois, les moulures pourries volèrent en éclats et la porte s'ouvrit toute grande.

Je suivis Carl dans la cuisine et le regardai se pencher sur Mme Nowicki, lui prendre le pouls, chercher un signe de vie.

Il y avait d'autres serviettes ensanglantées dans l'évier. Un économe taché de sang était posé sur le comptoir. J'avais d'abord cru qu'on lui avait tiré dessus, mais ni revolver ni traces de lutte n'étaient visibles.

— Vaudrait mieux que tu appelles le légiste, dit Carl à son collègue. Je ne sais pas trop ce qu'on a là.

Sally et Lula avaient pris position contre le mur.

— Qu'est-ce que vous en pensez ? demanda Lula à Carl.

— Pas grand-chose, répondit-il avec un haussement d'épaules. Elle a l'air bien morte.

Lula opina :

— Ouais, c'est ce que je pensais aussi. Dès que je l'ai vue, je me suis dit, merde, elle est morte, celle-là.

Le second policier s'éclipsa pour passer son coup de fil, et Lula s'approcha de Mme Nowicki.

— Qu'est-ce qui lui est arrivé, d'après vous ? Je parie qu'elle est tombée sur la tête, puis elle s'est mis la serviette autour du crâne et elle a clamsé.

Ça me paraissait plausible... si l'on oubliait l'économe à la lame pleine de sang et de cheveux.

Lula inclina le buste et examina la serviette nouée en turban.

— Elle a dû se cogner fort. Y a vachement de sang. D'habitude, quand on meurt, le corps se vide et une mauvaise odeur se dégage assez vite. Mme Nowicki ne sentait pas mauvais. Elle sentait le whisky.

Carl, qui venait de se faire la même réflexion, me lança un regard de biais quand, tout à coup, Mme Nowicki ouvrit un œil et fixa Lula.

— Haaaa ! glapit Lula en faisant un bond en arrière et en emplafonnant Sally. Son œil s'est ouvert tout grand !

— C'est pour mieux te voir, mon enfant, souffla Mme Nowicki d'une voix rauque qui donnait à penser qu'elle n'était plus qu'à un paquet de cigarettes du cancer des poumons.

Carl s'avança dans le champ de vision de Mme Nowicki.

— On pensait que vous étiez morte, fit-il.

— Pas encore, mon chou. Mais je vais vous dire, j'ai un mal de tête ca-ra-bi-né !

Elle porta une main tremblante à son crâne et tâta la serviette.

— Ah oui, je me souviens maintenant.

— Que s'est-il passé ?

— Un accident. J'essayais d'effiler mes cheveux, et ma main a glissé et je me suis fait une petite coupure. Ça saignait un peu, alors je me suis mis une serviette autour de la tête et j'ai bu quelques gorgées de médicament à la bouteille.

Elle tenta de se redresser avec effort.

— J'sais pas exactement ce qui s'est passé après ça, dit-elle.

— Pour moi, fit Lula, mains sur les hanches, vous avez éclusé la bouteille et vous êtes tombée dans les pommes. Je pense que vous avez bu une gorgée de médicament de trop.

— Pour moi, elle n'en a pas bu assez, murmura Sally. Je la préférais morte.

— J'ai besoin d'une cigarette, dit Mme Nowicki. Quelqu'un en a une ?

Des voitures s'arrêtèrent devant la maison et des pas

résonnèrent dans le salon. Le collègue de Carl entra, suivi d'un policier en uniforme.

— Elle n'est pas morte, expliqua Carl.

— Peut-être qu'elle l'était, dit Lula. Peut-être que c'est une morte vivante !

— Et peut-être que vous avez une araignée au plafond ? rétorqua Mme Nowicki.

Dehors, le gyrophare d'une ambulance lança ses éclairs de lumière, et deux auxiliaires médicaux déboulèrent dans la cuisine.

Je me faufilai à l'extérieur, sur la véranda puis sur la pelouse. Je n'avais pas spécialement envie qu'ils dénouent la serviette en ma présence.

— Je ne sais pas toi, me dit Lula, mais moi, je suis prête à quitter cette petite fête.

Cela ne me posait aucun problème. Carl savait où me trouver s'il avait des questions à me poser. Apparemment, cet incident n'avait rien de criminel, de toute façon. Une poivrote se fend le crâne avec un économe et perd connaissance. Ce sont des choses qui arrivent tous les jours, je suppose.

On s'entassa dans la Firebird et on fila à l'agence. Je dis *bye bye* à Lula et à Sally, me glissai au volant de ma CRX et regagnai mes pénates. Quand les choses se seraient tassées, je retournerais chez Mme Nowicki avec un machin à long manche et récupérerais la bouteille. Je n'avais pas eu envie d'expliquer cette histoire d'indices aux flics.

En attendant, je pouvais passer des coups de fil. Je n'avais pas fini d'exploiter la liste d'Eddie Kuntz. Ça ne mangerait pas de pain de contacter les autres personnes.

Quand j'entrai dans le hall de mon immeuble, je tombai sur Mme Williams, une voisine.

— J'ai les oreilles qui sifflent, c'est terrible, déclara-t-elle. Et la tête qui tourne, je ne vous dis pas.

Mme Balog, une autre voisine, était à côté d'elle, regardant si elle avait du courrier.

— C'est vos artères qui se bouchent, lui dit-elle. Evelyn Krutchka, du deuxième, a la même chose, c'est affreux. Il paraît que ses artères sont quasiment pétrifiées.

La majorité des occupants de mon immeuble sont des personnes du troisième âge. Sinon, il y a deux mères célibataires, un couple – Ernie Wall et sa petite amie – et une autre femme de mon âge qui ne parle qu'espagnol. Nous sommes des représentants de la population à revenus fixes ou à revenus à fiabilité douteuse. Nous ne nous intéressons ni au tennis ni au billard. Nous sommes un groupe de gens tranquilles, paisibles, armés jusqu'aux dents sans raison valable, ne cédant à nos pulsions violentes que lorsqu'une superplace de parking est en jeu.

Je montai à pied jusqu'au premier en espérant que cela aurait quelque incidence sur les effets de la tarte que j'avais mangée au petit déjeuner. J'entrai chez moi et virai à gauche vers la cuisine. J'enfonçai la tête dans mon frigo et y farfouillai en quête du déjeuner idéal. Au bout de quelques minutes, j'optai pour un œuf dur et une banane.

Je m'assis à la table de ma salle à manger – qui est, en fait, une petite alcôve dans mon salon – et mangeai mon œuf avant d'attaquer la liste de particuliers et de commerces que Kuntz m'avait donnée. J'appelai d'abord le pressing de Maxine. Non, ils ne l'avaient pas vue ces derniers temps, et non, elle n'avait pas de vêtements en attente. J'appelai ma cousine Marion, qui travaille à la banque de Maxine, et lui demandai s'il y avait eu récemment des opérations sur son compte. Pas de nouveau dépôt, me dit-elle. La transaction la plus récente datait de quinze jours : un retrait de trois cents dollars à un distributeur.

Le dernier nom de la liste était un 7-Eleven au nord de Trenton à environ cinq cents mètres de chez Eddie Kuntz et Mme Nowicki mère. La responsable du soir venait d'arriver. Elle me dit qu'une femme correspondant au signalement de Maxine était venue la veille. Elle s'en souvenait bien car c'était une cliente régulière et il était tard, il y avait peu de monde dans le magasin. La femme était d'humeur bavarde, ça avait un peu tué l'ennui.

Je fourrai la photo de Maxine dans mon sac à bandoulière et mis le cap sur le 7-Eleven afin de confirmer l'identification. Je me garai devant le magasin et regardai la caisse à travers la vitrine. Quatre hommes faisaient la queue. Trois étaient en costumes fripés par la chaleur et la journée de travail. Le temps que j'entre, il n'en restait que deux. J'attendis qu'ils aient fini leurs petites affaires, puis me présentai à la femme à la caisse.

Elle me tendit la main.

— Helen Badijian. Je suis la responsable de nuit. C'est à moi que vous avez parlé au téléphone.

Ses cheveux bruns étaient coiffés en une tresse qui descendait entre ses omoplates et, à l'exception de ses yeux soulignés à l'eye-liner noir, son visage était dénué de maquillage.

— Je n'ai pas tout à fait compris au téléphone. Vous êtes de la police ?

En général, je biaise quand on me pose cette question.

— Cautionnement judiciaire, dis-je, lui laissant le soin d'en conclure ce que bon lui semblait.

Jamais je ne mentirais en disant que j'appartiens aux forces de police, ce ne serait pas très malin. Mais bon, si quelqu'un fait la confusion parce qu'il écoute mal... ce n'est pas mon problème.

Helen regarda la photo de Maxine et opina.

— Oui, c'est bien elle. Sauf qu'elle est beaucoup plus bronzée maintenant.

Donc, j'avais appris deux choses : un, Maxine était vivante ; deux, elle avait du temps pour faire du bronzing.

— Elle a acheté deux paquets de cigarettes, poursuivit Helen. Des mentholées. Et un maxi-Coca. Elle m'a dit qu'elle avait une longue route devant elle. Je lui ai demandé si elle voulait acheter un billet de loterie, comme d'habitude, mais elle m'a dit non, qu'elle n'avait plus besoin de gagner à la loterie.

— Rien d'autre ?

— Non, c'est tout.

— Vous avez remarqué quelle voiture elle conduisait ?

— Désolée, je n'ai pas fait attention.

Je tendis ma carte à Helen en la priant de m'appeler si Maxine se manifestait. Je supposai que ma carte irait tout droit à la poubelle dès que je serais sortie du parking, mais ça valait toujours la peine d'essayer. La plupart du temps, les gens ne rechignent pas à me parler face à face, mais ils répugnent à se mouiller en prenant l'initiative de me passer un coup de fil. Ils ont l'impression d'être une balance, et être une balance, ce n'est pas cool.

Je quittai le parking et roulai jusqu'aux points sensibles : la maison de Margie, l'appartement de Maxine, la maison de Kuntz, la maison de Mme Nowicki mère et le restau. Rien ne semblait suspect. Je mourais d'impatience de récupérer le dernier indice, mais il y avait pas mal de monde dans Howser Street. Le voisin de Mme Nowicki arrosait sa pelouse. Deux ou trois gamins faisaient du skate-board, sautant du trottoir à la rue, de la rue au trottoir. Autant attendre qu'il fasse nuit, me dis-je. D'ici deux heures, le soleil serait couché et tout le monde serait rentré chez soi. Je pourrais rôder dans l'obscurité sans, je l'espérais, avoir à répondre à aucune question.

De retour à la maison, je trouvai Joe Morelli assis par terre dans le couloir, adossé au mur, jambes tendues devant lui, chevilles croisées. Un sac en papier kraft était posé à côté de lui, et le couloir fleurait les boulettes de viande et la sauce *marinara*.

Je lui décochai mon regard interrogateur.

— Je suis passé te dire bonjour, m'annonça-t-il en se relevant.

Mon regard glissa vers le sac.

— Dîner, dit Morelli en souriant jusqu'aux oreilles.

— Ça sent très bon.

— Boulettes de viande de chez Pino. Encore toutes chaudes. Je viens d'arriver.

D'ordinaire, je n'aurais pas fait entrer Morelli chez moi, mais ce serait pécher contre tous les saints que de refuser l'hospitalité à des boulettes de viande de chez Pino.

J'ouvris ma porte, et Morelli me suivit à l'intérieur. Je laissai tomber mon sac à bandoulière sur la table basse de mon entrée et, d'un pas léger, filai à la cuisine. Je pris deux assiettes dans le placard mural et les posai sur le comptoir.

— J'ai beau me forcer, je n'arrive pas à me persuader que tu me fais une simple visite de politesse, dis-je à Morelli.

— Ce n'est peut-être pas ça, répondit Morelli assez près de moi pour que je sente son souffle sur ma nuque. Je pensais que ça t'aurait intéressée d'avoir des nouvelles de la santé de la mère de Maxine Nowicki.

Je posai les boulettes de viande sur les assiettes et partageai en deux la barquette de salade de chou cru.

— Ça va me couper l'appétit ? demandai-je.

Morelli mit le cap sur le frigo en quête d'une bière.

— Elle a été scalpée, comme dans les vieux films de cow-boys et d'Indiens. Sauf que, dans son cas, ça a été fait assez superficiellement pour qu'elle n'en meure pas.

— C'est répugnant ! Qui peut faire une chose pareille ?

— Bonne question. Nowicki ne veut rien dire.

J'emportai les assiettes à table.

— Il y a des empreintes sur le couteau ?

— Aucune.

— Pas même celles de Mme Nowicki ?

— Pas même.

Je mangeai une boulette tout en réfléchissant à ce dernier rebondissement. *Scalpée ? Beurk !*

— Tu recherches sa fille, dit Morelli.

C'était plus un constat qu'une question.

— Ouais.

— Tu crois qu'il pourrait y avoir un lien ?

— Avant-hier, j'ai interrogé une collègue de Maxine. Elle avait la main bandée. Elle m'a raconté qu'elle s'était coupé le doigt au cours d'un accident domestique.

— Comment elle s'appelle, cette amie ?

— Margie quelque chose. Elle habite Barnet Street. Elle travaille le soir au Silver Dollar.

— Tu as d'autres mutilations à m'apprendre ?

Je grignotai un peu de salade de chou.

— Non, c'est tout. À part ça, la semaine a été calme.

Morelli me scrutait.

— Tu ne me racontes pas tout.

— Qu'est-ce qui te fait penser ça ?

— Je le vois.

— Tu ne vois rien du tout.

— Tu m'en veux toujours parce que je ne t'ai pas appelée.

— Je ne t'en veux ab-so-lu-ment pas ! martelai-je en tapant du poing sur la table, ce qui eut pour effet de faire sursauter ma canette de bière.

— Je voulais t'appeler, je t'assure.

Je bondis sur mes pieds, mis les deux assiettes vides l'une dans l'autre et les couverts dedans. *BANG, clic, clac !*

— Tu ne fonctionnes pas normalement pour un être humain, dis-je.

— Sans blague ? Ben, toi, t'es effrayante comme nana.

— Tu veux dire que je te fais peur ?

— N'importe quel homme normalement constitué aurait peur de toi. *La lettre écarlate*, tu connais ? Tu devrais avoir un tatouage sur le front qui dirait : « Femme dangereuse. Gardez vos distances ! »

Je fonçai à la cuisine et jetai les assiettes sur le comptoir.

— Il se trouve que je suis très gentille ! (Je me tournai vers Morelli et fronçai les sourcils.) Qu'est-ce que j'ai de si dangereux ?

— Des tas de choses. Cet air que tu as, pour

commencer. Celui d'une femme qui veut déjà choisir les rideaux pour la cuisine.

— Je n'ai PAS cet air-là ! criai-je. Et de toute façon, même si c'était le cas, ce ne serait pas pour TA cuisine !

Morelli me plaqua contre le réfrigérateur.

— Et il y a cette façon que tu as de faire battre mon cœur plus vite quand tu te mets en colère comme maintenant. (Il se pencha vers moi et me bécota le lobe de l'oreille.) Et il y a tes cheveux... je les adore, tes cheveux... (Il me mordilla l'oreille.) Dangereux, tes cheveux.

Aïe, aïe, aïe.

Il avait posé ses mains sur mes hanches et glissé son genou entre mes cuisses.

— Dangereux, ton corps. (Sa bouche effleura la mienne.) Dangereuses, tes lèvres.

Tout cela n'était pas prévu au programme. Je m'étais juré que cela n'arriverait pas.

— Écoute, Joe, je te remercie pour les boulettes de viande et tout ça... c'était vraiment sympa, mais...

— Chut, Stéphanie.

Et alors, il m'embrassa. Sa langue trouva la mienne... *Oh, et puis zut, peut-être que je suis une femme dangereuse, après tout. Peut-être que ce n'est pas une si mauvaise idée que ça. C'est vrai, quoi, il fut un temps où je ne désirais rien d'autre qu'un orgasme morellien. Eh bien, voilà l'occasion. Ce n'est pas comme si je ne le connaissais pas. Ce n'est pas comme... comme si je ne le méritais pas.*

— On ferait mieux d'aller dans la chambre, non ?

Nous éloigner des couteaux tranchants au cas où ça tournerait mal et que j'aurais envie de le poignarder.

Sous le T-shirt de Morelli, je sentais les excroissances de son alphapage et de son .38. Il détacha son alphapage et le mit dans le frigo. Il tourna le verrou de la porte d'entrée et, d'un coup de pied, balança ses chaussures dans l'entrée.

— Et le revolver ? m'enquis-je.

— Je le garde. Rien ne m'arrêtera cette fois. Si tu changes d'avis, je te bute.

— Hmm, mais question de prudence...

— Bon, d'accord, je le pose sur la table de nuit, dit-il, la main sur sa braguette.

— Je ne parlais pas de ton arme.

Morelli se figea.

— Tu ne prends pas la pilule ?

— Non.

Je ne pensais pas qu'un rapport sexuel tous les cent ans le justifiait.

— Et tu n'as pas de...

— Non plus.

— Merde, fit Morelli.

— Tu n'en as pas dans ton portefeuille ?

— Tu vas trouver ça difficile à croire, mais les flics ne sont pas censés avoir des capotes sur eux en cas d'urgence.

— Oui, bien sûr, mais...

— Je n'ai plus dix-huit ans. Fini le temps où je me faisais neuf femmes sur dix que je rencontrais.

Encourageant.

— Je suppose que tu ne voudras pas m'avouer ton rythme actuel ?

— En ce moment, c'est zéro sur zéro.

— On pourrait essayer avec un sachet en plastique ?

Sourire de Morelli.

— Tu me désires à ce point-là ?

— Crise de démence passagère.

Son sourire s'élargit.

— Je ne te crois pas, dit-il. Tu as envie de moi depuis des années. Tu ne t'es jamais remise du fait que je t'aie pelotée quand tu avais six ans.

La mâchoire m'en tomba. Je refermai la bouche et serrai les poings pour me retenir de l'étrangler.

— Tu ne manques pas d'air !

— Je sais. C'est dans mes gènes. Une bonne chose que je sois très mignon.

On peut dire beaucoup de choses de Morelli, mais

pas qu'il est mignon. Les épagneuls bretons sont mignons. Les chaussons pour bébés sont mignons. Morelli n'est pas mignon. Non, non, non. Morelli peut faire bouillir de l'eau rien qu'en la regardant. Mignon est un adjectif bien trop doux pour décrire Morelli.

Il me tirailla gentiment les cheveux.

— J'irais bien en acheter, mais je suppose que ta porte sera fermée à clé quand je reviendrai.

— C'est un risque à courir.

— Dans ce cas, il ne reste plus qu'une seule chose à faire.

Je pris mes marques.

4

Morelli fila au salon et sauta sur la télécommande.

— On n'a qu'à regarder le base-ball. Il y a un match avec les Yankees. Tu as des glaces ?

Il me fallut une bonne minute pour retrouver l'usage de la parole.

— À la framboise.

— Parfait.

J'allais céder la place à un esquimau à la framboise, et Morelli ne donnait pas l'impression d'être frustré pour autant. Moi, de mon côté, j'avais envie de tout casser. Morelli avait raison... j'avais terriblement envie de lui. Il avait peut-être aussi raison pour les rideaux de cuisine, mais je n'avais pas envie de m'appesantir sur ce sujet. Le désir sexuel, je peux assumer, mais la simple pensée que je puisse vouloir avoir une relation régulière avec Morelli me glaçait les sangs.

Je lui tendis son esquimau et m'assis dans le fauteuil rembourré, ne me faisant pas assez confiance pour partager le canapé, craignant de ne pouvoir m'empêcher de me frotter contre ses jambes comme une chienne en chaleur.

Vers neuf heures et demie, je commençai à regarder ma montre. Je me demandai comment j'allais faire pour récupérer l'indice sous la véranda de Mme Nowicki. Je pourrais emprunter un râteau à mes parents et en rallonger le manche avec je ne sais quoi. Je devrais sans doute utiliser une torche électrique et faire vite car les voisins risquaient d'apercevoir la lumière. Si j'attendais deux heures du matin, il y avait peu de chances que quelqu'un soit encore debout pour me surprendre. D'un autre côté, le faisceau d'une torche électrique, c'est encore plus suspect à deux heures du matin qu'à dix heures du soir.

— O.K., dit Morelli. Qu'est-ce qui se passe ? Pourquoi regardes-tu l'heure sans arrêt ?

Je bâillai et m'étirai.

— Il se fait tard.

— Il est neuf heures et demie.

— Je me couche tôt en ce moment.

Morelli émit des claquements de langue sceptiques.

— Tu ne devrais pas raconter des salades à un flic.

— J'ai des choses à faire.

— Quel genre de choses ?

— Rien de spécial. Des... choses.

On frappa à la porte. On tourna la tête de concert, puis Morelli me décocha un regard interrogateur.

— Tu attends quelqu'un ?

— C'est sans doute la vieille Mme Bestler du deuxième. Parfois, elle se trompe d'étage. (Je gagnai la porte et collai mon œil au judas.) Non, ce n'est pas elle. Mme Bestler n'a pas une tignasse rousse à la Jane Russell. Mme Bestler ne s'habille pas en vêtements de cuir noir moulants. Mme Bestler n'a pas des seins en forme de cornets de glace.

Je me retournai vers Morelli.

— Je suppose qu'il est inutile de te demander d'aller attendre dans ma chambre pendant quelques minutes...

— Jamais de la vie. Je ne manquerais ça pour rien au monde.

Je tournai le verrou et ouvris la porte.

— Je ne sais pas pourquoi je le fais, dit Sally. Ce plan de chasseur de primes me fait complètement tripper !

— L'ivresse de la chasse.

— Ouais, c'est ça. L'ivresse de la chasse, putain, dit-il en me tendant un bocal. J'y suis retourné et j'ai récupéré l'indice. Je me suis fait prêter un de ces trucs à long manche pour faire la poussière. J'ai décodé le mot, mais je n'y comprends que couic.

— Il n'y avait personne qui se demandait ce que tu faisais ?

— Quand on a mon look, personne ne se pose de questions. Ils sont tous trop heureux que je ne danse pas un slow sur leur pelouse avec leur oncle Fred.

Il redressa le menton d'un chouia et jaugea Morelli.

— C'est qui, ça ?

— Joe Morelli. Il s'apprêtait à partir.

— Absolument pas, rétorqua Morelli.

Sally s'avança vers lui.

— Si elle dit que vous partiez, alors je crois que vous allez partir.

— Sinon quoi ? Vous allez me mettre dehors ?

— Vous m'en croyez incapable ?

— Je crois surtout que vous devriez demander des conseils pour choisir vos soutiens-gorge. Cette année, les formes arrondies sont à la mode.

Sally baissa le regard sur ses deux cornets de glace.

— C'est ma marque de fabrique. Je me fais une petite fortune grâce à mes bébés, putain.

Il releva la tête et flanqua un coup de poing dans le ventre de Morelli.

— Houmf, fit Morelli.

Il se rembrunit et bondit sur Sally.

— Non ! criai-je en m'interposant.

Il s'ensuivit une bataille rangée. Je reçus un coup au menton et m'écroulai comme un sac de sable. Les deux hommes se penchèrent pour me relever.

— Lâchez-moi ! hurlai-je en leur tapant sur les mains. Qu'aucun de vous ne me touche ! Je n'ai pas besoin d'être aidée par deux débiles infantiles.

— Il a dit du mal de mes seins, répondit Sally.

— C'est ce qui arrive quand on en a, criai-je. Ils sont la cible de toutes les critiques. Il faudra t'y habituer.

— Qui êtes-vous ? demanda Joe à Sally en le fusillant du regard. Et c'est quoi ce bocal ?

— Sally Sweet, lui répondit Sally en lui tendant la main.

— Joe Morelli, dit Joe en la lui serrant.

Ils demeurèrent ainsi quelques instants, puis je vis le rouge monter aux joues de Sally et saillir les veines du cou de Morelli.

Leurs mains restaient hermétiquement jointes et leurs corps s'étaient crispés. Ces deux andouilles faisaient un bras de fer.

— Ça suffit, dis-je. Je vais chercher mon revolver et je descends le vainqueur.

Leur regard glissa dans ma direction.

— De toute façon, il faut que je me tire, déclara Sally. J'ai un concert à la plage ce soir. Sugar m'attend dans la voiture.

— Il est musicien, expliquai-je à Morelli.

— C'est toujours un plaisir de rencontrer les amis de Stéphanie, dit-il en reculant d'un pas.

— Plaisir, mon cul, ouais, fit Sally.

Morelli se retenait de rire pendant que je fermais la porte.

— Tu ne me déçois jamais, Steph.

— Ça rimait à quoi, cette lutte ?

— Un jeu. Et ça, ajouta-t-il en baissant les yeux sur le bocal, à quoi ça rime ?

— Maxine Nowiclci sème des indices à l'intention d'Eddie Kuntz. Une espèce de chasse au trésor motivée par la vengeance. Les indices sont toujours codés. D'où Sally. Il est doué pour déchiffrer les codes. (J'ouvris le bocal, en retirai le mot et le lus.) « Notre endroit à nous. Mercredi à trois heures. »

— Ils ont un endroit à eux, fit Morelli. Ça me ferait presque redevenir romantique. Il vaudrait peut-être mieux que je fonce à la pharmacie, non ?

— Et tu en achèterais combien ? Une ? Une provision pour un mois ? Un carton entier ?

— Oh la la ! nous revoilà à parler rideaux, non ?

— Je veux juste que les choses soient claires, c'est tout.

— Et si nous vivions au jour le jour ?

— Au jour le jour, ça me va, dis-je.

Enfin, je suppose.

— Donc, si je vais à la pharmacie, tu m'ouvriras la porte à mon retour ?

— Non. Je ne suis pas d'humeur.

En fait, je me sentais bizarre. Et, je ne sais pas pourquoi, la vision de Terry Gilman ne cessait de s'imposer à mon esprit.

Morelli fit courir un doigt espiègle sur ma joue.

— Je parie que je pourrais te mettre d'une autre humeur.

Je croisai les bras et le regardai en plissant les yeux.

— Je ne crois pas.

— Hmmm, fit Morelli, peut-être pas.

Il s'étira puis gagna la cuisine avec nonchalance et reprit son alphapage dans le frigo.

— Tu es de mauvaise humeur parce que je ne veux pas m'engager.

— Absolument pas ! C'est moi qui ne veux surtout pas m'engager !

— Je t'adore quand tu mens.

— De-hors ! dis-je en tendant le bras vers la porte.

Le lendemain matin, j'aurais pu téléphoner à Eddie Kuntz pour le mettre au courant du tout dernier message, mais je préférais lui parler en face à face. L'appartement de Maxine avait été mis à sac, et deux personnes de son entourage mutilées. Je commençais à penser que quelqu'un voulait peut-être la retrouver pour une autre raison qu'une correspondance amoureuse. Et que ce quelqu'un était peut-être Eddie Kuntz.

Kuntz lavait sa voiture à mon arrivée. Un ghettoblaster était posé sur le trottoir, et il écoutait une station de radio pour amateurs de rap. En me voyant, il s'arrêta et coupa le son.

— Vous l'avez retrouvée ?

Je lui tendis le mot ainsi que la traduction.

— J'ai trouvé un autre message.

Il le lut et soupira avec dégoût.

— « Notre coin à nous ». Ça veut dire quoi ?

— Vous ne saviez pas que vous aviez un « coin à vous » ?

— On en avait plein, des coins. Comment voulez-vous que je sache duquel elle parle ?

— Cogitez.

Eddie Kuntz me regarda, et je crus déceler dans sa petite tête un début de tentative de raisonnement.

— Elle doit parler du banc, dit-il. Dans le parc où on s'est connus. Elle était assise sur un banc, à regarder l'eau. Elle en parlait toujours de ce banc, comme si c'était un lieu saint ou je ne sais quoi.

— Allez savoir.

Kuntz leva les bras au ciel.

— Les nanas, je vous dis pas.

Une Lincoln Town se gara le long du trottoir. Carrosserie bleu marine. Vitres teintées. Presque aussi longue que la rue.

— Tante Betty et oncle Léo, me dit Eddie.

— Grosse voiture.

— Ouais. Je la leur emprunte, des fois, pour arrondir mes fins de mois.

En servant de chauffeur ou en écrasant les gens sur commande ?

— Dans mon dossier, il est précisé que vous êtes cuisinier, lui dis-je. Mais il me semble que vous êtes très souvent chez vous.

— Je suis entre deux boulots.

— Ça remonte à quand votre dernier emploi comme cuisinier ?

— J'sais pas. À ce matin. J'ai fait griller une gaufre. Pourquoi vous me demandez ça ?

— Par curiosité.

— Vous feriez mieux d'être curieuse au sujet de Maxine.

Tante Betty et oncle Léo nous rejoignirent.

— Bonjour, bonjour, dit tante Betty. Vous êtes la nouvelle petite copine d'Eddie ?

— Une vague connaissance, rectifiai-je.

— Ben, j'espère que vous deviendrez sa petite copine. Vous êtes italienne, hein ?

— Mi-italienne, mi-hongroise.

— Personne n'est parfait, dit-elle. Entrez, venez manger une part de gâteau. J'ai acheté un beau quatre-quarts à la boulangerie.

— Faut que je rentre, dit oncle Léo. Cette chaleur va me tuer.

— N'oubliez pas le gâteau, me rappela Betty en montant les marches dans le sillage de son époux. C'est quand vous voulez !

— Donc, vous faites quelque chose pour retrouver Maxine ? me demanda Kuntz. Je veux dire, vous vous contentez pas d'attendre les indices, quand même ?

— J'ai appelé les gens et les magasins qui figuraient sur la liste que vous m'avez donnée. La gérante du 7-Eleven m'a dit que Maxine était passée dimanche soir. À part elle, personne ne l'a vue.

— Bordel, elle est forcément là tout le temps puisqu'elle arrête pas de laisser ces indices à la con. Pourquoi personne la voit ? C'est quand même pas la Femme invisible, putain !

— La gérante du 7-Eleven m'a dit quelque chose qui m'a frappée : Maxine achetait toujours un billet de loterie mais là, elle lui aurait dit qu'elle n'avait plus besoin de gagner le gros lot.

Kuntz pinça les lèvres.

— Maxine est barge. Qui peut savoir ce qu'elle voulait dire ?

Je soupçonnai Eddie Kuntz de le savoir très précisément.

— Il faut que vous alliez vous asseoir sur ce banc demain à trois heures, lui dis-je. Je vous appellerai dans la matinée pour régler les derniers détails.

— Je ne sais pas trop si ça me plaît. Elle a lancé un

pavé dans une de mes fenêtres. On ne sait pas de quoi elle est capable. Supposez qu'elle veuille me buter ?

— Entre jeter une pierre dans une vitre et tuer quelqu'un, il y a une marge. (Je le dévisageai pendant quelques secondes.) Aurait-elle une raison de vouloir vous tuer ?

— J'ai porté plainte contre elle. C'est une bonne raison, non ?

— Pour moi, non. (Ce minable ne valait pas la peine qu'on purge une peine de prison pour lui.) Pour Maxine, achevai-je, c'est difficile à dire.

J'abandonnai Kuntz à son ghetto-blaster. Je ne savais pas trop pourquoi j'avais tenu à le voir. Sans doute pour le regarder dans les yeux et essayer de déterminer si c'était lui qui avait scalpé la mère de Maxine. Malheureusement, mon expérience m'a appris qu'il est très exagéré de dire que le regard est la fenêtre de l'âme. La seule chose que j'aie vue dans celui d'Eddie Kuntz, c'est la dose d'alcool qu'il avait ingurgitée la veille au soir. En deux mots : beaucoup trop.

Je fis un crochet par chez Mme Nowicki. Aucun signe de vie. Fenêtres fermées ; stores baissés. Je me garai et allai frapper à la porte. Personne ne vint m'ouvrir.

— Madame Nowicki ! criai-je. C'est Stéphanie Plum.

Je frappai de nouveau et étais sur le point de partir quand la porte s'entrouvrit.

— Qu'est-ce qu'il y a encore ? fit Mme Nowicki.

— J'aimerais vous parler.

— C'est mon jour de chance !

— Je peux entrer ?

— Non.

Un bandage lui ceignait le crâne. Elle était sans maquillage et sans cigarette. Elle n'avait plus d'âge.

— Ça ne va pas la tête ?

— Il y a des jours, c'est pire.

— Non, je voulais parler de votre blessure.

Ses yeux roulèrent vers le haut.

— Oh, ça...
— Il faut que je sache qui vous a agressée.
— Moi.
— J'ai vu le sang que vous avez perdu. J'ai vu le couteau. Vous ne vous êtes pas fait ça toute seule. Quelqu'un est venu, quelqu'un qui cherchait Maxine. Et ce quelqu'un vous a mutilée.
— Vous voulez connaître ma déposition ? Allez la lire chez les flics.
— Vous savez que Marjorie, l'amie de Maxine, a eu de la visite, elle aussi ? et qu'on lui a coupé un doigt ?
— Et vous pensez que c'est le même type qui est venu me voir ?
— Ça me paraît logique. Et je pense qu'il vaudrait mieux pour Maxine que je la trouve avant lui.
— Chienne de vie, gémit Mme Nowicki. Pauvre Maxie. Je ne sais pas ce qu'elle a fait, et je ne sais pas où elle est. Ce que je sais, c'est qu'elle a de gros ennuis.
— Et l'homme ?
— Il m'a dit que si je parlais, il reviendrait et il me tuerait. Et je le crois !
— Sous le sceau du secret...
— C'est pareil. Je ne peux rien vous dire. Ils étaient deux. Je me tourne, et je les vois, là, dans ma cuisine. Taille moyenne. Stature moyenne. Ils portaient des bleus de travail et un bas en nylon sur la tête. Et aussi des gants jetables comme ceux qu'on porte dans les hôpitaux.
— Et leurs voix ?
— Il n'y en a qu'un qui a parlé, et sa voix n'avait rien de spécial. Pas une voix de vieux... pas une voix de jeune...
— Vous la reconnaîtriez si vous l'entendiez de nouveau ?
— Je n'en sais rien. Elle avait rien de spécial, je vous jure.
— Et vous ne savez pas où est Maxine ?
— Désolée, mais non. Non, j'en sais rien.
— Essayons une autre méthode. Si Maxine n'avait

pas d'appartement et n'était pas obligée d'aller travailler tous les jours... où irait-elle ?

— Facile, ça. Elle irait à la plage. Elle irait profiter de l'air de l'océan et jouerait aux jeux sur la promenade.

— Quelle plage ? Seaside ou Point Pleasant ?

— Point Pleasant. C'est là où elle va toujours.

Ça se tenait. D'où son bronzage et le fait qu'on ne l'avait pas vue dans Trenton.

Je tendis ma carte à Mme Nowicki.

— Appelez-moi si vous avez des nouvelles de Maxine ou si vous pensez à quelque chose qui pourrait m'être utile. Et n'ouvrez pas votre porte à des inconnus.

— En fait, je pensais aller passer quelque temps chez ma sœur en Virginie.

— Pas une mauvaise idée.

Je tournai à gauche dans Olden Avenue et aperçus une jeep Cherokee noire dans mon rétro. Les Cherokee noires sont très populaires dans le New Jersey. En général, ce ne sont pas des voitures auxquelles je prête attention, mais du tréfonds de mon subconscient, un boulier mental me signala que je voyais cette voiture une fois de trop. Je roulai jusqu'à Hamilton Avenue, puis jusqu'à St. James Street. Je me garai dans mon parking et regardai alentour. Point de Cherokee. Simple coïncidence, me dis-je. Imagination débridée.

Je courus jusqu'à mon appartement, regardai si j'avais des messages sur mon répondeur, enfilai mon maillot de bain, fourrai une serviette, un T-shirt et une crème solaire dans mon fourre-tout, enfilai un short et partis pour la plage.

Comme le trou dans mon pot d'échappement devenait de plus en plus grand, je mis Metallica à fond. J'arrivai à Point Pleasant moins d'une heure plus tard, puis passai vingt bonnes minutes à chercher une place non payante dans la rue. Je finis par en trouver une à deux pâtés de maisons de la promenade en planches, verrouillai les portières et accrochai mon fourre-tout à l'épaule.

Quand on vit dans le New Jersey, une plage, ce n'est

pas suffisant. Les habitants du New Jersey ont de l'énergie à revendre. Ils ont besoin d'occupations. Ils ont besoin d'une plage dotée d'une promenade en planches. Et la promenade se doit de regorger de manèges, de jeux et de bouffe dégueu. Ajoutez un golf miniature. Saupoudrez d'une poignée de boutiques vendant des T-shirts imprimés d'images choquantes. Que demande le peuple !

Et le *must*, c'est l'odeur. Il paraît qu'il est des lieux où l'océan sent la nature et le grand large. Dans le New Jersey, l'océan sent l'ambre solaire à la noix de coco, les saucisses italiennes grillées sur un lit d'oignons et les poivrons. Ces odeurs enivrantes, exotiques, s'étalent dans la chaleur qui monte de la multitude de badauds, brûlés par le soleil, qui se baguenaudent sur la promenade.

Le bruit des vagues qui déferlent se mêle aux *tic*, *tic*, *tic* cadencés des roues des jeux de hasard et aux *hiiiiii* suraigus des amateurs de sensations fortes dévalant à toute allure les grands toboggans à eau.

Rock stars, pick-pockets, autochtones, souteneurs, trafiquants de drogue, femmes enceintes en bikini, politiciens, tarés, adeptes du look gothique et moult familles qui achètent américain et mangent italien, tous viennent sur les plages du New Jersey.

Quand j'étais petite, ma sœur et moi, on faisait des tours de manège et de chenille, on mangeait de la barbe à papa et des glaces. J'avais un estomac en béton ; Valérie, elle, était toujours malade au retour et elle vomissait dans la voiture. Plus tard, la plage devint le lieu où rencontrer des garçons. Et maintenant, j'y allais pour y retrouver une femme. Qui l'eût cru ?

Je m'arrêtai devant un stand et mis la photo de Maxine sous le nez du vendeur de glaces.

— Vous l'avez vue par ici ?

Personne n'en était absolument sûr.

Je déambulai sur le trottoir en planches, montrant la photo, distribuant ma carte. Je grignotai quelques frites, une part de pizza, deux caramels mous, bus un verre de limonade et enchaînai avec une glace à deux boules vanille-orange. À mi-parcours, je ressentis l'appel du sable blond et renonçai à ma chasse à l'homme dans le but de parfaire mon bronzage.

Comment ne pas aimer un boulot qui permet de se dorer au soleil à la plage pendant la plus grande partie de l'après-midi ?

Quand j'arrivai chez moi, le voyant lumineux de mon répondeur clignotait à tout va. Dès que j'ai plus de trois messages, il fait une montée de tension. *Blink, blink,* plus vite que Rex ne pourrait jamais frétiller des moustaches. Je fis défiler la bande : personne n'avait parlé.

— Pas de quoi en faire un plat, dis-je à Rex. Si c'est important, ils rappelleront.

Rex cessa de tourner dans sa roue et me regarda. Les messages raccrochés le rendent dingue. Il ne supporte pas de devoir attendre que les gens rappellent. Sa curiosité le perdra.

Le téléphone sonna, je décrochai sans attendre.

— Stéphanie ?

— Oui.

— C'est Sugar. Je suppose que Sally n'est pas avec vous ?

— Non. Je ne l'ai pas vu de la journée.

— Il est en retard pour dîner. Il m'a dit qu'il serait à la maison, mais il n'est pas encore arrivé. J'ai pensé qu'il vous donnait peut-être un coup de main pour votre histoire de prime, vu qu'il ne parle plus que de ça toute la journée.

— Non, non. J'ai travaillé en solo aujourd'hui.

Je tirai les rideaux de ma chambre et scrutai le parking. C'était le milieu de la matinée, et déjà le bitume scintillait sous l'effet de la chaleur. Un chien jappa un peu plus loin. Une porte moustiquaire claqua. Je regardai dans la direction des aboiements et vis une jeep Cherokee noire garée au début de la rue.

Pas de quoi en faire un plat. Il y a des tas de gens qui roulent en jeep Cherokee noire.

Tout de même. C'était la première fois que j'en voyais une ici... et elle me faisait vraiment penser à celle qui m'avait prise en filature. Autant en avoir le cœur net.

Je coinçai mon .38 dans la ceinture de mon jean et le dissimulai sous mon T-shirt. Je tournai en rond un petit moment pour m'habituer au poids de mon arme, mais je me sentis très vite idiote et remis le revolver à sa place dans la boîte à biscuits.

Je pris l'ascenseur jusqu'au petit hall d'entrée, franchis la porte de devant, enfilai St. James Street, tournai à gauche pour rejoindre Stiller Street et arrivai derrière la Cherokee. J'aperçus une ombre au volant à travers les vitres fumées. Je m'approchai et frappai à la vitre côté chauffeur. Elle descendit pour laisser apparaître le visage de Joyce Barnhardt qui me regardait, tout sourire.

— *Ciao,* me dit-elle.

— Mais à quoi tu joues, bordel ?

— À te surveiller. Ça ne se voit pas ?

— Je suppose qu'il y a une raison à cela ?

Joyce haussa les épaules.

— On recherche toutes les deux la même personne. J'ai pensé que ça ne mangerait pas de pain de voir les piètres tentatives que tu fais pour la retrouver... avant que je prenne le relais et que je fasse le boulot.

— Ce que tu racontes est tout bonnement impossible. Vinnie ne confierait jamais la même affaire à deux agents différents.

— Si tu le dis.

Je la fusillai du regard.

— Vinnie estime que ton enquête n'avance pas, alors il m'a confié l'affaire Nowicki.

— Je ne te crois pas.

Joyce me tendit son contrat.

— « Autorisée par l'agence de cautionnement judiciaire Vincent Plum à appréhender Maxine Nowicki... », lut-elle.

— C'est ce qu'on va voir !

Joyce me fit une moue-bisou.

— Et arrête de me suivre ! lui dis-je.

— On est en démocratie. Je suis qui je veux !

Piquée au vif, je battis en retraite, regagnai mon immeuble, remontai à pied d'un pas lourd, pris mes clés, mon fourre-tout, redescendis d'un pas tout aussi lourd, me mis au volant de ma CRX et sortis du parking à pleins gaz... avec Joyce me collant au pare-chocs.

Je ne me donnai même pas la peine d'essayer de la semer. Je tournai dans Hamilton Avenue et, moins de cinq minutes plus tard, arrivai au bureau. Joyce se gara à une cinquantaine de mètres derrière moi et resta dans sa voiture tandis que j'entrai comme un ouragan dans l'agence.

— Il est où ? hurlai-je. Où est cette misérable petite vermine ?

— Oh-oh, fit Lula. Déjà vu, déjà entendu.

— Que se passe-t-il ? s'enquit Connie.

— Joyce Barnhardt, voilà ce qui se passe ! Elle m'a montré un contrat l'autorisant à arrêter Maxine Nowicki.

— C'est impossible, dit Connie. C'est moi qui imprime tous les contrats, et je ne suis pas au courant. Et de toute façon, Vinnie ne donne jamais le même DDC à deux agents.

— Mouais, fit Lula, mais rappelle-toi que cette Joyce est venue hypertôt mardi matin. Et elle est restée enfermée avec Vinnie dans son bureau pendant une heure au moins, et ils faisaient des bruits bizarroïdes, on aurait dit une basse-cour là-dedans.

— J'ai encore oublié mon revolver, soufflai-je.

— J'ai le mien, dit Connie, mais il ne te sera d'aucune utilité : Vinnie est parti hier en Caroline du Nord pour coincer un DDC.

— Je ne peux pas continuer à travailler dans ces conditions, dis-je. Elle est toujours dans mes pattes.

— Je vais arranger ça, dit Lula. Elle est où ? Je vais aller lui dire deux mots.

— Elle est dans la Cherokee noire, mais je ne crois pas que ce soit une très bonne idée.

— T'en fais pas, j'suis diplomate, dit Lula en franchissant la porte de sa démarche chaloupée. Attends ici.

Lula, diplomate ?

— Lula ! criai-je. Reviens ! Je m'en occupe !

Lula s'arrêta à côté de la jeep à hauteur de l'aile arrière.

— C'est celle-là ? me cria-t-elle.

— Oui, mais...

Lula dégaina un revolver de sous son T-shirt et : PAN ! Elle fit un trou aussi gros qu'une pastèque dans le pneu arrière. Quand Joyce descendit de voiture, Lula avait déjà rengainé son arme.

Joyce tourna la tête vers le pneu et la mâchoire lui en tomba.

— T'as vu ça ? lui dit Lula. Un type qui passait a tiré dans ton pneu et il a pris ses jambes à son cou. Le monde tourne plus rond, pas vrai ?

Le regard de Joyce passait de Lula au pneu et du pneu à Lula. Aucun son ne sortait de sa bouche toujours grande ouverte.

— Bon, c'est pas tout ça, j'ai du boulot qui m'attend, moi, dit Lula.

Elle tourna les talons et revint à l'agence.

— Je n'en crois pas mes yeux ! m'écriai-je. On ne peut pas dégommer les pneus des gens comme ça !

— Qui a vu verra, me lança Lula.

— Ça vous dit d'aller déjeuner chez Mannie ? proposa Connie de son bureau. J'ai envie de pâtes.

— Je dois explorer une piste, dis-je.

— Quelle piste ? demanda Lula, sa curiosité en éveil. Il va y avoir de l'action ? Si oui, je veux en être, parce que l'action, je suis d'humeur en ce moment.

De fait, j'avais bien besoin d'un coup de main pour chercher Maxine. J'aurais préféré demander à Ranger, mais ça allait être délicat en présence de Lula qui piaffait d'impatience.

— Non, lui dis-je. Pas d'action. C'est une piste pépère. Très pépère.

— Ça concerne Maxine, non ? Oh la la ! ça va être super. Le corps qu'on a trouvé l'autre fois, il était presque mort. Peut-être que cette fois on va décrocher la timbale !

— On va avoir besoin de ta voiture, Lula. En cas d'arrestation, on ne tiendra pas toutes dans la mienne.

— Pas de problème, répondit-elle en prenant son sac dans un tiroir du classeur métallique. J'ai l'air conditionné dans ma caisse. Et autre avantage : je suis garée derrière, donc on n'aura pas à devoir prendre un air compatissant en passant devant Joyce Barnhardt, vu qu'elle a un pneu à plat et pas nous. Bon, on va où ? – Muffet Street. Au nord de Trenton.

— Ça ne me dit toujours rien qui vaille, dit Kuntz. Maxine est barge, je vous assure. Qui sait de quoi elle est capable ? Je vais avoir l'impression de jouer la cible facile, là-bas.

Lula était dans mon dos, sur la véranda de chez Kuntz.

— C'est sans doute juste qu'un autre mot à la con scotché sous le banc, lui dit-elle. Et je vous conseille d'arrêter de gémir, parce que vous n'apitoierez personne, et quand on s'appelle Crunch, on a intérêt à tout faire pour pas être chocolat.

Le regard d'Eddie glissa vers Lula.

— C'est qui, ça ? demanda-t-il.

— On fait équipe, lui répondit Lula. Exactement comme Starsky et Hutch, Cagney et Lacey, et le justicier solitaire et son canasson, j'sais plus son nom.

En vérité, nous étions plus proches de Laurel et Hardy, mais je n'avais pas envie de vendre la mèche à Kuntz.

— On arrivera avant vous, lui dis-je. Ne vous inquiétez pas si vous ne nous voyez pas. On sera là. Tout ce que vous devez faire, c'est vous asseoir sur le banc et attendre.

— Et si ça tourne mal ?

— Agitez les bras. On ne sera pas loin.

— Le banc à côté du mât.

— Celui-là, oui.

Betty passa la tête par l'entrebâillement de la porte.

— Salut, les jeunes, nous lança-t-elle. Belle journée, hein ? Vous mettez sur pied une sortie ?

— On bosse aujourd'hui, lui expliqua Lula. Une superpiste à explorer.

— Betty ! cria Léo de l'intérieur de la maison, où est mon gâteau au café ? Je croyais que tu m'en apportais une part ?

Le visage de Betty disparut et la porte se referma.

— Fouineuse, la vieille, dit Kuntz. On ne peut rien faire ici sans qu'elle le sache.

— Pourquoi restez-vous si ça vous déplaît autant ?

— Loyer pas cher. J'ai droit à une ristourne parce que je suis de la famille : Betty est la sœur de ma mère.

— Tu sais quoi ? dit Lula en prenant place au volant et en bouclant sa ceinture de sécurité. Faut qu'on se déguise. Je te parie que Maxine sait à quoi tu ressembles maintenant. Et si je me souviens bien de ce parc, y a pas d'endroit où se cacher. Il va falloir passer inaperçues à découvert. Il nous faut des déguisements.

Je m'étais dit la même chose. Pas qu'on devait se déguiser mais qu'il n'allait pas être évident de passer inaperçues.

— Et je sais où on peut trouver de bons déguisements, poursuivit Lula. Des perruques et tout le toutim.

Vingt minutes plus tard, on débarquait devant la porte de chez Sally.

— C'est un peu bizarre, non ? demandai-je.

— Tu connais quelqu'un d'autre qui a des perruques ?

— Je n'ai pas besoin d'une perruque. Je peux coincer mes cheveux sous une casquette de base-ball.

Lula roula des yeux.

— Ouais, tu vas tromper beaucoup de monde comme ça.

La porte s'ouvrit sur Sally qui nous regarda d'un air hébété. Il avait les yeux injectés de sang et les cheveux en bataille.

— Han ! s'écria Lula.

— Quoi ? fit-il. Jamais vu un travesti qui a la gueule de bois ?

— Moi ? dit Lula. J'en ai vu des tas.

On le suivit dans son salon.

— On a un service un peu spécial à te demander, lui dis-je. On doit faire une planque cet après-midi, mais j'ai peur qu'on ne me reconnaisse. J'ai pensé que tu pourrais nous prêter de quoi nous déguiser.

— Vous voulez être qui ? Barbarella, Batgirl, l'allumeuse de service ?

5

— Je pensais juste t'emprunter une perruque, dis-je à Sally.

Il gagna sa chambre d'un pas nonchalant.

— Laquelle ? me cria-t-il. Farah ? Shirley ? Tina ?

— Une qui n'attire pas trop l'attention.

Il revint avec une perruque blonde qu'il soumit à notre approbation.

— C'est une de mes Marilyn. Elle marche très fort avec les messieurs d'un certain âge qui aiment recevoir la fessée.

Beurk, songeai-je, mais Lula me donna l'impression de noter ça dans un coin de sa tête au cas où elle déciderait un jour de reprendre son ancien métier.

Sally tira mes cheveux en arrière, les épingla et me vissa la perruque sur la tête.

— Il te manque quelque chose, dit-il.

— Il lui manque la bouche de Marilyn, répondit Lula. Ça sert à rien d'avoir ses tifs si t'as pas sa bouche.

— Je ne suis pas doué pour faire les bouches, expliqua Sally. C'est toujours Sugar qui me fait la mienne. Il n'est pas là. On s'est un peu disputés, et il est parti dans tous ses états.

— Vous vous engueulez souvent, tous les deux ? lui demanda Lula.

— Non. Jamais. Sugar est très facile à vivre, mais il

est un peu borné, tu vois. Par exemple, il pense que je ne devrais pas vous fréquenter parce que c'est trop dangereux. C'est pour ça qu'on s'est disputés.

— Oh, dis-je, je ne voudrais pas créer de problèmes entre toi et ton colocataire.

— Ne t'en fais pas, merde. Sugar est supercool. C'est juste qu'il se ronge les sangs à tout bout de champ, l'enfoiré.

Sally ouvrit une trousse à maquillage format pro.

— Tiens, me dit-il, y a plein de merdes là-dedans, si tu sais comment t'en servir.

Je choisis un rouge à lèvres rose barbe à papa et me dessinai de grosses lèvres brillantes et gourmandes.

Sally et Lula reculèrent pour juger du résultat.

— Tu ne peux pas garder ces chaussures, me dit Lula. Tes lèvres et tes cheveux avec ces pompes, ça ne colle pas.

Sally opina.

— Les chaussures ne font pas du tout Marilyn, mais alors pas du tout.

— J'ai vu un supermodèle chez Macy's, dit Lula. Juste ce qu'il te faut.

— Non ! Hors de question que j'aille chez Macy's. Je veux arriver au parc en avance pour qu'on ait le temps de chercher Maxine.

— Ça ne prendra qu'une minute, insista Lula. Elles vont te faire craquer, je te dis.

— Non. Et c'est mon dernier mot.

— Laissez-moi le temps de mettre un peu de brillant à lèvres, et je suis prêt, annonça Sally.

Lula et moi échangeâmes un regard qui en disait long.

Sally, brillant à lèvres en main, arrêta son geste.

— Vous ne pensiez tout de même pas que j'allais rester ici ?

— Ben..., fis-je. Si.

— On chasse la prime, là, lui dit Lula. Et t'y connais rien pour chasser la prime.

— Je connais des tas d'autres trucs, en tout cas. Et

de toute façon, j'ai bien l'impression que vous non plus, vous n'y connaissez que couic pour chasser la prime.

Je regardai le mur en me disant que ce serait peut-être une bonne idée de foncer dedans la tête la première.

— Stop ! criai-je. On y va toutes... tous. On va tous faire comme si on était des chasseurs de primes.

Sally se campa devant le miroir de l'entrée et étala du brillant à lèvres sur sa bouche.

— C'est Sugar qui m'a donné cette connerie à la cerise pour me passer sur les lèvres. C'est cool. Il m'a dit que je devais éviter d'avoir les lèvres gercées pour que mon rouge à lèvres s'étale bien. Tous ces trucs de bonnes femmes, c'est d'un compliqué, je vous dis pas.

Il portait des sandales en cuir, un jean coupé si court qu'on voyait la naissance de ses fesses, un T-shirt sans manches et une barbe de deux jours.

— J'suis pas sûre que t'aies bien pigé nos trucs de bonnes femmes, remarqua Lula. J'crois que tu ferais mieux de te raser le cul au lieu de t'inquiéter de tes lèvres.

Quand on arriva au parc, il était un peu plus d'une heure de l'après-midi.

— Elles font toute la différence, dit Lula en regardant mes chaussures neuves. Je t'avais dit que c'était de l'or en barre, ces godasses.

— Des pompes d'allumeuse, dit Sally. De pétasse rétro, putain.

Super. J'avais bien besoin de ça : une autre paire de chaussures qui me donne l'air d'une pétasse rétro – et soixante-quatorze dollars de moins sur ma carte d'achat Macy's.

On était assis dans le parking juste devant un grand lac artificiel entouré d'une piste de jogging qui, par endroits, serpentait entre des bouquets d'arbres. À notre droite se trouvait une bâtisse en parpaings qui abritait un snack-bar et des vestiaires ; à notre gauche, un espace vert agrémenté de balançoires et de palissades en bois pour s'entraîner à la varappe. Des bancs étaient disposés au bord de l'eau, mais tous étaient inoccupés à cette heure de la journée. Le parc était surtout fréquenté en début de soirée, quand il faisait plus frais. Les personnes âgées venaient regarder le coucher du soleil, et les familles donner à manger aux canards et jouer à des jeux d'enfants.

— Kuntz ira s'asseoir sur le banc à côté du mât, expliquai-je. Elle lui a demandé d'être là à trois heures.

— Je te parie qu'elle va le dégommer, dit Lula. Sinon, pourquoi elle monterait un coup comme ça ?

Je ne partageais pas son opinion. Le banc était trop en vue et il n'y avait aucun moyen de s'enfuir. Je ne pensais pas que Maxine était un ingénieur de l'aérospatiale, mais je ne la prenais pas non plus pour la dernière des imbéciles. À mon avis, elle jouait avec Eddie Kuntz. Et, à mon avis, elle était la seule à trouver ça drôle.

Je fis passer sa photo à la ronde.

— Voilà à quoi elle ressemble. Si vous la voyez, vous l'empoignez et vous me l'amenez. Je vais couvrir la zone entre le snack-bar et la voiture. Lula, tu prends le terrain de jeu. Sally, tu vas t'asseoir sur le banc à côté du ponton. Fais attention aux snipers... (Je roulai des yeux mentalement à ma plaisanterie.) Et veille à ce que personne n'importune Kuntz quand il sera là, achevai-je.

Sally et Lula m'avaient non seulement forcé la main pour que j'achète des sandales à semelles compensées dotées de lanières s'enroulant jusqu'à mi-mollet, mais s'étaient aussi arrangés pour que je troque mon short contre une minijupe noire en stretch. C'était un excellent déguisement, sauf que je ne pouvais ni courir ni m'asseoir et encore moins me pencher.

À deux heures, deux femmes arrivèrent et se lancèrent dans un jogging. Aucune n'était Maxine. J'allai au snack-bar et achetai un sachet de pop-corn pour nourrir les canards. Deux vieux messieurs firent de même. Quelques autres joggeurs apparurent, des hommes cette fois. Je m'occupai en donnant à manger aux canards. Toujours pas de Maxine en vue. Lula, assise sur une balançoire, se limait les ongles. Sally, qui s'était allongé par terre derrière son banc, semblait dormir. J'avais des coéquipiers ou pas ?

Depuis que j'étais là, personne n'était allé s'asseoir sur le banc près du mât. À notre arrivée, je l'avais inspecté sous toutes les coutures sans rien remarquer d'inhabituel. Un des joggeurs, ayant terminé ses tours de piste, s'assit deux bancs plus loin, délaça ses baskets et but de l'eau minérale au goulot.

Kuntz arriva à trois heures moins cinq et alla droit au banc.

Lula cessa de se limer les ongles et releva la tête, mais Sally ne bougea pas d'un iota. Kuntz resta debout à côté du banc pendant quelques secondes puis s'éloigna à pas lents. Nerveux. Il avait peur de s'asseoir. Il regarda autour de lui, me repéra au snack-bar et dit quelque chose dans sa barbe. Je crus lire sur ses lèvres : « J'hallucine. »

Je fus saisie de panique, craignant qu'il ne vienne vers moi, mais non. Il se retourna et s'affala sur le banc.

Une jeep Cherokee noire s'engagea dans le parking et s'arrêta à côté de la Blazer de Kuntz. Je n'avais pas besoin d'une boule de cristal pour deviner ce qui s'était passé : Joyce Barnhardt avait filé Kuntz. Je n'y pouvais plus grand-chose. J'observai la voiture, mais rien ne se produisit. Joyce ne bougeait pas.

Dix minutes s'écoulèrent. Puis quinze. Puis vingt. Toujours rien. Il y avait de plus en plus de monde dans le parc, mais personne ne s'approchait de Kuntz et toujours pas de Maxine à l'horizon. Deux types qui portaient une glacière s'approchèrent de l'eau. Ils s'arrêtèrent à hauteur du joggeur toujours assis sur le banc non loin de Kuntz et lui dirent quelque chose. Le joggeur fit non de la tête. Les deux types échangèrent un regard. Ils eurent une brève discussion, puis l'un d'eux ouvrit la glacière, en sortit une charlotte au chocolat et l'écrasa sur le visage du joggeur.

Ce dernier bondit sur ses pieds.

— Nom de Dieu, brailla-t-il, mais vous êtes dingues !

Lula avait sauté au bas de la balançoire et s'avançait à grandes enjambées. Kuntz quitta son banc. Même Sally s'était relevé.

Tout le monde convergeait vers le joggeur qui tenait un des entarteurs par le col de sa chemise. Des gens criaient : « Séparez-les ! », « Arrêtez ! » tout en tentant de s'interposer.

— Je faisais mon boulot, c'est tout, disait l'entarteur. Une femme m'a dit d'entarter le type assis sur le banc à côté de la fontaine.

Je fusillai Kuntz du regard.

— Oh ! ce que vous êtes nul. Vous n'étiez pas assis sur le bon banc !

— La fontaine, le mât... je m'y perds, moi, à la fin !

Le plat en alu et des lambeaux de charlotte au chocolat gisaient par terre, ignorés de tous. Je fouillai dans ces restes du bout des doigts et trouvai le morceau de papier, glissé dans un sachet en plastique. Je fourrai sachet et restes de charlotte dans mon sac.

— Qu'est-ce que tu viens de mettre dans ton sac ? me demanda Joyce. C'est quoi, hein ?

— Des débris de pâte pour mon hamster.

Elle empoigna mon sac par la bandoulière.

— Je veux voir !

— Lâche mon sac !

— Pas avant que tu m'aies fait voir ce que tu as mis dedans.

— Qu'est-ce qui se passe ici ? demanda Lula.

— Te mêle pas de ça, la grosse, lui rétorqua Joyce.

— La grosse ? répéta Lula. Qui c'est que t'appelles la grosse ?

— Toi, gros pot de saindoux ambulant !

Lula bondit sur Joyce qui poussa un cri suraigu. Ses yeux se révulsèrent et elle s'écroula par terre.

Toutes les têtes se tournèrent vers elle.

— Elle a dû tomber dans les pommes, dit Lula à la

foule. Ça doit être le genre de nana qui supporte pas de voir deux mecs se battre.

— J'ai tout vu, chuchotai-je à Lula. Tu l'as estourbie avec ton boîtier paralysant.

— Qui, moi ?

— Tu ne peux pas faire ça ! Tu ne peux pas dégommer quelqu'un simplement parce qu'il te traite de grosse !

— Oh, excuse-moi, dit Lula. Disons que je n'avais pas encore compris ça.

Joyce, qui revenait à elle, remuait doucettement les bras et les jambes.

— Que s'est-il passé ? murmura-t-elle. J'ai été frappée par la foudre ?

— Super, votre déguisement, me dit Kuntz qui s'était glissé à mes côtés. Ça vous dirait de sortir boire un pot avec moi ce soir ?

— Non !

— Tentez votre chance avec moi, lui proposa Sally. C'est ma perruque qu'elle a sur la tête. Et la minijupe, ça ne me va pas trop mal non plus.

— Bon Dieu, me dit Kuntz. Il est avec vous ?

— Et comment que je suis avec elle ! fit Sally. Le cryptographe, c'est moi, putain. Je fais partie de l'équipe !

— Et quelle équipe, soupira Kuntz. Une pédale et une grosse pouf.

Lula se pencha dangereusement vers lui.

— Primo, lui dit-elle, je ne suis pas une grosse pouf. Deusio... (Elle plongea la main dans son sac et brandit son boîtier paralysant.) Ça te dirait que je fasse une omelette avec ton cerveau, espèce de King Kong bête comme ses muscles ?

— Non, m'écriai-je. Plus de cerveau en omelette !

— Il m'a insultée, dit Lula. Et il a traité Sally de pédale.

— Bon, d'accord, chuchotai-je. Mais c'est la dernière fois !

Lula regarda son boîtier paralysant et fit la moue.

— Zut. J'ai plus de jus. La batterie est à plat.

Kuntz leva les bras au ciel comme pour dire je-laisse-tomber-j'ai-embauché-une-perdante, et partit. Plusieurs badauds aidèrent Joyce à se relever. Lula, Sally et moi regagnâmes la voiture.

— Au fait, dit Lula, pourquoi tu te chamaillais avec Joyce ?

— J'ai l'autre indice. Dès que j'ai vu le gâteau, j'ai compris qu'il était destiné à Kuntz et je me suis dit que l'indice devait être dedans. Joyce m'a vue le ramasser.

Je sortis le sachet en plastique de mon sac.

— Ta-tan !

— Bon sang, ce que t'es fortiche ! s'écria Lula.

— On est comme dans *Agence tous risques,* dit Sally.

— Mouais, dit Lula. Sauf qu'il n'y a pas de drag-queen dans la « team ».

— Mister T. aimait les bijoux, dit Sally. Je pourrais être votre Mister T.

— Nan, c'est moi qui veux être Mister T., vu qu'il était black et baraqué comme moi.

Sally m'avait pris le mot des mains et le lisait.

— Intéressant. Elle n'arrête pas de changer de code. Celui-ci est beaucoup plus sophistiqué que les autres.

— Tu peux le déchiffrer ?

— Hé, je suis le spécialiste des langages codés, putain. Laisse-moi juste un peu de temps.

Je me garai au parking et montai chez moi par l'escalier. Mme Delgado, M. Weinstein, Mme Karwatt et Leanne Kokoska étaient dans le couloir, regardant fixement ma porte.

— Bon, que se passe-t-il maintenant ?

— Quelqu'un vous a laissé un message, me répondit Mme Karwatt. J'ai vu ça quand j'ai descendu la poubelle.

— Pas sympa, en plus, commenta Mme Delgado. Ça doit venir d'un de ces truands que vous poursuivez sans arrêt !

Je m'approchai de ma porte. Le message avait été

griffonné au marqueur noir. JE VOUS HAIS ! JE VOUS HAIS ET JE ME VENGERAI !

— Qui a fait ça, à votre avis ? me demanda Leanne. Vous êtes sur une affaire vraiment dangereuse ? Vous pourchassez un assassin ou quoi ?

En vérité, je ne savais plus trop qui je pourchassais.

— Feutre indélébile, déclara M. Weinstein. Vous allez en baver pour l'effacer. Vous risquez de devoir repeindre toute la porte.

— Je vais appeler Dillon, leur dis-je en enfonçant ma clé dans la serrure. Il va arranger ça.

Dillon Ruddick, le gardien, est prêt à tout réparer contre un sourire et une bière.

Je me glissai dans mon appartement et mes voisins partirent en quête de nouvelles aventures. Je mis la chaîne de sécurité, fermai le verrou et gagnai la cuisine. Le voyant lumineux de mon répondeur clignotait. Un message.

J'enfonçai la touche PLAY.

« Bonjour, c'est Helen Badijian, du 7-Eleven. » Silence. Bruits étouffés. « Vous m'aviez laissé votre carte en me disant de vous appeler si j'avais du nouveau sur Maxine Nowicki. »

J'appelai illico le 7-Eleven et Helen décrocha.

— Je suis très occupée, là, me dit-elle. Si vous pouviez passer tout à l'heure, vers dix heures, je crois que j'ai quelque chose pour vous.

La journée promettait de bien se terminer. Sally planchait sur l'indice et la gérante du 7-Eleven avait peut-être une piste.

— Il faut fêter ça, dis-je à Rex, faisant celle que le message tagué sur sa porte n'angoissait absolument pas. Tournée générale !

J'ouvris mon placard de cuisine, mais il n'y avait point de tartelettes, point de biscuits, point de céréales, point de spaghettis, point de beurre de cacahouètes. Un morceau de papier était scotché à l'intérieur de la porte. La liste des courses : « Racheter tout. »

J'arrachai la liste, la fourrai dans mon sac pour être

sûre de ne rien oublier et le mis en bandoulière. J'avais la main sur la poignée de la porte quand le téléphone sonna.

C'était Kuntz.

— Alors, et ce verre ?

— Non. Pas de verre.

— Tant pis pour vous ! Je vous ai vu tripoter le gâteau par terre. Vous avez trouvé un autre mot ?

— Oui.

— Et ?

— J'y travaille.

— J'ai comme l'impression que ces mots à la con ne nous mènent nulle part. Uniquement à d'autres mots.

— J'ai peut-être mieux. La gérante du 7-Eleven m'a appelée pour me dire qu'elle avait du nouveau. Je vais y faire un saut en fin de soirée.

— Pourquoi pas tout de suite ? Bon sang, vous pourriez pas accélérer la cadence sur ce coup ? J'ai besoin de ces lettres, moi.

— Peut-être pourriez-vous me dire de quoi il retourne vraiment ? J'ai toutes les peines du monde à croire que vous vous faites un sang d'encre à cause de deux ou trois lettres d'amour.

— Je vous l'ai dit : elles peuvent être embarrassantes.

— Ouais, c'est ça.

Je jetai un coup d'œil dans mon caddie pour vérifier que j'avais bien tout ce qu'il me fallait. Crackers et beurre de cacahouètes pour les jours où me prendrait l'envie de préparer des amuse-bouches, un gâteau au café pour les réveils en syndrome prémenstruel, des tartelettes pour Rex, de la sauce à la tomate pour que ma mère croie que je mange des légumes, des corn flakes congelés au cas où je devrais faire une planque, des chips au maïs pour accompagner la sauce à la tomate.

Je n'avais pas terminé mon inventaire qu'un caddie percuta le mien à pleine vitesse. Je relevai la tête pour découvrir mamie Mazur poussant le caddie et ma mère juste derrière elle.

Ma mère ferma les yeux.

— Mais qu'est-ce que j'ai fait au bon Dieu pour mériter ça ? gémit-elle.

— Génial ! s'exclama ma grand-mère.

J'étais toujours en perruque et en minijupe.

— Qu'est-ce que tu as à me reprocher ? demanda ma mère.

— Je me suis déguisée pour passer inaperçue, lui expliquai-je.

— Tiens, bonjour, Stéphanie, me lança Mme Crandle en passant à côté de nous. Comment tu vas, aujourd'hui ?

— Tu parles d'un déguisement, me dit ma mère. Tout le monde te reconnaît. Et quitte à te déguiser, pourquoi faut-il que ce soit en traînée ? Pourquoi ne peux-tu pas te déguiser comme... comme tout le monde ? (Elle plongea le regard dans mon caddie.) De la sauce en pot. La caissière va penser que tu ne fais pas la cuisine.

Ma paupière gauche commença à tressauter.

— Je suis sûre que c'est une bonne tenue pour rencontrer des hommes, dit mamie Mazur. Tu pourras me la prêter un de ces jours ? Ça me dirait bien de rencontrer des hommes, moi...

— Si tu mets cette perruque et qu'il t'arrive quoi que ce soit, tu n'auras à t'en prendre qu'à toi-même, lui dit ma mère.

Je rangeai mes emplettes, troquai la perruque contre une casquette des Rangers, la minijupe contre un short, et remisai les chaussures pétasse rétro au fond de ma penderie. Je partageai une tartelette avec Rex et décapsulai une canette de bière. J'appelai Dillon pour le mettre au courant au sujet de ma porte et sortis par la fenêtre de ma chambre pour aller réfléchir sur l'escalier de secours. Air immobile, chaleur étouffante, ciel couvert. Plein de voitures au parking. Tous les retraités étaient chez eux à cette heure de la journée. S'ils mangeaient dehors, c'était plus tôt, au café-restaurant du coin, et même s'ils allaient s'asseoir une petite demi-heure au parc, ils rentraient vers six heures. S'ils dînaient chez eux, c'était à cinq heures pour être disponibles pour *La Roue de la fortune* ou *Jeopardy.*

La plupart des affaires que me confie Vinnie sont de la routine. D'habitude, je vais voir les gens qui se sont portés garants pour la caution et je leur explique que, si on ne retrouve pas le fugitif, ils en seront quittes pour perdre leur pavillon. Dans quatre-vingt-dix pour cent des cas, ils savent où se cache le DDC et m'aident à l'arrêter. Dans quatre-vingt-dix pour cent des cas, je sais quel genre de personne j'ai en face de moi. Mais cette affaire ne tombait pas dans ces quatre-vingt-dix pour cent-là. Plus grave cette affaire était réellement bizarroïde. Une amie perd un doigt et la mère se fait scalper. La chasse au trésor de Maxine, c'était un jeu d'enfants à côté. Et maintenant, il y avait ce message sur ma porte. « Je vous hais. » Qui pourrait me dire une chose pareille ? La liste est longue...

Un pick-up quitta le bord du trottoir un peu plus bas dans la rue, révélant une jeep Cherokee noire garée derrière. Joyce.

Je me payai le luxe de pousser un gros soupir et d'écluser ma canette de bière. La ténacité de Joyce forçait le respect, je ne pouvais pas lui enlever ça. Je levai ma canette en un toast muet à son adresse. Pas de réaction.

Le problème quand on est chasseur de primes, c'est qu'on apprend sur le tas. Ranger m'aide beaucoup, mais il n'est pas toujours dans les parages. Alors, la plupart des fois où il se passe quelque chose de nouveau qui me prend de court, je commence par me planter avant de comprendre comment bien faire. Joyce, par exemple. Manifestement, je ne savais pas comment m'y prendre pour me débarrasser d'elle.

J'enjambai la fenêtre en sens inverse, allai me chercher une autre bière et une autre tartelette, coinçai mon téléphone portable sous mon bras et retournai sur l'escalier de secours. Je grignotai la tartelette que je fis glisser avec la bière tout en surveillant la jeep. Quand j'eus terminé ma deuxième canette, j'appelai Ranger.

— J'écoute, me dit-il.

— J'ai un problème.

— À savoir ?

Je lui exposai la situation, sans oublier de lui parler de l'épisode du pneu et du parc. Dans le silence qui suivit, je devinai son sourire, puis il dit :

— Ne bouge pas. Je vais voir ce que je peux faire.

Une demi-heure plus tard, la BMW à 98 000 dollars de Ranger se garait au parking. Ranger en descendit, leva la tête vers l'escalier de secours et me regarda un moment. Il portait un T-shirt kaki qui donnait l'impression d'avoir été peint sur lui, un treillis et des lunettes noires. Un type banal comme il y en a tant dans le New Jersey.

J'approuvai en levant mes deux pouces.

Ranger me sourit, se détourna et s'éloigna vers la rue et la Cherokee noire. Il s'approcha de la portière côté passager, l'ouvrit et monta. De but en blanc. Moi, au volant, la portière aurait été verrouillée et un type dans le genre de Ranger ne serait certainement pas monté. Mais moi, je suis moi, et Joyce est Joyce.

Cinq minutes plus tard, Ranger redescendait de la jeep et retournait au parking. Je plongeai par l'ouverture de ma fenêtre, fonçai à ma porte, dévalai l'escalier et pilai devant Ranger.

— Alors ?

— Jusqu'à quel point as-tu envie de te débarrasser d'elle ? Tu veux que je la bute ? que je lui brise un os ?

— Non !

Ranger haussa les épaules.

— Alors, elle va te coller.

Une voiture démarra et des phares balayèrent la rue. On tourna la tête pour voir la Cherokee s'éloigner et tourner au coin.

— Elle reviendra, affirma Ranger. Mais pas ce soir.

— Qu'est-ce que tu lui as dit pour la persuader de partir ?

— Qu'après la nuit que j'allais te faire passer, aucun autre homme ne voudrait de toi, alors autant qu'elle rentre chez elle.

Je sentis mes joues s'enflammer.

Ranger me fit son sourire carnassier.

— Je mentais quand je lui ai dit que ce serait ce soir.

Au moins, Joyce m'avait lâchée pour un moment, et je pouvais aller au 7-Eleven sans m'inquiéter qu'elle me suive. Je remontai chez moi à une allure poussive, me fis un sandwich beurre de cacahouètes-marshmallow avec du pain de mie un rien trop sec et zappai à tout va jusqu'au moment où il fut temps d'aller voir Helen Badijian.

La plupart du temps, j'apprécie la solitude, je jouis en égoïste du luxe suprême de ne partager ni mon espace ni mes petites habitudes. La télécommande n'obéit qu'à *ma* main, et je n'ai aucun compromis à faire sur le papier toilette ou l'utilisation de la clim. Et surtout, j'éprouve les timides prémices d'une sensation prometteuse : celle d'être adulte, d'avoir la certitude que les pires cauchemars de l'enfance sont définitivement derrière moi. Comme si je disais au monde entier : regardez, j'ai un appart. C'est bien, hein ?

Ce soir, le plaisir de ma vie en solitaire était entaché par le message bizarre toujours tagué sur ma porte. Ce soir, ma solitude se sentait seule, voire un brin froussarde. Ce soir, en partant, je m'assurais que toutes les fenêtres de l'appartement étaient bien fermées.

En chemin, je fis un détour, surveillant les phares dans mon rétro pour être sûre qu'on ne me filait pas. En sortant de chez moi, je n'avais vu nulle trace de Joyce, mais deux précautions valaient mieux qu'une. J'avais l'intuition que cette piste serait intéressante, et je ne tenais pas à en faire bénéficier l'ennemi.

J'arrivai au 7-Eleven peu avant dix heures. Je ne descendis pas de voiture tout de suite au cas où Joyce ferait une apparition miraculeuse. À dix heures cinq, toujours pas de Joyce, mais d'après ce que je voyais à travers la vitrine du magasin, il n'y avait pas d'Helen Badijian non plus. Le jeune type qui tenait la caisse parlait avec un homme plus âgé que lui qui levait les bras au ciel et avait l'air royalement furibard. Le jeune caissier faisait oui, oui, oui de la tête.

J'entrai dans le magasin et surpris la fin de leur conversation.

— Irresponsable ! disait le plus âgé. Aucune excuse !

Je gagnai tranquillou le fond du magasin et regardai autour de moi. Pas de doute : Helen n'était pas là.

— Excusez-moi, dis-je au caissier. Je croyais qu'Helen Badijian travaillait ce soir.

Le jeune homme me lança un regard. Il me parut nerveux tout à coup.

— Elle a dû partir tôt, me répondit-il.

— Il est important que je lui parle. Vous savez où je peux la joindre ?

— Ça, c'est la question à un million de dollars, fillette, répliqua l'homme plus âgé.

— Stéphanie Plum, dis-je en lui tendant la main.

— Arnold Kyle. Je suis le propriétaire. La police m'a téléphoné il y a une heure pour me dire que personne ne tenait le magasin. Votre amie Helen est partie comme ça, sans préavis. Rien. Elle n'a même pas eu la politesse de fermer la boutique. Un type est venu acheter des cigarettes, et il a appelé les flics quand il a vu qu'il n'y avait personne.

Un mauvais pressentiment me noua l'estomac.

— Helen n'était pas satisfaite de son travail ?

— Si tel était le cas, elle ne m'en a jamais parlé, me répondit Arnold.

— Peut-être qu'elle s'est sentie mal et qu'elle n'a pas eu le temps de laisser un mot d'explication.

— J'ai appelé chez elle. Personne ne l'a vue. Et elle n'a pas été admise à l'hôpital.

— Vous avez regardé partout dans le magasin ? Salle de stockage ? Cave ? Salle de bains ?

— J'ai vérifié partout.

— Elle vient travailler en voiture ? Sa voiture est toujours là ?

Arnold se tourna vers le caissier.

— Oui, toujours là, dit ce dernier. Je me suis garé à côté. C'est une Nova bleue.

— Elle a dû partir avec un de ses amis, dit Arnold. On ne peut plus faire confiance à personne, de nos jours. Plus personne n'a le sens des responsabilités. Une bonne occasion se présente à eux, et on peut leur dire adieu.

— Il manque de l'argent ? demandai-je au caissier.

Il fit non de la tête.

— Des traces de lutte ? Des objets renversés ?

— Je suis arrivé le premier, dit Arnold, et je n'ai rien vu d'anormal. C'était comme si... comme si elle était partie en coup de vent.

Je leur tendis ma carte en leur expliquant dans quelles circonstances j'avais connu Helen. On fit une rapide fouille derrière la caisse au cas où elle aurait laissé un mot, mais elle se révéla infructueuse. Je remerciai Arnold et le caissier, et les priai de m'appeler si jamais ils avaient du nouveau. Mon regard tomba sur mes mains que j'avais posées sur le comptoir et je la vis. Une boîte d'allumettes de l'Ara Bar de Point Pleasant.

— Elle est à vous ? demandai-je au caissier.

— Non. Je ne fume pas.

Je tournai les yeux vers Arnold.

— Pas à moi, dit-il.

— Vous permettez que je les chipe ?

— Faites-vous plaisir.

Je repris la route de chez moi. Au risque de passer pour la parano de service, je vérifiai une bonne soixantaine de fois dans mon rétro qu'on ne me suivait pas. Je ne pensais pas tant à Joyce qu'aux types qui avaient peut-être flanqué une trouille bleue à Helen Badijian ou qui l'avaient kidnappée. Il y a huit jours, j'aurais certainement pensé la même chose qu'Arnold... qu'Helen avait mis les bouts. Mais aujourd'hui, entre les doigts tranchés et les scalps, j'avais une vision nettement plus radicale des événements.

Je me garai au parking, jetai un rapide coup d'œil alentour, m'armai de courage et sortis en trombe de ma voiture. Traversée du parking au triple galop vers la porte de service de l'immeuble ; montée des marches quatre à quatre jusqu'à mon appartement. Le message de haine était toujours tagué sur ma porte. Je suais sang et eau, et ma main tremblait tant que je dus faire un effort de concentration pour réussir à introduire la clé dans la serrure.

C'est idiot, me dis-je. Accroche-toi ! Mais je n'avais rien à quoi me raccrocher, alors je m'enfermai à double tour, regardai sous mon lit, dans les placards et derrière mon rideau de douche. Quand je fus convaincue qu'il n'y avait personne, je dévorai une tranche de gâteau au café pour me calmer.

Une fois que j'eus fini le gâteau, je téléphonai à Morelli, le mis au courant pour Helen et lui demandai s'il pouvait se renseigner sur elle.

— Tu peux me dire ce que tu as en tête exactement ? me demanda-t-il.

— Si je savais. Tu pourrais commencer par aller voir si elle est à la morgue. Ou bien à l'hôpital au cas où on serait en train de lui recoudre une partie du corps. Tu pourrais peut-être demander à un de tes amis d'ouvrir l'œil au cas où il la verrait.

— Arnold doit avoir raison, dit Morelli. Elle est sans doute dans un bar avec une bande de potes.

— Tu le crois vraiment ?

— Non. Je disais juste ça pour qu'on raccroche. Je regarde un match de base-ball.

— Il y a quelque chose qui m'inquiète vraiment et dont je ne t'ai pas encore parlé.

— Aïe aïe aïe.

— Eddie Kuntz est le seul qui savait que j'allais voir Helen Badijian.

— Et tu crois qu'il est arrivé avant toi ?

— Ça m'a traversé l'esprit.

— Tu sais qu'à une époque je me disais... mais comment fait-elle ? Comment se débrouille-t-elle pour frayer avec autant de louftingues ? Maintenant, je ne me pose même plus la question. En fait, tu ne me surprends plus.

— Bon, tu acceptes de m'aider ou pas ?

6

Je n'aimais pas l'idée que je puisse être pour quelque chose dans la disparition d'Helen Badijian. Morelli avait accepté de passer quelques coups de téléphone, mais je n'étais toujours pas satisfaite. J'examinai la pochette d'allumettes de l'Ara Bar. Pas de message griffonné à la hâte à l'intérieur du rabat ; rien qui n'indiquait qu'elle avait appartenu à Maxine. Quoi qu'il en soit, dès le lendemain matin, j'irai faire un tour à Point Pleasant.

Je pris l'annuaire et cherchai à « Badijian ». Trois abonnés à ce nom. Aucune Helen. Deux habitaient à Hamilton. Le troisième à Trenton. J'appelai le dernier. Une femme décrocha et me dit qu'Helen n'était pas encore rentrée du travail. Bravo. Mais mauvaise réponse. J'aurais préféré qu'Helen soit chez elle.

O.K., songeai-je. Il vaut mieux que j'aille voir par moi-même. Je vais aller espionner par les fenêtres de chez Kuntz pour voir s'il ne l'a pas ligotée sur une chaise de sa cuisine. Je fixai mon ceinturon noir à la taille et en garnis les étuis en toile : bombe lacrymo, boîtier paralysant, menottes, torche électrique, .38 Special. J'envisageai de charger le revolver, puis y renonçai. J'ai une trouille bleue des armes à feu.

Je me glissai dans un anorak bleu marine et coinçai mes cheveux sous ma casquette.

Au moment où je sortais de l'immeuble, je croisai Mme Zuppa qui revenait du bingo.

— Je vois que vous allez travailler, me dit-elle en prenant lourdement appui sur sa canne. Qu'est-ce que vous avez comme calibre ?

— Un .38.

— Personnellement, je préfère les neuf millimètres.

— Oui, ils sont pas mal.

— Plus maniables que les semi-automatiques quand on a une prothèse de la hanche et qu'on marche avec une canne.

Un bon tuyau à archiver dans un coin de ma mémoire et à ressortir quand j'aurai quatre-vingt-trois ans.

Le trafic était fluide à cette heure de la nuit. Quelques voitures dans Olden Street. Aucune dans Muffet Street. Je me garai à l'angle de Cherry Street et marchai jusque chez Kuntz, à une cinquantaine de mètres de là. De la lumière brillait des deux côtés du rez-de-chaussée. Les stores étaient relevés. Je m'approchai et jouai les voyeuses. Léo et Betty, assis côte à côte, regardaient Bruce Willis pisser le sang à la télévision.

Au fond, dans la cuisine, Eddie était au téléphone. Un portable. Je le voyais faire les cent pas.

Les maisons voisines étaient plongées dans l'obscurité. Les lampadaires étaient allumés, mais la rue était déserte. Je me faufilai sur le côté, évitant les flaques de lumière projetées sur la pelouse, fis le tour de la maison à pas de loup et me glissai dans l'ombre. Des bribes de conversation me parvinrent. « Mais ouais, je t'aime », disait Kuntz. « Mais ouais, t'es sexy. » Toujours tapie dans l'ombre, je risquai un coup d'œil par la fenêtre. Il me tournait le dos. Il était seul, et aucun doigt coupé n'était posé sur la table de la cuisine. Pas d'Helen enchaînée à la cuisinière. Aucun cri déchirant en provenance de la cave. Tout cela était sacrément décevant.

Bon, évidemment, Jeffrey Dahmer conservait ses trophées au réfrigérateur. Je me dis que je ferais peut-être mieux d'aller frapper à la porte, de dire à Kuntz que je passais par hasard dans le quartier et que j'avais pensé que ça lui ferait plaisir que je vienne boire un verre avec lui. Je pourrais voir ce qu'il y avait dans son frigo quand il irait chercher des glaçons.

J'en étais à m'interroger sur le bien-fondé de ce plan quand une main se plaqua sur ma bouche. On me tira en arrière et on me poussa contre le mur de la maison. Je battis des bras et des jambes, et mon cœur s'emballa. Je réussis à libérer une main et m'apprêtai à prendre ma bombe lacrymo quand une voix familière me chuchota à l'oreille :

— Si tu as envie d'avoir quelque chose dans la main, j'ai mieux qu'une bombe lacrymo à te proposer.

— Morelli !

— À quoi tu joues, là ?

— À mener une enquête. Tu croyais que je cueillais des petits pois ?

— J'ai plutôt l'impression que tu t'immisces dans la vie privée d'Eddie Kuntz. (Il écarta les pans de mon blouson et baissa les yeux sur mon ceinturon.) Tu n'as pas pris tes grenades ?

— Très drôle.

— Tu ne dois pas rester ici.

— Je n'en ai pas terminé.

— Si, me dit-il. Tu en as terminé. J'ai retrouvé Helen.

— Raconte.

— Pas ici.

Il me prit par la main et m'entraîna vers la rue. L'ampoule extérieure à l'arrière de la maison s'alluma et la porte moustiquaire s'entrouvrit en couinant.

— Il y a quelqu'un ?

Je me figeai et m'aplatis contre le mur latéral. Morelli m'imita.

Une autre porte s'ouvrit.

— Qu'est-ce que c'est ? dit Léo. Qu'est-ce qui se passe ?

— Des rôdeurs tournicotent autour de la maison, lui répondit Kuntz. J'ai entendu des voix.

— Betty ! brailla Léo. Apporte la torche électrique ! Allume la lumière du perron !

— Fonce à ta bagnole, me dit Morelli en me donnant un coup de coude.

Tout en demeurant dans l'ombre, je contournai en courant les maisons voisines, coupai par l'allée et filai à travers des jardins pour rejoindre Cherry Street. J'escaladai une clôture grillagée d'un mètre vingt de haut, me pris le pied dans la traverse et m'étalai de tout mon long dans l'herbe de l'autre côté.

Morelli me releva en me tirant par mon ceinturon et me remis en marche.

Son pick-up était garé juste derrière ma CRX. On sauta dans nos voitures respectives et on démarra sur les chapeaux de roues. Je ne m'arrêtai qu'une fois en sécurité sur mon parking.

Je me coulai hors de ma CRX, verrouillai les portières et pris, je l'espérais, une pose décontractée : accoudée au toit de la voiture et ignorant le fait que mes genoux étaient éraflés et que l'herbe m'avait taché tout le corps.

Morelli me rejoignit de sa démarche nonchalante et se campa devant moi, mains dans les poches.

— Ce sont les gens comme toi qui hantent les cauchemars des flics, me dit-il.

— Et Helen ?

— Morte.

J'en eus le souffle coupé.

— Mais c'est horrible !

— Son corps a été retrouvé dans une ruelle pas loin du 7-Eleven. Il semble qu'il y ait eu lutte.

— Comment a-t-elle été tuée ?

— On ne sait pas encore. Il faut attendre les résultats de l'autopsie. En tout cas, on a relevé des bleus sur son cou.

— On l'aurait étranglée ?

— Ça m'en a tout l'air. (Après un moment de silence, Morelli ajouta :) Il y a autre chose. Et c'est une info confidentielle que je ne te dis que pour que tu sois très prudente. Son assassin lui a tranché un doigt.

La nausée me souleva l'estomac, je manquai d'air tout à coup. Il y avait un monstre en liberté... un malade mental ! Et c'est moi qui l'avais lancé aux trousses d'Helen Badijian en la mêlant à cette affaire.

— Je déteste ce boulot, dis-je. Je déteste les gens dangereux et leurs crimes atroces et les souffrances qu'ils infligent aux autres ! Et je déteste avoir peur. Au début, j'étais inconsciente du danger. Maintenant, j'ai l'impression que j'ai peur tout le temps. Et comme si cela ne suffisait pas, j'ai tué Helen Badijian.

— Mais non, tu ne l'as pas tuée. Tu n'es pas responsable de sa mort.

— Comment fais-tu pour tenir le coup ? Comment fais-tu pour aller travailler tous les jours en étant confronté à la lie de l'humanité ?

— Je tâche de ne jamais oublier que la plupart des gens sont des gens bien, ça m'aide à relativiser. Le monde est une cagette de pêches. Dans le tas, il y en a toujours une de pourrie. Tu la trouves et tu l'enlèves. Et tu te dis, bah, c'est toujours comme ça avec les pêches... une bonne chose que j'aie été là pour empêcher la pourriture de s'étendre.

— Et la peur ?

— Concentre-toi sur ton travail, pas sur ta peur.

Facile à dire.

— Je suppose que tu es venu chez Kuntz parce que tu savais que j'y étais ?

— Je t'ai appelée pour te mettre au courant, mais tu n'étais pas chez toi. Je me suis demandé si tu serais assez bête pour courir après Kuntz, et ma réponse a été oui.

— Tu crois que c'est lui qui a tué Helen ?

— Difficile à prouver. Il n'a pas de casier judiciaire. Il savait que tu devais voir Helen, mais ça n'a peut-être aucun lien avec ce qui s'est passé. Il peut y avoir quelqu'un qui travaille en indépendant et qui a suivi les mêmes pistes que toi.

— Qui que ce soit, il en sait plus que moi maintenant. Il a coincé Helen.

— Elle n'en savait peut-être pas très long.

Possible. Elle n'avait peut-être que les allumettes.

Morelli plongea son regard dans le mien.

— Tu ne retournes pas espionner Kuntz, hein ?

— Pas ce soir.

Sally me téléphona pendant que j'attendais que mon café du matin veuille bien finir de passer.

— Le code était marrant, me dit-il, mais le message est d'un chiant ! « Le prochain *indix* sera dans une boîte rougie d'un *X.* »

— C'est tout ? Aucune indication pour trouver cette boîte ?

— Aucune. Tu veux récupérer le mot ? Il est un peu abîmé. Sugar a rangé la cuisine ce matin et, sans le vouloir, il l'a jeté dans le broyeur d'ordures. Une chance que je l'ai retrouvé.

— Il te fait toujours la tête ?

— Non. Il est dans une de ses crises ménage-cuisine-déco. Il s'est levé aux aurores ce matin pour préparer des gaufres, des feuilletés à la viande, des oranges pressées, une omelette aux champignons, mettre un gâteau au four, récurer la cuisine à fond et là, il est parti acheter des coussins pour le canapé.

— Ouf. J'avais peur qu'il ne t'en veuille de m'avoir prêté la perruque.

— Oh, non. Ce matin, c'était Monsieur Convivialité. Il a dit que tu pouvais emprunter la perruque autant de fois que tu le voulais.

— Quel amour.

— Ouais, et il fait des vaches de gaufres ! J'ai une répète à deux heures dans le comté d'Hamilton. Je peux faire un crochet par chez toi pour te passer l'indice.

Je me servis une tasse de café et téléphonai à Eddie Kuntz.

— Elle était là, me dit-il. Elle est venue m'espionner hier soir, la garce. J'étais au téléphone et j'ai entendu des voix dehors, alors je suis sorti à toute vitesse, mais elle s'est tirée. Elles étaient deux. Maxine et quelqu'un d'autre. Sans doute une de ses barges de copines.

— Vous êtes sûr que c'était Maxine ?

— Qui d'autre voulez-vous que ce soit ?

Moi, espèce d'abruti bête comme ses pieds !

— J'ai élucidé le message codé de la charlotte, lui dis-je. Le prochain indice se trouvera dans une boîte marquée d'un X rouge. Vous en avez une comme ça sur votre pelouse ?

— Non. Je suis en train de regarder par la fenêtre du salon, et je n'en vois aucune.

— Et derrière ?

— C'est con, ce truc. Indices dans des boîtes de... merde, elle est là. Sur la véranda. Qu'est-ce que je dois faire ?

— Ouvrez-la.

— Pas question. Il y a peut-être une bombe dedans.

— Mais non.

— Comment le savez-vous ?

— Ce n'est pas dans le style de Maxine.

— Je vais vous dire un truc : Maxine n'a pas de style. Maxine est folle à lier. Puisque vous êtes si sûre de vous, venez donc l'ouvrir, cette boîte.

— Très bien. J'arrive. Ne touchez à rien, je viens le plus vite possible.

Je terminai mon café et donnai à Rex quelques croquettes en guise de petit déjeuner.

— Projets du jour, lui dis-je. Attendre Sally, aller chez Kuntz ouvrir la pochette-surprise, puis passer le restant de la journée à Point Pleasant en quête de Maxine. Qu'en penses-tu ?

Rex déboula de sa boîte de conserve, enfourna toutes les croquettes dans ses bajoues et retourna illico dans sa boîte de conserve. Merci, Rex.

Boire ou ne pas boire un second café au risque d'avoir des palpitations, telle était la question que je me posais quand on frappa à ma porte.

J'allai ouvrir et me retrouvai nez à nez avec un énorme bouquet de fleurs qui cachait le livreur.

— Stéphanie Plum ?

— Oui.

— C'est pour vous.

Ouah ! Des fleurs ! Super ! J'adore qu'on m'offre des fleurs. Je pris le bouquet et reculai. Et le livreur entra dans mon appartement et me mit un revolver sous le nez. C'était Maxine.

— Tss, tss, tss, fit-elle. On est tombée dans le panneau du vieux coup du bouquet de fleurs. Ben dites donc, vous êtes née de la dernière pluie ou quoi ?

— Je savais que c'était vous. Je voulais vous parler, alors j'ai fait semblant de marcher.

— Ouais, c'est ça.

Elle referma la porte d'un coup de pied et regarda autour d'elle.

— Posez les fleurs sur le comptoir de la cuisine et mettez-vous devant le frigo, mains à plat sur la porte. (Je m'exécutai, et elle me menotta à la poignée du frigo.) Vous vouliez me parler, ben, on va parler. Je vous propose un marché : vous arrêtez de jouer les pots de colle et je vous laisse en vie.

— Vous seriez vraiment capable de me tuer ?

— En moins de temps qu'il ne faut pour le dire.

— Je ne vous crois pas.

— Mademoiselle Je-sais-tout, hein ?

— Ça rime à quoi, ces indices ?

— Les indices, c'est pour l'autre nullos. J'avais envie de lui en faire voir comme il m'en a fait voir. Mais il a fallu que vous vous mêliez de tout ça, et maintenant vous faites tout le sale boulot à sa place. Mais qu'est-ce que les femmes lui trouvent à ce type ? Comment il fait ?

— Bah, les autres, je n'en sais rien, mais moi, c'est pour l'argent.

— Ce que je suis nouille ! Dire que j'ai fait ça gratis !

— Il se passe autre chose. Quelque chose de grave.

Vous savez que votre appartement a été mis à sac ? Vous êtes au courant pour Margie et votre mère ?

— Je n'ai pas envie d'entrer dans ces détails. Pour le moment, je ne peux rien faire. Mais je vais vous dire une chose : je vais tirer le maximum de cet enfoiré d'Eddie Kuntz. Il va payer pour tout ce qu'il a fait.

— Parce qu'il a scalpé votre mère, c'est ça ?

— Parce qu'il m'a cassé le nez. Parce qu'il se soûlait. Parce qu'il me tabassait. Parce qu'il me trompait. Parce qu'il me piquait ma paie. Parce qu'il me mentait. C'est pour tout ça qu'il va payer.

— Il prétend que vous avez pris des lettres d'amour qui lui appartiennent.

Maxine renversa la tête en arrière et hennit de rire. Un rire franc et guttural qui aurait pu être contagieux si je n'avais pas été enchaînée à mon réfrigérateur.

— C'est ce qu'il vous a raconté ? Ah, celle-là, c'est la meilleure ! Eddie Kuntz écrivant des lettres d'amour. Vous avez sans doute des actions du pont de Brooklyn aussi, non ?

— Écoutez, j'essaie de faire mon travail, c'est tout.

— Ouais, et moi, j'essaie de vivre ma vie. Un bon conseil : arrêtez de me courir après parce que vous n'arriverez jamais à m'attraper. Si je traîne encore dans les parages, c'est juste pour me marrer sur le dos de l'autre nullos, et après, je me tire. Dès que j'aurai fini de casser les pieds de Kuntz, je débarrasse le plancher.

— Vous avez assez d'argent pour disparaître ?

— Plus que vous ne pensez. Maintenant, je vais vous dire, pour la boîte : elle est pleine de crottes de chiens. J'ai passé la journée dans un parc, j'en ai rempli tout un sac en plastique. L'indice est niché dans les crottes. J'ai envie que l'autre connard s'en mette plein les doigts. Et il a tellement envie de me retrouver qu'il ne devrait pas hésiter, croyez-moi. Alors faites-vous discrète, et ne l'aidez plus.

Je ne pus réprimer une moue de dégoût. Des crottes de chiens. Beurk !

— C'est tout ce que j'avais à vous dire, conclut

Maxine. Allez jouer ailleurs et arrêtez d'aider l'autre connard.

— C'est vous qui avez tagué ma porte ?

— Non, répondit Maxine en se détournant pour partir. Mais le message est plutôt gentil.

— Vous allez me laisser les clés des menottes, hein ?

Elle me regarda, me fit un clin d'œil et sortit d'un pas léger en claquant la porte derrière elle.

Zut !

— Il n'y a pas que moi qui vous cherche ! criai-je. Méfiez-vous de cette garce de Joyce Barnhardt !

Et merde. Elle était partie. Je tirai comme une forcenée sur les menottes, mais elles tinrent bon. Ni couteau ni ustensile de cuisine utile à portée de main. Téléphone ? Trop loin. Je pouvais toujours crier jusqu'à la nuit des temps que M. Wolensky, juste en face, ne m'entendrait pas à cause de sa télé qui hurlait. Cogite, Stéphanie, cogite !

— À l'aide ! criai-je. À l'aide !

Personne ne vint à mon secours. Au bout de cinq minutes de cris ininterrompus, j'étais fumasse et je sentais poindre un mal de tête. Du coup, j'arrêtai de crier et j'ouvris la porte du frigo dans l'espoir d'y trouver quelque chose qui tuerait ma migraine dans l'œuf. Une part de gâteau à la crème pâtissière fourré à la banane. Je la mangeai et la fis descendre en buvant du lait. Comme j'avais encore faim, je pris du beurre de cacahouètes et entamai un sachet de petites carottes. Je l'avais presque terminé quand on frappa de nouveau à ma porte.

Je bissai le numéro « à l'aide ! ».

La porte s'ouvrit à la volée et Sally avança la tête.

— Ouais, superzarbi, putain, dit-il. Qui t'a menottée à ton frigue ?

— J'ai eu une petite altercation avec Maxine.

— Apparemment, elle a eu le dessus.

— Je suppose que tu ne l'as pas vue traîner sur le parking ?

— Non.

Ma crainte était qu'elle ait disparu corps et biens. Ma très grande crainte était que Joyce Barnhardt l'ait arrêtée.

— Descends au sous-sol et demande à Dillon, le gardien, de monter avec sa scie à métaux.

Un quart d'heure plus tard, je portais toujours les menottes en guise de bracelets, mais au moins étais-je indépendante du réfrigérateur. Sally avait filé à sa répétition. Dillon était redescendu avec un pack de six bières sous le bras. Et j'étais en retard pour un rendez-vous avec une boîte de déjections canines.

Je dévalai les marches quatre à quatre et franchis la porte au pas de course. Je m'élançai vers ma voiture mais m'arrêtai net en voyant la Cherokee noire de Joyce Barnhardt s'engager sur le parking.

— Tiens, Joyce, dis-je, ça fait un bail. (Je lançai un coup d'œil dans sa voiture pour vérifier que Maxine ne s'y trouvait pas.) Alors, toujours à mes basques ?

— Sûrement pas. J'ai mieux à faire que de poireauter toute la journée pour voir quelqu'un se faire entarter ! Je suis juste venue te dire bye-bye.

— Tu abandonnes ?

— Non, mais je n'ai plus besoin de toi pour retrouver Maxine.

— Ah oui ? Pourquoi donc ?

— Parce que je sais où elle se cache. J'ai un contact qui sait tout de ses allées et venues. Dommage pour toi que tu n'aies jamais travaillé dans la vente au détail, comme moi. Je me suis fait beaucoup de relations.

La vitre côté chauffeur remonta. Joyce redémarra sur les chapeaux de roues et déboîta dans la rue.

Super. Joyce avait des relations.

Je traversai le parking jusqu'à ma CRX et remarquai que quelqu'un avait coincé un mot sous l'un des essuie-glaces.

« J'ai dit que je me vengerai et ça reste valable. Je t'ai observée et je sais qu'il était là. Dernier avertissement : laisse mon petit ami tranquille ! La prochaine

fois, je viens avec de l'essence et je craque une allumette. »

Une histoire de jalousie. Moi, avec le petit ami d'une autre ? Un seul nom me venait à l'esprit : Morelli. Han ! Et dire que j'avais failli coucher avec lui. Je fermai les yeux très fort. Et dire que j'étais tombée dans le panneau avec son argument « pas de capote, pas de sexe ». Oh, que j'étais bête ! Je savais bien pourtant qu'il ne fallait pas croire un traître mot de ce qu'il disait ! Et l'identité de sa petite amie n'était pas très difficile à deviner. Terry Gilman. Cette menace sentait la mafia à plein nez. D'ailleurs, Connie m'avait dit que Terry avait des accointances parmi la pègre.

Je me penchai vers ma voiture et plissai les narines. Odeur d'essence. Je posai un doigt sur le capot. Encore humide. La petite amie azimutée de Morelli était sûrement partie depuis peu. Elle avait dû agir pendant que j'étais enchaînée à mon frigo. Aucune importance, me dis-je, je vais amener la CRX au lavage automatique.

Par habitude, j'enfonçai la clé dans la serrure de la portière. Impossible de la faire tourner. Autrement dit : la portière n'était pas verrouillée. Je regardai de plus près et vis les éraflures à côté de la vitre. Quelqu'un avait forcé la serrure à l'aide d'une pince-monseigneur.

J'eus un mauvais pressentiment.

Je fis une rapide inspection des lieux à travers la vitre. Apparemment, on n'avait rien volé. L'autoradio semblait intact. J'ouvris la portière côté chauffeur : l'odeur d'essence était si forte que je faillis tomber à la renverse. Je posai la main sur le siège. Trempé. Les tapis de sol idem ! Le tableau de bord itou ! Il y avait de l'essence dans tous les coins et recoins.

Meeeerde ! J'en avais ma claque de Morelli. J'étais plus en colère contre lui que contre Terry. Je regardai autour de moi. Personne.

Je dégainai mon téléphone portable et composai le numéro de Morelli. Il n'était pas chez lui. Ni à son bureau. Ni dans sa voiture. Je flanquai des coups de pied dans un pneu en poussant des jurons qui défiaient l'imagination.

J'étais garée au fond du parking, loin de tout autre véhicule. Je décidai que le mieux à faire pour le moment était de laisser la voiture là où elle était en attendant que l'essence se soit évaporée. J'ouvris toutes les vitres, retournai dans l'entrée de l'immeuble et appelai Lula à l'agence.

— Tu peux me déposer ? lui dis-je. Problème automobile.

— O.K., fit Lula en garant la Firebird au bord du trottoir devant chez Kuntz. Tu peux répéter pour cette histoire de boîte ?

— Maxine m'a dit qu'elle était pleine de crottes de chiens, alors il vaut mieux qu'on n'y touche pas.

— Et tu la crois ? Suppose que ce soit une bombe ?

— Non, je ne pense pas.

— Ah ouais ? Mais tu n'en es pas sûre ?

— Ben... non.

— Je vais te dire, et si je restais sur la véranda côté rue pendant que tu l'ouvres ? Je n'ai pas très envie de m'en approcher.

Je fis le tour de la maison et, effectivement, vis la boîte qui trônait sur la véranda. Elle était de la taille d'une boîte à chaussures, fermée hermétiquement par du gros Scotch et marquée d'un X rouge.

Kuntz était derrière la porte moustiquaire.

— Il vous en a fallu du temps.

— Vous avez de la chance qu'on soit venues, dit Lula. Et si vous ne changez pas d'attitude, on repart.

Je m'accroupis pour examiner la boîte. Pas de tic-tac... pas d'odeur nauséabonde... pas d'étiquette « Risque d'explosion »... Elle pouvait contenir tout et n'importe quoi, cette boîte. Tout et n'importe quoi. Ça pouvait être des morpions rapportés de l'opération Tempête du désert.

— Je pense qu'il n'y a pas de problème, dis-je à Kuntz. Allez-y, vous pouvez l'ouvrir.

— Vous êtes sûre que c'est sans risque ?

— Hé, fit Lula, on est des pro. On sait de quoi on parle. Exact, Stéphanie ?

— Exact.

Kuntz baissa les yeux sur la boîte. Il fit craquer ses articulations et retroussa les lèvres.

— Fait chier, cette Maxine, dit-il.

Il sortit un couteau suisse de sa poche et se pencha sur la boîte. Lula et moi nous écartâmes discrètement.

— Vous en êtes sûre ? redemanda-t-il.

— Mais oui.

Autre pas en arrière.

Kuntz coupa le Scotch, écarta les rabats et regarda à l'intérieur de la boîte. Rien n'explosa, mais Lula et moi gardâmes tout de même nos distances.

— Kézako ? fit Kuntz en y regardant de plus près. On dirait un sachet en plastique hermétique plein de pudding au chocolat.

Échange de regards entre Lula et moi.

— Je suppose que l'indice est dans le sachet, dit Kuntz.

Il fourragea dans le sachet. Il grimaça et marmonna quelque chose qui ressemblait à « Bleuk ».

— Ça va pas ? demanda Lula.

— C'est pas du pudding.

— Bah, voyez le côté positif, lui dit Lula. Au moins, ça vous a pas pété à la figure !

— Déjà ! m'écriai-je en tapotant ostensiblement ma montre. Il faut que je file, je vais être en retard.

— Ouais, moi aussi, dit Lula. J'ai des tas de trucs à faire.

Kuntz était blanc comme un linge.

— Et l'indice ? demanda-t-il.

— Vous n'aurez qu'à m'appeler plus tard ou me laisser un message sur mon répondeur, lui dis-je. Vous me lirez les lettres.

— Mais...

Lula et moi avions déjà filé. Devant la maison. Dans la voiture. Au bas de la rue.

— Bon, et maintenant ? fit Lula. Ça va être dur de faire mieux. C'est pas tous les jours que je vois une boîte pleine de crottes pas en chocolat.

— Il faut que je coince Maxine. Je ne suis pas la seule à avoir deviné qu'elle est à Point Pleasant. Malheureusement, j'ai une voiture inutilisable en carafe sur mon parking, et il va falloir que je commence par régler ce problème-là.

J'appelai Morelli de mon portable et tombai sur lui dans sa voiture.

— Ta petite amie est venue me rendre visite, lui disje.

— Je n'ai pas de petite amie.

— À d'auuuuutres !

Je lui lus le mot et le mis au courant de l'état de ma porte et de ma voiture.

— Qu'est-ce qui te fait penser que c'est ma petite amie ?

— Je ne vois pas qui d'autre rendrait une femme aussi folle.

— Merci du compliment, mais je ne sors avec personne. Ça fait déjà un moment.

— Et Terry Gilman ?

— Terry Gilman n'arroserait pas ta voiture d'essence. Terry Gilman frapperait poliment à ta porte et, quand tu ouvrirais, elle t'arracherait les yeux.

— Quand l'as-tu vue pour la dernière fois ?

— Il y a une semaine à peu près. Je suis tombé sur elle chez Fiorello, le traiteur. Elle portait une minijupe en jean et elle avait l'air en superforme, mais en ce moment, ce n'est pas elle la femme de ma vie.

Je ne pus empêcher mes sourcils de se froncer.

— Ah oui ? Et c'est *qui*, la femme de ta vie ?

— Toi.

— Oh. Alors, c'est quoi cette histoire de petite amie ?

— C'est peut-être Maxine. Tu m'as dit que ça s'était passé après qu'elle t'a enchaînée à ton frigo.

— Et elle parlerait de Kuntz ? Je ne sais pas trop... je trouve que ça ne colle pas.

Lula se gara à côté de la CRX et on alla voir l'ampleur des dégâts.

— Je ne sais pas comment tu vas faire pour enlever toute cette essence, dit Lula. Il y en a partout. Ça a même coulé par terre. Regarde-moi ces flaques !

Je devais appeler la police pour porter plainte, puis contacter ma compagnie d'assurances. La voiture devait être nettoyée par un professionnel. J'avais certainement une franchise, mais je ne me souvenais plus du montant. Je ne pouvais pas conduire la voiture tant qu'elle serait dans cet état-là.

— Je monte chez moi passer deux ou trois coups de fil, dis-je à Lula. Si je me dépêche, j'aurais peut-être fini à temps pour aller à Point Pleasant à la recherche de Maxine.

— Tu sais ce que j'aime à Point Pleasant ? Les glaces italiennes moitié orange moitié vanille. Je vais peut-être aller avec toi, finalement. Qui sait ? Tu auras peut-être besoin d'un garde du corps.

Une Fairlane bleue déboula dans le parking et pila juste derrière nous.

— Vingt dieux ! fit Lula. C'est la vieille Mme Nowicki qui conduit à moitié soûle.

Mme Nowicki jaillit de sa voiture et s'approcha de nous d'une démarche mal assurée.

— Je ne suis pas sourde et je ne suis pas soûle. Si j'étais soûle, je serais beaucoup plus joyeuse que ça.

Elle portait une robe vert toxique en jersey. Elle s'était maquillée à la truelle, une cigarette était fichée au coin de sa bouche, et des accroche-cœurs orange jaillissaient d'un turban d'un vert tout aussi toxique que sa robe... qui, je le savais, masquait un crâne chauve depuis peu.

Elle considéra ma voiture et aboya un rire.

— C'est la vôtre ? me demanda-t-elle.

— Oui.

— On ne vous a jamais dit que c'est dans le réservoir qu'on met l'essence ?

— Vous vouliez me voir pour une raison précise ?

— Je quitte la ville. Et j'ai du nouveau pour vous. Maxine serait folle de rage si elle apprenait que je vous l'ai dit, mais je pense que vous avez raison : il vaut mieux que ce soit vous qui la trouviez plutôt que... vous savez qui.

— Vous avez eu de ses nouvelles ?

— Elle m'a amené sa voiture. Elle m'a dit qu'elle n'en avait plus besoin.

— Où est-elle ?

— Bah, elle était à Point Pleasant, comme je le pensais, mais elle m'a dit que les gens en avaient eu vent, alors elle est partie à Atlantic City. Elle n'a pas voulu me donner son adresse, mais je sais qu'elle aime aller jouer à Bally's Park Place. Elle pense qu'elle a plus de chance là-bas.

— Vous en êtes sûre ?

— Certaine.

Elle tira une longue bouffée sur sa cigarette consumée jusqu'au filtre ou presque. Ses narines exhalèrent un filet de fumée bleutée. D'une chiquenaude, elle jeta le mégot au loin. Il tomba sur le trottoir, roula sous ma voiture et... woouuuf ! La voiture prit feu.

— Purée !

Lula et moi avions crié d'une seule voix en bondissant en arrière.

La voiture fut engloutie par une grosse boule de feu orangée.

— Au feu ! hurla Lula.

— Au feu ! hurlai-je.

Mme Nowicki se retourna.

— Qu'est-ce qui se passe ? demanda-t-elle.

BOUM ! Il y eut une explosion qui projeta Mme Nowicki au sol, et une nouvelle boule de feu se forma. La Firebird de Lula !

— Ma caisse ! brailla Lula. Ma petite puce ! Faites quelque chose ! Mais faites quelque chose !

Une foule de gens sortaient de l'immeuble, et des sirènes gémirent au loin. Imitée par Lula, je me penchai sur Mme Nowicki étalée de tout son long sur le bitume, face vers le ciel, yeux grands ouverts.

— Ho-ho, fit Lula. Vous n'allez pas être encore morte, hein ?

— J'ai besoin d'une cigarette, dit Mme Nowicki. Vous voulez bien m'en allumer une ?

Une voiture de police s'engagea avec fluidité sur le parking, gyrophare tournoyant. Carl Costanza en descendit et s'approcha de moi.

— Pas mal. Tu en as fait exploser deux, cette fois ?

— Dont celle de Lula.

— Va-t-on devoir chercher des corps déchiquetés ? La dernière fois que tu en as fait sauter une, on a retrouvé des membres cinq cents mètres plus loin.

— Vous n'avez retrouvé qu'un pied quelques mètres plus loin. La plupart des autres morceaux étaient là, sur le parking. Personnellement, je pense que c'est le chien de Mme Burlew qui avait pris le pied pour l'amener là-bas.

— Bon, et cette fois ? Un autre pied à chercher ?

— Aucune des voitures n'était occupée. Mme Nowicki a été secouée, mais je crois qu'elle va bien.

— Elle va tellement bien qu'elle est partie, remarqua Lula. Elle peut, vu que sa vieille guimbarde n'a pas été rôtie.

— Partie ? dis-je d'une petite voix à la Minnie Mouse. Je n'arrive pas à croire qu'elle soit partie après avoir provoqué un accident !

— À la seconde, dit Lula. Je viens de la voir quitter le parking.

Je lançai un coup d'œil vers St. James Street, et une pensée désagréable me traversa l'esprit.

— Lula, tu ne crois pas qu'elle l'a fait exprès, quand même ?

— Elle aurait fait sauter nos bagnoles pour qu'on ne

puisse pas partir à la recherche de sa fille ? Tu la crois assez maligne pour penser à un truc pareil ?

Le camion de pompiers quitta les lieux en premier, suivi de la voiture de police, puis des dépanneuses. Il ne restait plus que deux traces carbonisées et sablées sur le bitume.

— Bah, fit Lula. Une de perdue, dix de retrouvées.

— Tu ne me sembles pas être très contrariée. Je croyais que tu l'adorais, ta voiture.

— Bof, la radio ne marchait pas très bien, et elle a eu un pet sur la portière au supermarché. Dès que j'aurai fait la déclaration à l'assurance, je vais aller m'en acheter une autre. Acheter une bagnole, j'adore !

Acheter une voiture, *je déteste*. J'aimerais encore mieux passer une mammographie. Je n'ai jamais assez d'argent pour acheter la voiture de mes rêves. Sans parler des vendeurs... dans l'art d'infliger la torture, ils arrivent en deuxième position après les dentistes. Un frisson involontaire pianota sur ma colonne vertébrale.

— Que veux-tu, je suis une fille qui positive, moi, dit Lula. Mon verre est à moitié vide ? Tss, tss. Mon verre est *toujours* à moitié plein. C'est pour ça que je m'en sors. Et puis, de toute façon, il y a des gens vachement plus mal barrés que moi. Moi, je ne suis pas du genre à passer mon après-midi à chercher un petit mot dans une boîte pleine de crottes de chiens.

— Tu crois que Mme Nowicki disait la vérité à propos d'Atlantic City ? Elle essayait peut-être de nous lancer sur une fausse piste ?

— On n'a qu'un seul moyen de le savoir.

— Il nous faut une bagnole.

On échangea un regard... et une grimace. Nous savions toutes deux où en trouver une. Mon père avait une Buick 53 bleu pastel et blanc qui dormait dans son garage. J'étais déjà tombée assez bas pour emprunter la bête.

— Non, non, non, dit Lula. Je ne vais pas à Atlantic City dans cette grosse bagnole de mac.

— Où est passée ta vision positive des choses ? Et ta théorie du verre à moitié plein ?

— Oh, me fais pas chier avec mon verre ! Je me sentirais pas cool dans cette voiture, et pas question que je monte dans une voiture pas cool. J'ai ma réputation à défendre. Tu imagines une grosse mama noire étalée sur le siège de cette bagnole ? Les gens ne penseraient qu'à une chose : vingt-cinq dollars la pipe. Je vais te dire, si t'es pas Jay Leno, t'as rien à faire dans une bagnole pareille.

— Bon, parlons peu mais parlons bien. Si je décide d'aller à Atlantic City et que la seule voiture que je puisse me procurer, c'est la Grande Bleue... tu ne viens pas avec moi ?

— Bon, évidemment, vu comme ça...

J'appelai un taxi pour Lula et montai péniblement chez moi par l'escalier. J'allai tout droit à mon réfrigérateur et pris une bière.

— Tu veux que je te dise, Rex ? Je n'ai pas le moral.

Je fis défiler la bande de mon répondeur. Un seul message, laconique, de Kuntz. « Je l'ai eu. »

Kuntz ne me parut guère plus enthousiaste quand je lui parlai en direct. Il me lut le message codé, cinquante-trois lettres en tout, et il raccrocha. Il ne me demanda même pas comment j'allais. Ne me souhaita même pas une bonne journée.

J'appelai Sally et me déchargeai du fardeau sur ses épaules.

— Au fait, lui demandai-je. Tu as quoi, comme voiture ?

— Une Porsche.

Logique.

— Coupé ?

— Tu en connais d'autres modèles ?

Assez de place pour moi. Pas assez pour Lula. Elle comprendrait. *Les risques du métier. Et qu'on ait mis le feu à sa voiture, ça aussi, ce sont les risques du métier, non ?*

— Ce n'est pas ma faute, dis-je. Ce n'est pas moi qui ai jeté le mégot.

— J'ai dû être téléporté, là, me répondit Sally. Je crois que je viens d'entendre deux phrases en provenance d'une autre galaxie.

Je lui expliquai ce qui s'était passé sur le parking et lui parlai du tuyau que nous avait donné Mme Nowicki.

— Apparemment, il faut qu'on aille à Atlantic City, dit Sally.

— Tu crois qu'on pourra faire entrer Lula dans la Porsche en se tassant ?

— Pas même si on l'enduisait de lubrifiant.

Je poussai mentalement un soupir de regret, dis à Sally que nous allions prendre la voiture de mon père et que je passerais le chercher à sept heures. Impossible de me résoudre à priver Lula de cette folle équipée.

7

— Les autres mères ont des filles qui se marient et font des enfants, gémit ma mère. La mienne fait exploser des voitures. Comment est-ce possible ? En tout cas, ça ne vient pas de mon côté.

Nous étions en train de dîner. Mon père avait le nez dans son assiette. Ses épaules tressaillirent.

— Qu'est-ce qu'il y a ? lui demanda ma mère.

— Je ne sais pas, répondit-il. Je trouve ça plutôt drôle. La majorité des hommes n'auront jamais de gosses qui font sauter des voitures, et moi j'ai une fille qui en a fait griller trois et a fait flamber un salon funéraire. Elle sera peut-être dans le *Livre des records.*

Tout le monde en resta bouche bée : c'était le plus long discours de mon père depuis quinze ans.

— Ton oncle Lou a fait ça lui aussi, reprit mon père. Quand il était jeune, il travaillait pour Joey la Pieuvre. Joey vendait des voitures à l'époque, et il était en guerre contre les frères Grinaldi qui, eux aussi, en vendaient. Alors, Joey payait Lou pour qu'il fasse sauter les voitures des Grinaldi. Il le payait à l'unité. Cinquante dollars par voiture. C'était une petite fortune à l'époque.

— Tu es allé au bar, lui dit ma mère. Tu as bu. Je croyais que tu avais sorti le taxi pour travailler.

— Pas de client, répondit mon père en piquant sa fourchette dans une pomme de terre. Une journée sans.

— Oncle Lou s'est fait prendre ? demandai-je.

— Jamais. Il était doué. Les frères Grinaldi ne se sont jamais doutés que c'était lui. Ils ont cru que Joey leur envoyait Willy Fuchs. Un jour, ils ont fait une tête au carré à Willy, alors Lou a arrêté d'incendier leurs bagnoles.

— Dingue !

— Tout s'est bien terminé, conclut mon père. Lou a monté une affaire de primeurs, de la vente en gros, qui a marché du feu de Dieu.

— Superchouette, ton bracelet, me dit mamie Mazur. C'est nouveau ?

— Pour tout te dire, c'est la moitié d'une paire de menottes. Je les ai enfilées sans le vouloir, et après, impossible de remettre la main sur la clé. J'ai dû les couper à la scie à métaux. Je vais aller chez un serrurier pour qu'il découpe cette partie-là, je n'ai pas encore eu le temps.

— Le fils de Muriel Slickowsky est devenu serrurier, me dit ma mère. Tu veux que j'appelle Muriel ?

— On verra ça demain. Je dois aller à Atlantic City ce soir. Je vérifie une piste au sujet de Maxine.

— Je viens avec toi, s'écria ma grand-mère en se levant d'un bond et en se dirigeant vers l'escalier. Je pourrai t'être utile. Je passe inaperçue là-bas. Il y a plein de vieilles pépées dans mon genre. Je vais changer de robe. Je suis prête dans une seconde.

— Attends ! Je ne crois pas que...

— Il n'y a rien de bien à la télé ce soir, de toute façon, me cria ma grand-mère de l'étage. Et ne t'inquiète pas, je viendrai équipée !

Je bondis de ma chaise.

— Pas de revolver ! dis-je en lançant un regard à ma mère. Elle n'a plus son .45, hein ?

— J'ai fouillé sa chambre et je ne l'ai pas trouvé.

— Je veux qu'elle subisse une fouille corporelle avant qu'elle monte dans ma voiture.

— Pas assez d'argent dans tout l'univers, dit mon

père. Je ne regarderai jamais cette femme nue, pas même sous la menace.

Lula, mamie Mazur et moi attendions dans le couloir que Sally vienne nous ouvrir. J'étais en jupe courte en jean, T-shirt blanc et sandales ; ma grand-mère, en robe en tissu imprimé rouge et blanc et en baskets blanches ; Lula, en robe en jersey décolletée plutôt ras des fesses, des bas rouges et des chaussures à brides et hauts talons en satin rouge.

Et la porte s'ouvrit sur Sally travesti de la tête aux pieds : perruque brune plus-pute-tu-meurs, robe fourreau pailletée argent hyper-ras des fesses, et chaussures argentées à brides et à semelles compensées qui lui conféraient une taille vertigineuse de deux mètres dix, cheveux non compris.

Sally me jaugea :

— Je croyais qu'on devait se déguiser.

— Je suis déguisée en supercanon, dit Lula.

— Et moi en vieille peau, dit ma grand-mère.

— Ma mère ne m'aurait pas laissée sortir si je m'étais déguisée en qui que ce soit, dis-je.

— Moi, je suis déguisée en reine de Saba, déclara Sally en tirant sur le bas de sa robe.

— Cousine, lui dit Lula, t'es géniale.

— Sally est drag-queen, expliquai-je à ma grand-mère.

— Ah bon ? J'ai toujours eu envie d'en rencontrer un. Je me suis toujours demandé ce que vous faites de vos bijoux de famille quand vous êtes en femme.

— On doit porter des sous-vêtements spéciaux qui vous les remontent.

On baissa les yeux sur le renflement qui déparait la robe de Sally au niveau de son entrejambe.

— Au temps pour moi, dit-il. Ils m'irritent la peau.

— Ça sent quoi ? demanda Lula en plissant les narines. Miam, miam, il y a quelque chose au four ?

— C'est Sugar, dit Sally en levant les yeux au ciel.

Il est en plein délire. Il a dû utiliser cinq kilos de farine depuis deux jours.

Lula se faufila dans la cuisine.

— Dieu du ciel, s'exclama-t-elle, mais regardez-moi ça... des gâteaux à perte de vue.

Sugar, au comptoir, pétrissait de la pâte. Il releva la tête à notre entrée et nous gratifia d'un sourire embarrassé.

— Vous devez penser que je suis un peu louf de faire tous ces gâteaux.

— Je pense que tu es mimi comme pas deux, lui répondit Lula. Si un jour tu cherches une autre colocataire, fais-moi signe.

— J'aime bien l'odeur de quelque chose qui cuit au four, dit Sugar. On se sent vraiment à la maison.

— On va à Atlantic City, lui dis-je. Tu viens avec nous ?

— Merci, mais j'ai une tarte à enfourner, cette pâte à faire lever, puis du repassage à faire...

— Dingue ! fit Lula. C'est Cendrillon, ce mec.

— Je ne suis pas très flambeur, dit Sugar en continuant à pétrir sa pâte.

Nous prîmes chacune un biscuit dans une assiette posée sur le comptoir et notre petit troupeau sortit de la cuisine, puis longea le couloir et prit l'ascenseur.

— Quel pauvre petit homme triste, dit Lula. Il a pas l'air de s'éclater.

— Il s'éclate beaucoup plus en robe, dit Sally. En femme, il n'est plus le même homme.

— Alors, pourquoi n'est-il pas tout le temps habillé en femme ? s'enquit Lula.

— Je ne sais pas trop, lui répondit Sally en haussant les épaules. Quelque part, il doit penser que ça ne se fait pas.

On traversa le hall d'entrée en marbre aux lignes épurées et on gagna le parking par le sentier bordé de parterres de fleurs.

— C'est celle-là, dis-je à Sally. La Buick bleu et blanc.

Sally écarquilla ses yeux aux cils enduits de rimmel.

— La Buick ? Bon Dieu de merde, c'est ta voiture ? C'est pas des vitres, c'est des hublots ! Oh, putain, des hublots ! Qu'est-ce qu'il y a sous le capot ?

— Un V8.

— Ouah ! Un V8 ! Oh, putain, un V8 !

— Une chance qu'il n'ait pas mis un slip qui les lui remonte, dit Lula. Sinon il serait bon pour une hernie.

Les Buick, c'est un truc de mecs. Les femmes détestent, les hommes adorent. Je crois que ça a à voir avec la taille des pneus. Ou peut-être avec la forme bulbeuse, ovoïde... genre Porsche sous stéroïdes.

— Il ne faut pas qu'on tarde, dis-je à Sally.

Il me prit les clés des mains et se glissa au volant.

— Excuse-moi, dis-je, mais c'est *ma* voiture.

— Il faut avoir des couilles pour la conduire, me répondit Sally.

— Ah ! s'écria Lula, déhanchée, mains à la taille. Parce que tu crois qu'on n'en a pas ? Regardes-y à deux fois, Tom Pouce.

Sally serra les mains autour du volant.

— O.K., combien tu veux ? Je te donne cinquante dollars si tu me laisses conduire.

— Je ne veux pas d'argent, dis-je. Si tu as envie de conduire, il suffit de le demander.

— Ouais, pas la peine de nous faire ton numéro de macho de mes deux, dit Lula. On supporte pas ça, nous. On mange pas de ce pain-là.

— Super ! s'écria Sally. J'ai toujours eu envie de conduire un de ces engins.

Mamie Mazur et Lula se tassèrent à l'arrière, et je montai devant.

— Oh, avant que j'oublie, dit Sally en sortant une feuille de papier de son sac à main, voilà l'indice.

Je le lus à voix haute.

— « Dernier indice, dernière chance, connard : samedi, neuf heures du soir, au Blue Moon Bar. »

Maxine s'apprêtait à prendre la poudre d'escampette. Elle tendait un dernier piège à Kuntz. Et je me dis qu'il se pourrait bien qu'elle me tende un dernier piège à moi aussi en me lançant sur une fausse piste à Atlantic City.

Une chose me frappe toujours à Atlantic City : ce n'est pas Las Vegas. Vegas vous en met plein la vue pour mieux s'en mettre plein les poches ; Atlantic City, c'est moins de néons et davantage de places de parking. Les casinos sont bâtis le long de la promenade en planches. On ne va pas à Atlantic City pour nager dans l'océan, mais pour se la couler douce. Idéal pour les retraités : c'est le Saloon de la dernière chance.

Les quartiers pauvres de la ville sont cul à cul avec les portes de service des casinos, mais vu que, dans le New Jersey, on se fiche de la perfection, ce n'est pas un problème. Pour moi, vivre dans le New Jersey, c'est un peu devoir trouver la timbale et la décrocher, et qu'importe si, pour atteindre les machines à sous, on doit traverser la zone, bien fermer les vitres de sa voiture, verrouiller les portières et passer devant les trafiquants de drogue et les macs jusqu'au voiturier.

Tout cela est très grisant.

Et si ce n'est pas Vegas, ce n'est pas non plus Monte-Carlo. On ne voit pas beaucoup de robe Versace à Atlantic City. Aux tables de zanzi, il y a toujours des types aux cheveux lissés en arrière et portant une bague au petit doigt ; et, debout à côté de ces types gominés à bagouse, il y a toujours des femmes habillées comme des chanteuses de bar. Non, ce qu'on voit surtout à Atlantic City, ce sont des mamies de soixante-cinq ans en tenue de jogging en polyester trimballant des seaux pleins à ras bord de pièces de vingt-cinq cents en direction des machines à sous.

Je pourrais aller à New York ou Vegas en compagnie de Lula et de Sally que je passerais inaperçue ; mais à Atlantic City, autant essayer de me fondre dans la foule en compagnie d'un dompteur et de cinq tigres.

On entra à quatre d'un même pas, côte à côte, et on laissa le bruit nous submerger, on s'imbiba du décor... plafond en miroir, moquette 3D, éclairage stroboscopique et remous d'une foule au coude à coude. On traversa la salle et des vieux messieurs se plaquèrent contre les murs, les croupiers se turent, les serveuses se figèrent, des jetons et des plaques tombèrent par terre et les femmes nous suivirent des yeux, bouche bée, avec la curiosité habituellement réservée aux accidents ferroviaires. Comme s'ils n'avaient jamais vu un travesti de deux mètres dix et une Noire de cent kilos en fausses boucles blondes attifée comme Cher dans un de ses mauvais jours.

Après ça, qui oserait dire que je ne sais pas monter une opération top secrète ?

— C'est une bonne chose que j'aie reçu mon chèque de l'aide sociale hier, dit ma grand-mère, les yeux rivés sur les machines à sous. Je sens que c'est mon jour de chance.

— Pour toi, ce sera quoi ? demanda Lula à Sally.

— Black-jack !

Et les voilà partis.

— Ouvrez l'œil pour Maxine, dis-je à leurs dos tournés.

Je déambulai dans la salle pendant une heure, perdis quarante dollars au zanzi, mais eus droit à une bière gratis grâce à un pourboire de cinq dollars. Je n'étais pas tombée sur Maxine, mais ce n'était guère surprenant. Je dégotai un canapé d'où j'avais une bonne visibilité et m'y installai pour observer la foule.

À onze heures et demie, ma grand-mère se laissa choir à côté de moi.

— J'ai gagné vingt dollars à ma première machine et puis la chance a tourné, me dit-elle. Et elle n'est pas revenue de toute la soirée.

— Il te reste de l'argent ?

— Pas un kopeck. Bah, je n'ai pas tout perdu. J'ai rencontré un beau gosse. Il m'a draguée aux machines de poker à deux dollars, alors on peut être sûres qu'il n'est pas près de ses sous.

Je haussai les sourcils.

— Tu aurais dû rester avec moi, me dit-elle. Je t'aurais arrangé un coup à toi aussi.

Aïe, aïe, aïe.

Un petit homme aux cheveux blancs s'approcha de nous.

— Tiens, ton Manhattan, dit-il à ma grand-mère en lui tendant un verre. Et elle, c'est qui ? Ta petite-fille, sans doute.

— Je te présente Harry Meaker, me dit ma grand-mère. Il est de Merceville, et lui aussi a la poisse ce soir.

— J'ai toujours eu la poisse, dit-il. Toute ma vie. J'ai été marié deux fois, et mes deux femmes sont mortes. J'ai eu un double pontage coronarien l'année dernière, et maintenant, mes artères se bouchent de nouveau. Je le sens. Et regardez ça. Vous voyez cette rougeur squameuse sur mon nez ? Cancer de la peau. Je dois faire une biopsie la semaine prochaine.

— Harry est venu en autocar, expliqua ma grand-mère.

— Et j'ai des problèmes de prostate. Il faut que je prenne un car qui a des toilettes. (Il consulta sa montre.) Je dois y aller, dit-il. Le car part dans une demi-heure. Je ne voudrais pas le rater.

— Qu'est-ce que tu en penses ? me demanda ma grand-mère en le regardant s'éloigner. Un bon vivant, hein ? Encore pour quelque temps, en tout cas.

Lula et Sally nous rejoignirent en traînant les pieds et se laissèrent tomber sur le canapé.

— Je n'ai pas entendu de coup de feu, dit Lula, alors j'en conclus que personne n'a vu Maxine.

— Maxine a été moins bête que nous, dit Sally. Elle est restée chez elle

Je lui décochai un regard.

— Mauvaise soirée ? lui demandai-je.

— Je suis nettoyé. Il va falloir que je me fasse les ongles moi-même cette semaine.

— Je peux te les faire si tu veux, lui proposa Lula.

Je suis très douée pour ça. T'as vu ces minipalmiers sur mes ongles ? C'est moi qui les ai faits.

— Une seconde, dis-je en me levant d'un bond. Regardez cette femme, là-bas, en pantalon turquoise, à la table de zanzi. Celle avec cette tonne de cheveux blonds...

Elle était dos à moi à présent mais, tout à l'heure, je l'avais vue de face et elle ressemblait beaucoup à Maxine. Je me dirigeai vers elle. Elle fit volte-face et nos regards se croisèrent. On se reconnut simultanément. Elle tourna les talons et se fondit dans la foule de gens amassés à l'autre bout de la table.

— Je la vois ! dit Lula qui m'avait emboîté le pas. Ne la perds pas de vue !

Trop tard.

La salle était bondée et Maxine, contrairement à Lula, ne portait pas de paillettes rouges. Maxine avait disparu corps et biens.

— Je l'ai repérée, brailla ma grand-mère. Elle se dirige vers la promenade.

Ma grand-mère, plantée dans ses baskets, était montée sur une table de black-jack. Le croupier tenta de la faire descendre, mais elle lui donna un coup de sac à main sur le coin de la tête.

— Ne soyez pas brutal, lui dit-elle. J'ai été obligée de grimper là-dessus pour voir ce que je voulais voir, vu que je suis complètement ratatinée à cause de mon ostéoporose.

Je m'élançai vers la sortie, me faufilant entre les groupes de flambeurs en tâchant de ne renverser personne. En deux temps trois mouvements, je me retrouvai dans le large couloir menant à la porte. J'aperçus un grand chapeau de paille devant moi, le vis franchir la double porte vitrée en oscillant. J'écartai les gens de mon chemin en criant : « Excusez-moi, excusez-moi », et je soufflais comme un bœuf. Trop de beignets, pas assez d'exercices.

Je courus jusqu'à la porte et vis Maxine devant moi. Elle avait pris ses jambes à son cou. J'accélérai un brin et entendis le claquement des talons et la respiration hachée de Lula et de Sally à quelques mètres derrière moi.

Maxine descendit du trottoir en planches et, prenant un virage à la corde, fila dans une rue transversale. Au moment où je prenais le même chemin, j'entendis une portière claquer et une voiture démarrer. Je fonçai de plus belle mais la voiture déboîta alors que j'allais l'atteindre. Et elle disparut. Tout comme Maxine, qui n'était plus en vue.

Sally s'arrêta en trébuchant et se plia en deux, le souffle coupé :

— J'arrête là, mec. À partir de maintenant, aux chiottes les talons !

Lula l'emplafonna.

— Mon cœur va lâcher ! Mon cœur va lâcher !

On fit les cent pas, hors d'haleine, essayant de reprendre notre souffle. Ma grand-mère déboula au petit trot.

— Qu'est-ce qui s'est passé ? Qu'est-ce que j'ai raté ? Elle est où ?

— Elle s'est échappée, lui dis-je.

— Merde !

Trois types sortirent de l'ombre et se dirigèrent vers nous. Trois ados en jeans informes et mocassins délacés.

— Alors, petite mère, dit l'un d'eux. Qu'est-ce qui se passe, là ?

— Fous-moi la paix, répliqua Sally.

— Ouah ! s'écria le gamin. Une mégapétasse.

— Merci du compliment, dit Sally en rajustant sa perruque.

Le gamin sortit un cran d'arrêt de la poche de son jean.

— Et si tu me filais ton sac, pétasse ?

Sally souleva sa jupe, plongea la main dans son slip et en sortit un revolver. Un Glock.

— Et si je me servais de ton couteau pour te trancher les couilles ?

D'un geste vif, Lula dégaina un revolver de sa pochette en satin rose et ma grand-mère brandit son .45.

— Vas-y, fais-toi plaisir, minable, dit mamie Mazur.

— Hé, j'veux pas d'ennuis. On déconnait, c'est tout.

— J'ai envie de le buter, dit Sally. Vous ne direz rien, les filles ?

— Ce n'est pas juste, dit Lula. C'est moi qui veux le descendre.

— O.K., dit ma grand-mère. Je compte jusqu'à trois, et on tire en même temps.

— Per-son-ne-ne-ti-re ! criai-je.

— Et si je lui démolissais le portrait ? demanda Sally.

— Hé, on peut dire que vous en avez, hein ! dit le gamin en s'éloignant à reculons. Quel genre de nanas vous êtes, vous ?

Ses amis déguerpirent et il prit le même chemin.

Sally renslipa son revolver.

— Apparemment, je suis recalé au test œstrogénique, dit-il.

Nos regards se portèrent sur son entrejambe et ma grand-mère dit tout haut ce que nous pensions toutes tout bas.

— Je croyais que c'était ton bazar, cette bosse.

— Bon sang, fit Sally. Vous me prenez pour qui, Tonnerre l'étalon extraordinaire ? Mon revolver ne rentre pas dans mon sac.

— Tu devrais en prendre un plus petit, lui conseilla Lula. Il déforme la silhouette, ce gros Glock dans ta culotte.

Un quart d'heure après que nous eûmes quitté Atlantic City, ma grand-mère, Lula et Sally dormaient à poings fermés. Je conduisais la Grande Bleue dans la nuit tranquille tout en songeant à Maxine. Je n'étais toujours pas convaincue que ce n'était pas une fausse piste. Oui, bien sûr, Maxine était là où sa mère avait dit qu'elle serait, mais elle s'était enfuie un peu trop facilement. Et elle n'avait pas eu l'air si surprise que ça de me voir. Sa voiture était garée du côté obscur de la rue. Pas le genre de chose qu'une femme seule ferait. Il eût été plus sûr et plus pratique de la garer au parking. La voiture était une Acura noire. Je n'avais pas vu Maxine monter dedans, mais je soupçonnais que ce n'était pas elle qui conduisait. Tout s'était passé beaucoup trop vite. La voiture avait démarré au moment même où j'avais entendu la portière claquer.

Peut-être a-t-elle voulu se débarrasser de moi, songeai-je. Peut-être est-elle toujours à Point Pleasant. Elle a payé un mois de loyer et elle n'a pas envie d'aller ailleurs... et quand elle a appris que sa mère m'avait mise au courant, elle a concocté ce plan pour m'éloigner de Point Pleasant... ou peut-être n'est-ce qu'un autre jeu ? Peut-être Eddie Kuntz dit-il vrai sur la fascination de Maxine pour James Bond ?

Je déposai d'abord Sally, puis Lula, et enfin ma grand-mère.

— Maman pensait que tu t'étais débarrassée de ce revolver, lui dis-je.

— Han, fit ma grand-mère. Rien que ça ?

Ma mère, sur le seuil, bras croisés, nous observait. Si je n'étais pas une fille indigne, je rentrerais un moment et mangerais quelques biscuits en sa compagnie. Mais il faut croire que je suis une fille indigne. J'aime ma mère, mais l'amour filial n'autorise tout de même pas à raconter que sa grand-mère a grimpé sur une table de black-jack dans un casino bondé.

J'attendis que mamie Mazur eût péniblement monté les marches du perron, fis au revoir de la main et m'éloignai au volant de la Grande Bleue. J'eus tous les feux au vert dans Hamilton Avenue, tournai dans St. James Street et l'angoisse monta en moi quand je vis des véhicules de secours au coin de la rue. Policiers, pompiers, ambulances. Le parking de mon immeuble en était plein. Les gyrophares brillaient de mille feux et des crachotements de porte-voix arrivaient jusqu'à moi. Une eau noirâtre coulait dans le caniveau, les trottoirs grouillaient de gens en robe de chambre ou autres vêtements enfilés à la hâte. Je ne savais pas ce qui s'était passé, mais ça semblait terminé. Les pompiers remballaient leur matériel et les curieux commençaient à se disperser.

La peur me décocha ses flèches. *La prochaine fois, je viens avec de l'essence et je craque une allumette.*

La rue était bloquée à la circulation. Je me garai là où je me trouvais et traversai au pas de course le petit carré de pelouse qui bordait le parking. Je mis une main en visière pour me protéger des lumières éblouissantes et, plissant les yeux dans la fumée et les vapeurs de diesel ambiantes, je comptai les fenêtres pour localiser l'incendie. Premier étage, deuxième appartement à partir de la porte d'entrée. Le mien. La vitre était brisée et les briques de l'encadrement carbonisées. Aucun autre appartement n'avait été touché par les flammes.

Ma seule pensée cohérente fut pour Rex. Rex, pris au piège dans sa prison de verre au milieu de ces ruines.

Rex !

Hagarde, je me précipitai vers la porte de service de l'immeuble, priant pour qu'un miracle ait eu lieu, sans plus savoir si je criais ou si je pleurais, ne pensant qu'à Rex.

L'air était épais, irrespirable. J'avais l'impression d'avoir plongé en apnée dans de la gelée. Je ne voyais et n'entendais plus rien. On me tira en arrière tandis que je me démenais pour traverser le hall d'entrée noir de monde.

— Ici, cria M. Kleinschmidt. Par ici !

Il était avec Mme Karwatt. Mme Karwatt qui tenait l'aquarium de Rex serré dans ses bras.

Je me frayais un passage jusqu'à eux, n'arrivant pas à croire que Rex avait été sauvé des flammes.

— Il va bien ? Rex va bien ?

Je soulevai le couvercle pour en juger par moi-même et inclinai la boîte de conserve. Rex me regarda, éberlué.

Oui, je sais, ça peut paraître idiot d'éprouver autant d'affection pour un hamster, mais Rex est mon colocataire. C'est grâce à lui que mon appartement fait moins vide. Et puis, il m'aime bien. J'en suis sûre. Enfin, presque.

— Il va bien, répondit Mme Karwatt. On l'a sorti de là en premier. Heureusement que vous m'aviez confié une clé de chez vous. Quand j'ai entendu l'explosion, j'y suis allée tout de suite. Une chance que le feu ait pris dans votre chambre.

— Il y a des blessés ?

— Non. Il n'y a que votre appartement qui a souffert. Mme Stinkowski, en dessous, a un dégât des eaux, et on sent tous la fumée, mais c'est tout.

— Vous devez être sur une grosse affaire, cette fois, dit M. Kleinschmidt. On fait sauter votre voiture et on met le feu à votre appartement dans la même journée !

Kenny Zale s'approcha à pas pesants. J'étais en primaire avec lui et, pendant un temps, au lycée, j'étais sortie avec son frère aîné, Mickey. Kenny est devenu pompier. Il était en uniforme et en bottes ; son visage était noir de sueur et de suie.

— À ta tête, je vois que tu as visité mon appart, lui dis-je.

— Tu devrais peut-être envisager de changer de boulot.

— Quelle est l'ampleur des dégâts ?

— Ta chambre est foutue. C'est là où le feu a pris. Pour moi, quelqu'un a lancé un cocktail Molotov à travers ta fenêtre. La salle de bains est récupérable. Le salon est en piteux état. La cuisine, ça devrait aller une fois que tout aura été nettoyé. Tu devras refaire ton sol. L'eau a fait pas mal de dégâts.

— Je peux aller voir ?

— Ouais. Le moment est bien choisi, notre capitaine y est encore. Il t'accompagnera pour que tu puisses récupérer ce que tu peux, puis il mettra les scellés en attendant que l'enquête soit bouclée et qu'on soit sûr qu'il n'y a plus de risque.

— C'est toujours John Petrucci, votre capitaine ?

— Oui. Je crois que vous êtes intimes, tous les deux.

— On a eu l'occasion de se rencontrer, mais je n'irais pas jusqu'à dire qu'on est intimes.

Il sourit et ébouriffa mes cheveux.

— Je suis content que tu n'aies pas été couchée quand c'est arrivé. Tu aurais été grillée.

Je confiai Rex à Mme Karwatt, gravis les marches en courant et jouai des coudes pour me frayer un passage parmi la foule amassée dans le couloir. Vers mon appartement, le sol était un magma d'eau et de suie. Une odeur âcre flottait dans l'air. Je risquai un coup d'œil par la porte et mon cœur se serra. La destruction était totale. Hébétée, je contemplai les murs noircis, les vitres brisées, les vestiges de meubles détrempés et carbonisés.

Je suis une fervente adepte du déni. Mon raisonnement ? Pourquoi ne pas remettre au lendemain ce à quoi on peut ne pas penser le jour même ? Et d'ajournement en ajournement, le problème finit par s'estomper et par sombrer dans l'oubli. Malheureusement, ce problème-là était au-delà de tout déni possible. Ce problème ne pourrait sombrer dans l'oubli. Ce problème risquait fort de me faire sombrer *moi* dans une mégadéprime.

— Merde ! hurlai-je d'une voix suraiguë. Et merde merde merde et merde !

Toutes les personnes présentes à l'étage cessèrent leur activité et se tournèrent vers moi.

— Ouf ! dis-je. Je me sens mieux.

Un mensonge, évidemment, mais ça faisait du bien de le dire.

Petrucci s'avança vers moi.

— Tu as une idée de qui a pu faire ça ?

— Non. Et toi ?

Autre mensonge. J'avais ma petite idée.

Ça pouvait être Maxine. La star du soft-ball. Mais ça ne cadrait pas. Ça cadrait plus avec la mafia... avec la petite amie de Joe. Terry Gilman.

J'entrai du bout du pied dans la cuisine. La boîte à biscuits Winnie l'ourson était intacte. Le téléphone semblait sain et sauf. Le mélange de suie et d'eau était omniprésent, démoralisant. Je me mordis très fort la lèvre. Je ne voulais pas pleurer. Rex est vivant, me dis-je. Tout le reste peut se remplacer.

On passa d'une pièce à l'autre, et je pus constater qu'il n'y avait pas grand-chose à sauver. Quelques produits de maquillage dans la salle de bains... mon séchoir à cheveux. Je les mis dans un sac en plastique que je pris dans la cuisine.

— Bah, ce n'est pas grave, dis-je à Petrucci. J'avais prévu de refaire la déco, de toute façon. Si seulement la salle de bains avait pu cramer aussi.

— Pourquoi ? Orange et marron, tu n'aimes pas ?

— Tu crois que c'est trop tard pour y mettre le feu ?

Petrucci prit un air chagrin, comme si je lui avais demandé de péter en public.

— Tu as une assurance pour tout ça ?

— Oui, je crois.

Mme Karwatt m'attendait dans le couloir avec Rex.

— Ça va ? me demanda-t-elle. Vous savez où aller ? Vous pouvez dormir sur mon canapé cette nuit.

— Merci, c'est gentil, répondis-je en lui prenant la cage des mains, mais je vais aller chez mes parents. Ils ont une chambre d'amis.

Je tombai sur la vieille Mme Bestler dans l'ascenseur.

— On descend, dit-elle, appuyée sur son déambulateur. Rez-de-chaussée, rayon maroquinerie.

La porte de l'ascenseur s'ouvrit sur le hall d'entrée et sur Dillon vêtu de son bleu de travail de gardien.

— Je montais jeter un coup d'œil, me dit-il. Je crois bien que je vais devoir sortir mes pinceaux.

— Et beaucoup de peinture...

Ma lèvre tremblait à nouveau.

— Hé, ne vous en faites pas pour ça. Vous vous souvenez quand le sapin de Noël de Mme Baumgarten a pris feu ? Il ne restait rien que des cendres. Et maintenant, tout est comme neuf...

— Une caisse de Guinness pour vous si vous démolissez la salle de bains à coups de massue.

— Pourquoi ? Orange et marron, vous n'aimez pas ?

J'étais ravie d'avoir garé la Buick dans la rue d'où je ne voyais pas la façade de l'immeuble noircie par les flammes. Loin des yeux, loin du cœur, en quelque sorte. Je me sentais en sécurité, calfeutrée dans la voiture, protégée du monde extérieur comme un enfant dans le ventre de sa mère. Les portières étaient verrouillées ; les gens s'agitaient loin de moi, à l'autre bout de la rue.

Rex et moi, chacun sur son siège, nous efforcions de reprendre nos esprits. Au bout d'un moment, Rex se mit à tourner dans sa roue, et j'en conclus que, pour lui, c'était chose faite. J'avais plus de difficulté que lui à rassembler mes idées. Elles partaient tous azimuts et n'étaient pas pour me rassurer. On voulait me faire peur, voire me tuer. Il y avait une infime possibilité que ce « on » soit aussi celui qui tranchait des doigts et collectionnait les scalps, et l'idée que cet avenir m'attende ne me disait rien qui vaille.

J'appuyai la tête sur le volant. J'étais à bout de fatigue et au bord des larmes. Et si je me laissais aller à pleurer, je craignais de ne plus pouvoir m'arrêter avant longtemps, très longtemps.

Je consultai ma montre. Deux heures du matin. Il fallait que je trouve un endroit où dormir. Mais où ? La solution la plus évidente était d'aller chez mes parents, mais je n'avais pas envie de mettre leur vie en péril. Je ne voulais pas que la cible d'un prochain cocktail Molotov soit leur maison dans High Street. Alors, où aller ? À l'hôtel ? Il n'y avait pas d'hôtel à Trenton. Il y en avait à Princeton, mais c'était à trois quarts d'heure de route, et je renâclai à faire cette dépense. Je pouvais appeler Ranger, mais personne ne savait où il habitait. Si Ranger m'hébergeait pour la nuit, nul doute qu'il devrait me trucider au matin pour être sûr que son secret serait bien gardé. Lula ? C'était, somme toute, une perspective qui fichait la frousse. J'aimais encore mieux affronter le collectionneur de scalps que de dormir avec Lula. Il y avait bien Mary Lou, ma meilleure amie, et aussi Valérie, ma sœur, mais je ne voulais pas les mettre en danger elles non plus. Il me fallait quelqu'un de jetable. Quelqu'un dont le sort m'indifférait. Quelqu'un avec une chambre d'amis.

— Aïe, aïe, aïe, dis-je à Rex. Tu penses la même chose que moi ?

Je cogitai encore cinq bonnes minutes, mais je ne pus trouver de meilleure solution à mon problème. Donc, je mis le contact et dépassai au pas le camion de pompiers solitaire au bout de la rue. Je m'intimai l'ordre de ne pas regarder mon appart, mais ne pus m'empêcher de risquer un coup d'œil. Mon cœur se serra dans ma poitrine. Feu mon appartement...

J'inspirai profondément. Je ne voulais pas mourir. Et je ne voulais pas que quelqu'un me déteste à ce point. Et je ne voulais surtout pas pleurer.

— Ne t'en fais pas, dis-je à Rex. Tout va s'arranger. On a déjà connu pire, non ?

Je pris Hamilton Avenue, puis Chambers Street jusqu'à Slater Street. Deux pâtés de maisons plus bas, je trouvai la maison que je cherchai. Une modeste demeure en bardeaux beiges. Toutes les lumières étaient éteintes. Je fermai les yeux. J'étais vannée et je n'avais pas envie de faire ce que je m'apprêtais à faire.

— Et si on dormait dans la voiture ? suggérai-je à Rex. Demain, on trouvera une solution à plus long terme.

Rex faisait tourner sa roue à un kilomètre aux cinq minutes. Il me regarda, cligna des yeux une fois, et voilà. Le message mental était : « C'est toi qui vois, poupée. »

Pour tout dire, je n'avais pas envie de passer la nuit dans ma voiture. L'autre maboul pouvait me surprendre pendant mon sommeil et me régler mon compte... briser la vitre... me couper tous les doigts. Je reportai le regard sur la maison. C'était la seule où je me sentirais en sécurité et où je ne craquerais pas si elle était détruite. La maison de Joe Morelli.

Je pêchai mon téléphone portable dans le fond de mon sac et composai son numéro. Il décrocha à la sixième sonnerie.

— Al-lô, marmonna-t-il.

— Joe ? C'est Stéphanie.

— C'est pour un mort que tu m'appelles ?

— Pas encore.

— C'est pour l'amour ?

— Pas encore.

— Je ne vois pas pour quelle autre raison tu m'appellerais.

— Quelqu'un a mis le feu à mon appart, je cherche un hébergement.

— Tu es où ?

— Devant chez toi.

Un pan de rideau fut écarté à l'étage.

— Je descends tout de suite, dit Joe. Ne sors pas de ta voiture avant que j'aie ouvert ma porte.

8

Je soulevai la cage de Rex du siège passager.

— Bon, n'oublie pas, lui dis-je. Pas de pleurnicheries sous prétexte qu'on mène une vie pourrie. Et pas de sentimentalisme sous prétexte que Morelli est craquant. Et pas de larmes. Nous ne tenons pas à ce qu'il nous prenne pour des ratés.

Morelli était sorti sur sa petite véranda. La porte de sa maison était ouverte derrière lui, et je voyais la lumière allumée dans la montée d'escalier. Il était pieds nus et portait un jean coupé en short qui lui collait à la peau. Il avait les cheveux en bataille de quelqu'un qui vient de sortir du sommeil, les bras ballants et un revolver dans une main.

— Tu parles à quelqu'un ?

— À Rex. Tout ça l'a rendu un peu nerveux.

Morelli me prit la cage des mains, referma la porte d'un coup de pied et porta Rex à la cuisine. Il posa la cage sur le comptoir et, d'une chiquenaude, alluma le plafonnier. C'était une cuisine à l'ancienne aux appliques aussi vieillottes que le formica de la paillasse. Les éléments venaient d'être rajeunis à la peinture laquée, et le sol recouvert d'un nouveau lino. Une casserole faisait trempette dans l'évier. Apparemment, Morelli avait dîné d'une platée de spaghettis.

Il posa un quart de lait froid et un paquet de biscuits

sur la petite table en bois accolée à un mur, prit deux verres dans l'égouttoir, s'assit et les emplit de lait.

— Alors, dit-il. Tu veux en parler ?

— Je suis allée à Atlantic City ce soir, pour essayer de coincer Maxine. Pendant mon absence, quelqu'un a lancé un cocktail Molotov à travers la fenêtre de ma chambre. Tout mon appart a brûlé. Heureusement, j'avais confié un double des clés à Mme Karwatt. Elle a pu entrer et sauver Rex.

Morelli me fixa de son petit air impénétrable de flic.

— Qu'est-ce qu'il y a ? lui demandai-je.

— Je pense aux chaussures mauves que tu as achetées l'année dernière, dit-il. Tu te rappelles ? Réduites en cendres, alors ? Zut, si tu savais comme elles m'ont fait fantasmer. J'ai passé plusieurs nuits d'insomnie à t'imaginer nue dans ces chaussures.

— Tu t'ennuies tant que ça ? dis-je en croquant le biscuit que je venais de prendre.

— C'est rien de le dire. J'ai passé tout le week-end à poser du lino.

Ce fut à son tour de prendre un biscuit.

— J'ai vu que tu conduisais la Buick. Qu'est-il arrivé à ta CRX ?

— Je t'ai dit que quelqu'un s'était amusé à l'arroser d'essence, tu te souviens ? Eh bien, figure-toi qu'elle a... comment dire... explosé.

— Explosé ?

— Après avoir pris feu, bien entendu. Elle a d'abord pris feu, et après, boum, elle a explosé.

— Hum-hum, fit Morelli en écornant son biscuit.

Une larme roula sur ma joue.

Morelli cessa sa mastication.

— Attends, fit-il. C'est vrai ou tu me mènes en bateau ?

— Évidemment que c'est vrai ! Pourquoi crois-tu que je suis là ?

— Ben, je pensais que...

Je bondis de ma chaise qui tomba à la renverse.

— Tu pensais que j'inventais une excuse pour venir

chez toi au beau milieu de la nuit et me vautrer dans ton lit ? C'est ça ?

Morelli pinça les lèvres.

— Soyons clairs. Hier, quelqu'un a mis le feu à ta voiture et à ton appart. Maintenant, tu veux t'installer chez moi. Et tu me détestes, c'est ça ? Tu es une catastrophe ambulante. Une Calamity Jane en short en Lycra à la gomme !

— Je ne suis PAS une catastrophe ambulante !

Oh, il a raison, me dis-je. Oui, je suis une catastrophe ambulante, un... un accident perpétuel. Et en plus, je vais me mettre à pleurer.

J'étais si oppressée que j'avais du mal à respirer, et j'avais l'impression d'avoir une balle de base-ball coincée dans la gorge. Je fondis en larmes.

— Oh, ça fait chier, dis-je en essuyant mes joues.

Morelli grimaça et tendit le bras vers moi.

— Écoute, je suis navré. Je ne voulais pas...

— Ne-me-touche-pas ! hurlai-je. Tu as raison. Je suis une catastrophe amb... il suffit de me regarder ! Je n'ai plus d'appart, je n'ai plus de voiture, et je suis au bord de la crise de nerfs ! Quel genre de chasseur de primes en arrive là, hein ? Les ratés ! Voilà ce que je suis, une r-r-rratée !

— Le lait, ce n'était peut-être pas une si bonne idée que ça, remarqua Morelli. Que dirais-tu d'un verre de cognac ?

— Et ce n'est pas tout, dis-je en hoquetant. J'ai perdu quarante dollars au zanzi, ce soir, figure-toi, et j'étais la seule, tu m'entends ? la seule à ne pas être armée !

Morelli me prit dans ses bras et me serra très fort.

— Calme-toi, Steph. Quarante dollars, ce n'est pas tant que ça. Et il y a des tas de gens qui ne sont pas armés.

— Pas dans le New Jersey ! Pas les chasseurs de primes !

— Je connais des gens dans le New Jersey qui ne sont pas armés.

— Ah oui ? Qui ça ? Donne-moi un nom !

Il me détacha de lui et me tint à bout de bras.

— Je crois qu'il est temps qu'on te mette au lit. Tu te sentiras mieux demain matin.

— En parlant de lit...

— J'ai une chambre d'amis déjà prête, dit-il en me poussant vers l'escalier.

— Merci.

— Et je laisserai la porte de ma chambre ouverte au cas où tu te sentirais seule.

Et moi, je fermerai la mienne à double tour au cas où je me sentirais faiblir.

À mon réveil, je ne savais plus où j'étais. Je fixai un plafond qui n'était pas celui de ma chambre, et les murs étaient tapissés d'un papier peint d'un vert passé aux motifs floraux – des feuilles de vigne ? – à peine visibles. Atmosphère à la désuétude rassurante. Morelli avait hérité cette maison de sa tante Rose et n'y avait pas apporté beaucoup de changements. À mon avis, les rideaux blancs qui pendaient aux fenêtres avaient été choisis par Rose. La pièce était petite avec, pour seul mobilier, un lit à deux places et une commode. Morelli avait placé une descente de lit usée sur le plancher. La chambre, ensoleillée, était beaucoup plus silencieuse que la mienne qui donnait sur le parking. J'avais dormi vêtue d'un T-shirt de Morelli, ce qui me ramena à la dure réalité : je n'avais plus de vêtements. Plus de sous-vêtements propres, plus de shorts, plus de chaussures, plus... rien. Première chose à faire : une virée chez Macy's pour reconstituer une garde-robe de premier secours.

Un radio-réveil était posé sur la commode. Neuf heures. La journée avait commencé sans moi. J'ouvris la porte et risquai un coup d'œil dans le couloir. Tout était silencieux. Aucun signe de Morelli. Un mot scotché à ma porte me disait que Morelli était parti au travail, de faire comme chez moi, qu'un double de la clé était posé à mon intention sur la table de la cuisine et que des serviettes m'attendaient dans la salle de bains.

Je pris une douche, m'habillai et descendis en quête d'un petit déjeuner. Je me servis un verre de jus d'orange et allai voir Rex.

— Pas de doute, lui dis-je, je me suis comportée comme une imbécile hier soir.

Rex, qui dormait dans sa boîte de conserve, ne parut pas s'en inquiéter. Ce n'était pas la première fois qu'il me voyait en phase terminale d'imbécillité.

Après avoir mangé un bol de céréales, je fis le tour du propriétaire. La maison était propre, bien rangée. Les placards contenaient des produits de base. Les casseroles dataient de deux générations. Six verres. Six assiettes. Six bols. Le papier qui recouvrait les étagères datait de tante Rose. Morelli avait une cafetière électrique, mais pas fait de café, et il n'avait pas pris de petit déjeuner. Pas de couverts sales dans l'évier. Pas de couverts propres dans l'égouttoir. Morelli s'arrêterait en chemin pour boire un café et manger un morceau. Les flics n'ont pas la réputation d'avoir une alimentation équilibrée.

Je revis le mobilier du salon de l'ancien appartement de Morelli. Utilitaire, confortable et sans style. Apparemment, il ne l'avait pas fait suivre. La maison manquait de fauteuils rembourrés, de magazines empilés sur la table basse et de photos aux murs. Pièces basiques : salon, salle à manger, cuisine. Comme la maison était située au centre de l'îlot d'habitations, la salle à manger n'avait pas de fenêtre. Aucune importance : je n'imaginais pas Morelli utiliser cette pièce. Au début, quand il avait emménagé dans cette maison, je ne l'imaginais pas du tout y vivre. À présent, je trouvais qu'elle lui correspondait bien. Non qu'il se soit transformé en fée du logis, mais plutôt que la maison était devenue plus indépendante ; un peu comme si Morelli avait passé avec elle l'accord de coexister sans se faire de l'ombre...

Je téléphonai à ma mère et lui dis qu'il y avait eu un incendie dans mon immeuble et que j'habitais chez Morelli.

— Comment ça, tu « habites chez Morelli » ? Oh, mon Dieu, vous vous êtes mariés ?

— Mais non. Il a une chambre d'amis. Je vais lui payer un loyer.

— Nous aussi, nous avons une chambre d'amis. Tu peux venir ici.

— J'ai déjà essayé, ça ne marche pas. Trop de personnes pour une salle de bains.

Et trop de meurtriers en puissance qui veulent me faire la peau.

— Angie va avoir une attaque. (Angie Morelli est la mère de Joe. Une femme à la fois révérée et crainte dans tout le Bourg.) C'est une bonne catholique, et elle a plus de préjugés que moi, me dit ma mère.

Chez les Morelli, les femmes sont de bonnes catholiques et les hommes ne respectent aucun des commandements. Ils jouent au poker avec l'Antéchrist jusqu'à point d'heure.

— Il faut que j'y aille, maman. Je voulais juste te dire que j'allais bien.

— Venez donc dîner ce soir à la maison, Joe et toi. Je fais un pain de viande.

— On n'est pas un couple ! Et j'ai des trucs à faire.

— Quels trucs ?

— Des trucs.

Je raccrochai et appelai l'agence.

— Mon appart a flambé, dis-je à Connie. Un cocktail Molotov. Je reste chez Morelli quelque temps.

— Un bon point de chute. Tu prends la pilule ?

Je rangeai la cuisine, pris la clé et partis pour le centre commercial. Deux heures plus tard, j'avais de quoi changer de vêtements pour une semaine et crevé le plafond de ma carte de crédit.

Il était midi quand je débarquai à l'agence. Connie était assise à son bureau en compagnie de Lula. Toutes deux mangeaient chinois.

— Sers-toi, me dit Lula en poussant vers moi une barquette. On en a trop. Riz sauté, beignets aux crevettes, et du je ne sais trop quoi sauce Kung-fu.

Je piochai un beignet aux crevettes.

— Des nouvelles de Vinnie ? demandai-je.

— Silence sur la ligne, dit Connie.
— Et Joyce ?
— Pareil. Et elle ne nous a toujours pas ramené Maxine.
— J'ai repensé à Maxine, dit Lula. À mon avis, elle est toujours à Point Pleasant. Et je serais pas étonnée si sa môman y était aussi. Cette histoire d'Atlantic City, c'était une fausse piste grosse comme une maison pour nous éloigner. Sa fuite, je la sens pas. Quelqu'un l'attendait dans la bagnole pour lui permettre de se barrer. Je crois que sa môman nous a fait un coup fourré.
Je goûtai au machin sauce Kung-fu.
— En gros, c'est aussi ce que je me suis dit, articulai-je entre deux bouchées.

Lula et moi nous trouvions au milieu de la promenade en bois, en face de l'Ara Bar. On fixa nos alphapages à nos ceintures. Je portais un short orange fluo que j'avais acheté en promo, et Lula un short panthère en lycra. Elle avait fait orner de perles ses tresses blondes, si bien qu'elle avait dix centimètres de perles rose bonbon, vert toxique et jaune citron tout autour de la tête. Trente-cinq degrés à l'ombre. Mer d'huile. Ciel azur sans nuage. On aurait pu faire cuire un œuf sur le sable. On était venues pour trouver Maxine, mais je voyais déjà que les pensées de Lula étaient distraites par le stand du marchand de glaces.
— Je t'explique le plan, lui dis-je. Tu restes ici et tu surveilles l'Ara Bar. Moi, je passe la plage et la promenade au peigne fin. Tu me bipes si tu vois Maxine ou quelqu'un en rapport avec elle.
— T'en fais pas, personne ne m'échappera. J'aimerais bien tomber sur son sac d'os de mère. Je l'attraperais par ce qui lui reste de tifs et je...
— Non ! Non ! Tu n'attrapes personne, tu ne tires sur personne, tu ne joues pas de ton boîtier paralysant.
— Même en cas de légitime défense ?
— Ce cas de figure ne se présentera pas. Fais en sorte que personne ne te voie. Fonds-toi dans la foule.

— Il me faudrait une glace pour me fondre dans la foule, dit Lula, dont les perles cliquetaient chaque fois qu'elle bougeait la tête. Avec une glace, je ressemblerais à tout le monde ici.

— Bon, d'accord, Tallulah, va t'acheter une glace.

Je partis vers le nord. J'avais acheté une paire de jumelles de poche que je braquai sur la plage, étant donné que Maxine avait tout d'une Mademoiselle Bain de soleil. Je déambulai lentement, méthodiquement, le long des salles de jeu et des bars. J'allai au-delà des attractions, là où la promenade est faite de vieilles planches de bois brut. Au bout d'une heure de ce petit jeu, je fis demi-tour et rejoignis Lula.

— J'ai vu personne que je connaisse, me dit-elle. Ni Maxine, ni sa môman, ni Joyce, ni Travolta.

Je regardai à l'intérieur du bar sur le trottoir d'en face et ne vis aucune de ces personnes non plus. Je sortis ma brosse et un élastique de mon sac, tirai mes cheveux en arrière et les nouai en queue-de-cheval. Je mourais d'envie de plonger dans l'océan, mais je transigeai avec mes désirs et me rabattis sur une limonade. Il fallait que je tienne le coup pour Maxine. Je n'avais pas de temps à perdre en des frivolités comme faire baisser la température de mon corps.

Je laissai Lula sur son banc, allai m'acheter une limonade et repris ma marche, vers le sud cette fois, scrutant la plage et ses alentours. Je passai devant une enfilade de roues de la fortune, me glissai dans la fraîcheur d'une galerie de jeux et flânai autour de pêches miraculeuses et autres jeux d'adresse. Je levai les yeux sur le mur où étaient exposés les lots, et me figeai. Une ménagère, 40 000 points. Un phare en bois, 9 450 points. Une montre musicale, 8 450 points. Un ghetto-blaster, 98 450 points. La femme avait l'air de compter les tickets qu'elle tenait dans une main. Son autre main portait un gros bandage. Elle était brune, mince.

Je reculai au fond de la salle et attendis de voir son visage. Elle demeura immobile quelques instants encore, puis se retourna et gagna le bureau de retrait des lots.

Margie.

Je passai discrètement dans son dos et filai dehors d'où je bipai Lula. Elle n'était pas très loin. Elle tourna la tête en entendant la sonnerie de son alphapage. Nos regards se croisèrent et je lui fis signe de me rejoindre.

Margie était encore là quand Lula déboula au petit trot.

— Qu'est-ce qui se passe ? me demanda-t-elle.

— Tu te souviens que je t'ai parlé d'une amie de Maxine, Margie ?

— Celle qui s'est fait trancher le doigt ?

— Oui. C'est elle, là, au bureau de retrait des lots.

— Décidément, Point Pleasant attire beaucoup de monde.

Margie prit une grosse boîte des mains d'un employé de la galerie de jeux. Elle franchit la porte, tourna à droite et s'éloigna du front de mer. Lula et moi la regardâmes marcher jusqu'au bout de la rue et traverser. On lui emboîta le pas, Lula à une dizaine de mètres derrière elle, et moi derrière Lula. Margie traversa une autre rue transversale, poursuivit son chemin et, brusquement, entra dans une maison.

On poireauta un moment, mais Margie ne réapparut pas. La maison était un bungalow de plain-pied doté d'une petite véranda, semblable aux habitations environnantes, petites pour la plupart. Des voitures étaient garées des deux côtés de la rue.

Les bonnes conditions n'étaient pas réunies pour que nous puissions assurer une surveillance digne de ce nom. Notre voiture ne passait pas inaperçue. Je me consolai en me disant que même si nous avions eu un véhicule plus passe-partout, nous n'aurions pas trouvé de place pour nous garer, alors !

— Je suppose que tu penses que cette Margie est avec Maxine, dit Lula. Et que Maxine est peut-être là elle aussi.

— Oui. Le problème, c'est que je ne sais pas si elle est dans la maison en ce moment.

— Je pourrais me faire passer pour une représentante

de chez Avon, dit Lula. Ding-dong, Avon à domicile, bonjour !

— Si la mère de Maxine est là, elle te reconnaîtra.

— On risque surtout de se faire repérer si on reste plantées comme ça sur le trottoir.

Exact.

— O.K., dis-je, voilà ce qu'on va faire. On va voir si Maxine est dans la maison. Si elle n'est pas là, on s'assoit en compagnie de Margie et on regarde la télé en attendant son retour.

— Ça me paraît un bon plan. Tu préfères quoi ? La porte de derrière ou de devant ?

— De devant.

— Et je suppose que tu préfères que je ne tire sur personne ?

— Ça n'a jamais été mon sport favori.

Lula fit le tour de la maison et je gagnai la porte côté rue. Je frappai deux coups et Margie m'ouvrit.

En me voyant, ses yeux s'arrondirent de surprise.

— Salut, lui dis-je. Maxine est là ?

— Non.

— Ça ne vous dérange pas si j'entre pour vérifier par moi-même ?

La mère de Maxine apparut dans mon champ de vision.

— C'est qui ? demanda-t-elle.

Elle tira une longue bouffée sur sa cigarette et souffla la fumée par les narines, style dragon domestique.

— Oh, c'est pas vrai, encore vous ! s'écria-t-elle. Vous êtes casse-bonbon à la fin !

Lula surgit de la cuisine :

— Ça ne vous dérange pas que je me joigne à vous, j'espère ? La porte de derrière était pas fermée.

— Oh, bon sang ! dit Mme Nowicki. Dupond et Dupont !

Par terre, il y avait un carton vide. Une lampe était posée à côté.

— Vous avez gagné cette lampe à la galerie de jeux ? demanda Lula à Margie.

— C'est pour ma chambre, lui répondit Margie. 27 000 points. Hier, Maxine a gagné une friteuse.

— Hé, presque tout ce qui est ici, on l'a gagné, dit Mme Nowicki.

— Où est Maxine ? m'enquis-je.

— Elle avait des courses à faire.

Lula se laissa tomber sur le canapé et s'empara de la télécommande.

— Eh ben, on va l'attendre alors, dit-elle. Ça vous ennuie pas que je regarde la télé, hein ?

— Vous ne pouvez pas faire ça, protesta Mme Nowicki. Vous ne pouvez pas entrer ici comme dans un moulin et faire comme chez vous.

— Bien sûr qu'on peut, lui rétorqua Lula. On est des chasseuses de primes. On fait ce qu'on veut. On est protégées par une loi idiote qui remonte à 1869 quand les gens voyaient pas plus loin que le bout de leur nez.

— C'est vrai ? demanda Mme Nowicki.

— Heu... en fait, la loi ne précise rien sur le contrôle des télécommandes, dis-je. Mais elle nous donne un certain nombre de droits pour pouvoir poursuivre et arrêter ceux qui enfreignent la loi.

On entendit le gravier crisser dans l'allée entre les maisons. Margie et Mme Nowicki échangèrent un regard.

— C'est Maxine, n'est-ce pas ? demandai-je.

— Vous allez tout gâcher, dit Mme Nowicki. On avait tout prévu, et maintenant, vous allez tout faire foirer !

— Moi, je vais tout faire foirer ? Moi ? Non, mais regardez-vous. Vous avez été scalpée et Margie a eu un doigt tranché. À Trenton, une caissière est morte. Et vous continuez à jouer à cette chasse au trésor à la noix !

— Ce n'est pas aussi simple, répondit Margie. On ne peut pas en rester là. Il faut qu'ils payent.

Une portière claqua et Mme Nowicki sursauta.

— Maxie ! hurla-t-elle.

Lula lui flanqua un coup de hanche. Mme Nowicki

perdit l'équilibre, s'affala sur le canapé, et Lula se laissa tomber sur elle.

— Je sais que je vais me faire enguirlander si je vous tire dessus, lui dit-elle. Alors, calmos !

— J'peux pas r'spirer, hoqueta Mme Nowicki. Vous n'avez jamais pensé à prendre des coupe-faim ?

Margie avait l'air d'un animal pris au piège, comme si elle hésitait entre crier ou foncer dehors pour avertir Maxine.

— Assise, lui intimai-je en sortant une mégabombe lacrymo de mon sac et en la secouant pour être sûre qu'elle était prête à l'emploi. Ne vous agitez pas, ça ne ferait que compliquer les choses.

Maxine ne me vit pas quand elle entra car j'étais cachée par la porte mais elle avait Lula en plein devant elle.

— S' lut, lui dit Lula.

— Merde, fit Maxine.

Elle fit volte-face et bondit vers la porte. D'un coup de pied, je repoussai le battant et la visai avec ma bombe lacrymo.

— Stop ! Ne me forcez pas à m'en servir !

Maxine recula et mit les mains en l'air.

— Bon, maintenant, levez-vous, tas de graisse, dit Mme Nowicki à Lula.

J'avais des menottes coincées dans la ceinture de mon short. Je les tendis à Lula en lui disant de les passer à Maxine.

— Navrée de devoir en arriver là, dis-je à Maxine. Votre chef d'accusation est dérisoire. Si vous coopérez, vous n'aurez sans doute même pas de peine de prison.

— Ce n'est pas d'aller en prison qui m'inquiète, me rétorqua Maxine. C'est de mourir.

Lula s'apprêtait à la menotter quand, BANG !, les portes côté rue et côté cour s'ouvrirent avec fracas, Joyce Barnhardt, vêtue de noir comme un rat d'hôtel avec les mots « chasseur de primes » étalé sur son T-shirt, fit irruption dans la pièce, revolver au poing, ainsi que trois autres femmes, toutes habillées à l'identique, toutes armées comme Rambo dans ses moments de crise, et toutes hurlant à pleins poumons : « On-ne-bou-ge-plus ! » en prenant des poses plus ou moins accroupies comme des flics de cinéma.

La nouvelle lampe de Margie fut renversée et se fracassa par terre. Margie, Mme Nowicki et Maxine se mirent à courir dans tous les sens en criant : « Non ! », « Au secours ! », « Ne tirez pas ! » Lula plongea derrière le canapé en se faisant aussi petite qu'il était possible pour une femme de cent kilos. Et je leur hurlais à toutes d'arrêter de hurler.

Il y avait beaucoup trop de désordre et beaucoup trop de monde dans une seule petite pièce, et soudain, je pris conscience que Maxine ne faisait plus partie de la bande. J'entendis du gravier crépiter contre le mur extérieur de la maison, regardai par la fenêtre et vis Maxine, au volant de sa voiture, démarrer pleins gaz et déboîter à toute allure sur la route.

Je n'avais pas de voiture, alors ça ne servait à rien que je me précipite dehors. Et il était hors de question que j'aide Joyce à capturer Maxine, aussi gardai-je le silence. Je me contentai d'aller m'asseoir dans un gros fauteuil rembourré et d'attendre que ça se passe. La seule chose que j'avais vraiment envie de faire, c'était de me jeter dans la mêlée et de transformer Joyce en chair à pâté, mais je ne voulais pas donner le mauvais exemple à Lula.

Joyce avait recruté Karen Ruzinski, sa cousine, et Marlène Cwik pour lui prêter main forte. Je ne connaissais pas la troisième femme. Karen était mère au foyer, elle avait deux gosses, alors j'imaginais que ça lui faisait plaisir de sortir de chez elle et de faire quelque chose de différent.

— Salut, Karen, lui dis-je. Où as-tu mis tes enfants ? À la garderie ?

— Ils sont chez ma mère. Elle a une piscine, une grande, tu sais, avec une plate-forme tout autour.

Elle posa son revolver sur la table basse et tira son portefeuille d'une poche de son fuseau noir.

— Regarde, me dit-elle. C'est Susan Elizabeth. Elle a commencé à aller à l'école cette année.

Mme Nowicki s'empara du revolver de Karen et tira un coup en l'air. Un morceau de plâtre tomba du plafond sur la télévision. Tout le monde s'arrêta net et on tourna la tête vers elle.

— La petite fête est terminée, annonça Mme Nowicki en pointant le revolver sur Joyce.

— Vous allez vous attirer de gros ennuis, lui dit Joyce. Vous hébergez une fugitive.

Un sourire dénué d'humour balafra le visage de Mme Nowicki.

— Je n'héberge personne, chouchou, répliqua-t-elle. Une fugitive ? Regardez autour de vous. Quelle fugitive ?

Un éclair de compréhension s'alluma dans le regard de Joyce.

— Où est passée Maxine ?

Ce fut à mon tour de sourire avec Mme Nowicki.

— Elle nous a faussé compagnie, lui dis-je.

— Tu l'as volontairement laissée filer !

— Moi ? me récriai-je. Certainement pas. Je ne ferais jamais une chose pareille. Lula, est-ce que je ferais une chose pareille, moi ?

— Ça risque pas, répondit Lula. T'es une pro... même si je dois reconnaître que t'as pas comme elles une supertenue hypercool de chasseuse de primes.

— Elle n'a pas pu aller bien loin, dit Joyce. Toutes à la voiture !

Mme Nowicki fouilla dans ses poches, trouva une cigarette et la coinça entre ses lèvres.

— Maxie est partie depuis longtemps, dit-elle. Elles ne la trouveront jamais.

— Juste une question, dis-je. Simple curiosité malsaine : qu'est-ce que ça cache, tout ça ?

— Du fric, dit Mme Nowicki.

Margie et elle échangèrent un regard et éclatèrent de rire comme si c'était une bonne blague.

Quand je rentrai chez Morelli, je le trouvai affalé devant la télévision en train de regarder *Jeopardy*. Trois canettes de bière vides étaient posées par terre à côté de son fauteuil.

— Mauvaise journée ? demandai-je.

— Pour commencer... tu disais vrai à propos de ton appart. J'ai vérifié. Réduit en cendres. Ta voiture idem. Pour continuer dans la même veine, le bruit court qu'on vit ensemble, et ma mère nous attend pour dîner demain soir, six heures.

— Non !

— Si.

— Autre chose ?

— L'affaire sur laquelle je travaille depuis quatre mois a échoué.

— Navrée de l'apprendre.

— Ça arrive, dit Morelli avec un geste de dégoût.

— Tu veux bouffer quelque chose ?

Haussement de sourcils. Regard oblique.

— Tu penses à quoi ?

— À de la nourriture.

— Je ne dis pas non.

J'allai à la cuisine, saluai Rex qui trônait sur un petit tas de friandises dînatoires. Il se régalait d'un grain de raisin, d'un marshmallow miniature, d'un croûton et d'une noisette avec les compliments de Morelli. Je lui piquai le marshmallow et le mangeai pour que Rex ne coure pas le risque qu'on doive lui faire un plombage.

— Alors, tu as envie de quoi ? demandai-je à Morelli.

— Steak, purée, haricots verts.

— Que dirais-tu d'un sandwich au beurre de cacahouètes ?

— Ça viendrait en second sur ma liste.

Je fis deux sandwiches au beurre de cacahouètes et les apportai au salon. Morelli zieuta le sien.

— C'est quoi, ces trucs ?

— Des olives.

Il ouvrit le sandwich et regarda à l'intérieur.

— Où est la confiture ?

— Y a pas.

— Je crois que j'ai besoin d'une autre bière.

— Mange ça ! criai-je. Tu me prends pour qui ? ta bonne ? Je n'ai pas passé une superjournée moi non plus, tu sais. Mais ça n'intéresse personne de savoir si j'ai passé une bonne journée !

Sourire de Morelli.

— As-tu passé une bonne journée ?

Je me laissai tomber sur le canapé.

— Ai trouvé Maxine. Ai perdu Maxine.

— Ça arrive, dit Morelli. Tu la retrouveras. Tu es une chasseuse de primes d'enfer.

— Je crains qu'elle n'ait décampé pour de bon cette fois.

— Je la comprends. Il y a des types dangereux dans le coin.

— J'ai demandé à sa mère ce que tout ça cachait, et elle m'a répondu : « du fric ». Et elle s'est mise à rire.

— Tu as vu sa mère ?

Je donnai les détails à Morelli qui, une fois que j'eus terminé mon récit, ne me parut pas très content.

— Il faut faire quelque chose au sujet de Joyce Barnhardt, dit-il.

— Tu as une idée ?

— Aucune qui ne me ferait pas renvoyer des forces de l'ordre.

Un ange passa.

— Dis donc, lui demandai-je, tu la connais... bien, Joyce ?

Retour du sourire sur le visage de Morelli.

— Qu'est-ce que tu entends par là ? demanda-t-il.

— Tu sais très bien ce que j'entends par là.

— Tu veux un rapport détaillé sur ma vie sexuelle jusqu'à aujourd'hui ?

— Ça nous prendrait sans doute plusieurs jours.

Morelli se tassa dans son fauteuil, jambes tendues devant lui, lèvres retroussées par un sourire, regard sombre et rêveur.

— Je la connais moins bien que je ne te connais, dit-il.

Le téléphone sonna, ce qui nous fit sursauter. Le sans-fil était posé sur la table à côté de Morelli. Il décrocha et articula : « Ta mère. »

Je fis de furieux signes de dénégation, mais Morelli, sans se départir de son sourire, me tendit l'appareil.

— Je suis tombée sur Ed Crandle cet après-midi, me dit ma mère. Il a dit de ne pas t'en faire, qu'il allait s'occuper de tout. Il va déposer les formulaires ici.

Ed Crandle, qui habitait en face de chez mes parents, vendait des assurances. Je supposai que ça voulait dire que j'en avais une. D'ordinaire, j'aurais regardé dans le tiroir de mon bureau pour vérifier, mais ce n'était plus possible maintenant que tous mes biens étaient partis en fumée.

— Ah, et ton gardien, Dillon Ruddiclc – très sympathique, ce garçon, a téléphoné pour dire que les scellés avaient été posés pour des raisons de sécurité et qu'on ne pouvait plus entrer dans ton appartement. Mais il a dit qu'il commencerait à y travailler la semaine prochaine. Et une certaine Sally a téléphoné, et elle a demandé que tu la rappelles.

Je la remerciai et déclinai une fois encore l'invitation à dîner et à réintégrer ma chambre de jeune fille. Je raccrochai et appelai Sally.

— Oh, merde, me dit-il. Je viens d'apprendre pour ton appart. Je suis vraiment désolé. Je peux faire quelque chose ? Tu sais où crécher ?

Je lui dis que Morelli m'hébergeait.

— Je l'aurais mis au tapis si je n'avais pas été en talons hauts, me précisa Sally.

Quand je raccrochai, Morelli avait coupé la chique à *Jeopardy* au profit d'un match de base-ball. Je crissai de sueur, le coup de soleil sur ma nuque me démangeait et je voyais que le bout de mon nez luisait. J'aurais dû utiliser une crème écran total.

— Je vais prendre une douche, annonçai-je. La journée a été longue.

— Tu parles d'une douche crapuleuse ?

— Non. Je parle d'une douche j'ai-sué-toute-la journée-à-la-plage.

— Je me renseignais, c'est tout.

La salle de bains, comme toutes les autres pièces, était fanée mais proprette. Elle était plus petite que la mienne et les accessoires étaient plus anciens, mais avaient plus de charme. Des serviettes étaient empilées sur une étagère au-dessus des toilettes. La brosse à dents, le dentifrice et le rasoir de Morelli occupaient le côté gauche du lavabo ; ma brosse à dents et mon dentifrice, le côté droit. Elle et lui. Je me secouai mentalement : *Reviens sur terre, Steph... On n'est pas dans un roman à l'eau de rose ! Voilà où mènent les incendies !* Une armoire à pharmacie se trouvait au-dessus du lavabo, mais je ne pouvais me résoudre à l'ouvrir. J'aurais eu l'impression de fouiner, et puis... j'avais un peu peur de ce que je pourrais y trouver.

Je me douchai, me brossai les dents et j'en étais à me sécher les cheveux quand Morelli frappa à la porte.

— Eddie Kuntz au téléphone, me dit-il. Tu veux qu'il te rappelle ?

Je nouai le drap de bain en bustier, entrouvris la porte et tendis le bras à l'extérieur.

— Passe-le-moi.

Morelli me tendit le téléphone et avisa ma serviette.

— Zut, dit-il.

Je voulus refermer la porte, mais il n'avait toujours pas lâché le téléphone. Je tenais la serviette d'une main, le téléphone de l'autre et poussai le battant de la porte du genou. Je voyais le regard de Morelli, sombre et brûlant comme du chocolat chaud. Je connaissais ce regard. Je le lui avais déjà vu, et il ne m'avait jamais réussi.

— Ce n'est pas de jeu, dit Morelli dont le regard, se glissant par l'entrebâillement de la porte, faisait des aller-retour entre la serviette et mes jambes.

— Allô ? fit Kuntz à l'autre bout de la ligne. Stéphanie ?

Je tentai d'arracher le téléphone des mains de Morelli, mais il ne lâchait pas prise. Mon cœur faisait des bonds d'écureuil dans ma poitrine et je commençais à transpirer en des endroits inhabituels.

— Dis-lui que tu le rappelles ! cria Morelli.

9

— Mais lâche çaaaaaa ! dis-je, les dents serrées.

Morelli m'abandonna le téléphone, mais laissa son pied dans l'entrebâillement de la porte.

— Qu'est-ce qu'il y a ? demandai-je à Kuntz.

— Je voudrais un rapport sur les progrès de l'enquête.

— Le rapport est : aucun progrès.

— Vous me le diriez, hein ?

— Mais oui, bien sûr. Ah, au fait, quelqu'un a arrosé ma voiture d'essence et a mis le feu à mon appart. Vous ne voyez pas qui cela pourrait être, par hasard ?

— Mince alors, non ! Vous croyez que c'est Maxine ?

— Pourquoi ferait-elle ça ?

— Je ne sais pas. Parce que vous travaillez pour moi.

Morelli m'arracha le téléphone des mains.

— Plus tard, dit-il à Kuntz.

Puis il coupa la communication et jeta le téléphone dans le lavabo.

— Ce n'est pas une bonne idée, lui dis-je.

Mais je pensais : Pourquoi pas ? Mes jambes sont épilées. Je suis déjà presque nue, donc je ne risque pas de me prendre les pieds dans quoi que ce soit. Et après tout ce que j'ai enduré, je mérite bien un orgasme. C'est vrai, quoi, c'est le moins que je puisse faire pour moi.

Morelli s'approcha de moi et enfouit son visage dans le creux de mon épaule dénudée.

— Tu as raison, Steph. C'est une très mauvaise idée.

Ses lèvres frôlèrent le lobe de mon oreille. Nos regards se croisèrent un bref instant, et Morelli m'embrassa. Tendrement d'abord, puis son baiser se fit plus ardent. Quand j'étais au lycée, Mary Lou, ma meilleure amie, avait entendu dire que Morelli n'y allait pas par quatre chemins avec les femmes. En fait, c'est tout le contraire. Morelli sait faire durer le plaisir. Morelli sait nous rendre folles.

Il m'embrassa à nouveau. Un baiser profond, cette fois, que je lui rendis sans compter. Ses mains se posèrent sur mes hanches, puis dans le creux de mes reins. Il m'écrasa contre lui. De deux choses l'une : ou bien il avait une érection d'enfer ou bien il m'enfonçait sa matraque dans le ventre. Je penchais plutôt pour le premier cas de figure, et je me dis qu'il suffirait qu'il me donne quelques coups de son gros bâton magique pour que tous mes soucis disparaissent comme par enchantement.

— J'en aurai plusieurs, murmura-t-il.

— Plusieurs quoi ? soufflai je.

— Capotes. J'en ai acheté une boîte. Un investissement important. La meilleure marque.

Vu mon état, j'espérais qu'il en aurait jusqu'au weekend !

Et sa bouche revint sur la mienne. Puis il m'embrassa le cou, la clavicule, la naissance des seins juste au-dessus de la serviette... qui disparut tout soudain, et voilà que Morelli me mordillait un mamelon et, à partir de là, ce fut le feu d'artifice. Ses mains étaient partout à la fois, m'explorant, me caressant... m'excitant. Sa bouche glissait sur mon buste, traçant un chapelet de baisers jusqu'à mon nombril, mon ventre, mon... OH-MON-D-DDIEU !

Mary Lou m'avait également dit qu'on racontait que Morelli avait une langue de lézard, et je vérifiai *in vivo* la véracité de cette rumeur. Que Dieu bénisse le règne animal, me dis-je avec une pensée émue pour la gent reptilienne. J'avais enroulé mes doigts autour de ses cheveux, mes fesses nues étaient plaquées contre le lavabo, et je pensais : Hmmmm, c'est booooon ! J'étais à deux doigts de... je sentais que ça venait... tension délicieuse... chaleur enveloppante... lâcher prise... ne plus penser à rien... Ce fut alors que Morelli déplaça sa bouche d'un demi-centimètre sur la gauche.

— Continue, haletai-je. Continue. CONTINUE !

— Attends, dit Morelli en déposant un bisou sur l'intérieur de ma cuisse.

J'étais dans tous mes états. Il s'en était fallu de si peu !

— Comment ça « attends » ? dis-je. Que j'attende quoi ?

— Trop tôt, dit-il.

— Tu te moques de moi ? Ce n'est pas trop tôt. Ça fait des siècles !

Morelli se releva, me souleva du sol, me porta à sa chambre et me déposa sur son lit. Il se débarrassa de son T-shirt et de son short sans jamais cesser de me regarder avec des yeux ronds comme des soucoupes – pupilles toutes noires abritées par la ligne sombre de ses cils. Ses mains ne tremblaient pas, mais sa respiration était hachée. Et alors, je vis qu'il ne portait plus son slip. Il était nu. Et je n'étais plus très sûre que ça marche. Ça faisait tellement longtemps, et il était incroyablement pourvu. Bien plus que dans mon souvenir. Bien plus que je ne l'avais senti à travers ses vêtements. Il prit un préservatif dans la boîte. Je me réfugiai vers la tête de lit.

— En y réfléchissant..., dis-je.

Morelli m'attrapa par les chevilles, m'allongea à plat dos et écarta mes cuisses.

— Il n'est plus temps de réfléchir, dit-il en m'embrassant.

Alors, il posa les doigts exactement au *bon* endroit. Il les remua tout doucement, et bientôt je me dis qu'il n'était ni trop mal ni trop bien pourvu, mais exactement comme il le fallait. Bientôt, je me dis que je devais trouver le moyen qu'il me pénètre. Son sexe était plutôt agréable à regarder, mais il ne m'était pas utile à grand-chose tant qu'il allait et venait devant mes yeux.

Je m'en emparai et essayai de guider Morelli, mais il s'esquiva.

— Attends, dit-il.

À quoi il joue avec ses « attends » à tout bout de champ ?

— Je crois que je suis prête, dis-je.

— Tu en es loin, répliqua Morelli en allant plus bas et en recommençant sa séance de torture linguale.

Bon, d'accord, si c'était ça dont il avait envie, pas de problème parce que ça ne me déplaisait pas du tout, mais alors, pas du tout. En fait, j'étais de nouveau à deux doigts de... encore trente secondes à ce régime-là et j'allais passer de l'autre côté du miroir en hurlant comme une démente.

Alors, il se déplaça un tantinet vers la gauche... encore !

— Salaud, murmurai-je avec amour.

Je le caressai à mon tour, entendis son souffle vibrer à mon contact. Du bout du doigt, je lui titillai le sexe, et Morelli se figea, dans l'expectative. Je baissai la tête et...

— Seigneur, haleta Morelli. Hé, arrête, je ne suis pas Superman.

Ah non ?

Je poursuivis néanmoins mon stretching buccal, et soudain, Morelli passa à l'action. En deux temps trois mouvements, je me retrouvai sur le dos et Morelli était en équilibre au-dessus de moi.

— Attends, lui dis-je. C'est trop tôt.

Il enfila la capote en un tournemain.

— Tu parles si c'est trop tôt.

Je ris sous cape.

Le lendemain matin, je m'éveillai dans l'entremêlement des draps mouillés de sueur et de la chaleur de

Morelli. Nous avions raisonnablement entamé le stock de préservatifs, et je me sentais très détendue. Morelli s'étira et je me pelotonnai contre lui.

— Mmmmmm, fit-il.

Deux heures plus tard, il y avait quelques capotes de moins dans la boîte, et Morelli et moi étions couchés côte à côte, le visage contre le matelas, les membres gourds. Je me disais que faire l'amour était une chose formidable, mais que j'avais eu mon content pour dix ou quinze ans. Je jaugeai la distance qui me séparait de la salle de bains en me demandant si je serais capable de marcher jusque là-bas. Le téléphone sonna et Morelli me passa le combiné.

— Je me demande ce que je dois porter ce soir, me dit Sally. Tu crois que je dois être en mec ou en nana ?

— Oh, je m'en fiche, lui dis-je. Lula et moi serons en femmes. On se retrouve là-bas ou je passe te chercher ?

— On se retrouve là-bas.

— O.K.

Je me tournai vers Morelli.

— Tu bosses aujourd'hui ?

— Une demi-journée, peut-être. Il faut que je parle à quelques personnes.

— Moi aussi.

Je m'extirpai du lit.

— Pour le dîner, ce soir..., dis-je.

— Ne t'imagine pas que tu vas me planter. Je te traquerai, je te retrouverai et je ferai de ta vie un enfer sur terre.

Je grimaçai mentalement et réussis à gagner la salle de bains sans geindre ni gémir. La déesse du sexe était légèrement courbaturée ce matin. Elle avait l'impression d'être un osselet avec lequel on aurait trop joué.

Je me douchai, m'habillai et descendis sans me presser à la cuisine. C'était la première fois que je voyais Morelli au réveil. Je ne savais pas trop à quoi je m'étais attendue, mais pas à l'être mi-bête mi-homme qui lisait le journal en buvant du café. Il portait un T-shirt informe, un short beige froissé, avait une barbe de deux jours et ses cheveux mal peignés avaient besoin d'une coupe depuis de nombreuses semaines.

La veille au soir, c'était sexy, mais au matin, il faisait peur à voir. Je me servis un café et un bol de céréales et m'assis en face de lui à la petite table. La porte de derrière, ouverte, laissait entrer l'air frais du matin. D'ici une heure, il ferait chaud et humide. On entendait déjà le craquètement des cigales. Je pensai à ma cuisine à moi et revis mon appartement carbonisé. Ma gorge se serra. Souviens-toi de ce que t'a dit Morelli, m'intimai-je. Vois le côté positif des choses. L'appartement sera remis à neuf, la moquette changée, les murs repeints... encore mieux qu'avant. Et qu'avait-il dit au sujet de la peur, déjà ? Se concentrer sur le travail à faire, pas sur la peur qu'on ressent. *O.K., je peux le faire.* Surtout assise face à l'homme de mes rêves...

Morelli éclusa son café et continua de lire le journal. Je me surpris à avoir envie de le resservir. Et je ne voulais pas m'arrêter en si bon chemin. Je voulais... je voulais lui préparer un bon petit déjeuner. Crêpes, bacon, jus d'orange frais. Et puis... et puis faire sa lessive... changer les draps ! Je regardai autour de moi. Sympa, la cuisine, me dis-je, mais elle pourrait être plus agréable. Des fleurs fraîches, peut-être ? Une boîte à biscuits...

— Ho-ho, fit Morelli.

— Quoi, « ho-ho » ?

— Ton regard...

— Quoi, mon regard ?

— Celui d'une femme qui réorganise ma cuisine.

— Tu n'as pas de boîte à biscuits.

Morelli me regarda comme si j'étais une extraterrestre.

— C'est à ça que tu pensais ? dit-il.

— Ben, oui.

Il parut cogiter sur la question.

— Je ne vois pas l'utilité de conserver une boîte à

biscuits, finit-il par dire. Une fois que j'ai mangé les biscuits, je jette la boîte.

— Oui, bien sûr, mais... on a toujours besoin d'une boîte à biscuits chez soi.

Autre regard « extraterrestre ».

— Je range mon revolver dedans, dis-je en guise d'explication.

— Dedans ?

— Dans ma boîte à biscuits.

— Chérie, un homme ne peut pas faire ça !

— Il faut bien commencer un jour.

Il se leva et déposa un bisou sur mon crâne.

— Je vais prendre ma douche, dit-il. Si tu t'en vas avant que j'en sois sorti, jure-moi que tu seras rentrée à cinq heures.

Bonjour, l'homme de mes rêves ! Je lui répondis par mon geste italien préféré qu'il ne vit pas car il était déjà sorti de la pièce.

— Il peut toujours courir pour la boîte à biscuits, dis-je à Rex. Et sa lessive, il n'a qu'à la faire lui-même !

Je terminai mes céréales, rinçai mon bol, le mis dans le lave-vaisselle, accrochai mon fourre-tout à mon épaule et partis pour l'agence.

— Oh la la ! dit Connie dès que j'eus mis le pied dans le bureau. Tu as ré-us-si !

— Pardon ?

— Comment c'était ? Je veux TOUT savoir !

Lula, qui classait une pile de dossiers, me décocha un regard.

— Ouais, dit-elle. Tu l'as fait et refait.

Je sentis mon regard s'affoler.

— Comment le savez-vous ? demandai-je en plissant les narines. Mon odeur ?

— Non, mais tu as l'air d'une femme qui a pris son pied, me dit Lula. Détendue, genre.

— Ouais, surenchérit Connie. Comblée.

— Oh, c'est la douche que j'ai prise ce matin, dis-je. Longue et relaxante.

— Une douche comme ça, j'dis pas non, fit Lula.

— Vinnie est là ?

— Oui, dit Connie. Il est rentré hier soir. Hé, Vinnie ! Stéphanie veut te voir !

On entendit marmonner « Féchié » dans les profondeurs de son bureau, puis sa porte s'ouvrit.

— Qu'est-ce qu'il y a ? dit-il.

— Il y a Joyce Barnhardt.

— Oui, je lui ai confié la mission, et a...

Il se tut et me scruta.

— Mince, tu t'es fait sauter, toi.

Je levai les bras au ciel.

— Oh, mais c'est pas vrai ! criai-je. J'ai pris une douche. Je me suis coiffée. Je me suis maquillée. J'ai mis des nouveaux vêtements. J'ai pris mon petit déjeuner. Je me suis brossé les dents. Comment se fait-il que tout le monde voie que j'ai fait l'amour ?

— Tu es différente, dit Vinnie.

— Comblée, dit Connie.

— Détendue, ajouta Lula.

— On change de sujet ! hurlai-je. Je veux parler de Joyce Barnhardt. Tu lui as confié l'affaire Nowicki. Comment as-tu pu me faire ça ? Nowicki, c'est *moi* qui m'en charge !

— Tu piétinais, alors j'ai pensé, oh, après tout, que Joyce tente sa chance elle aussi.

— Je sais comment Joyce a eu cette affaire. Et je vais le dire à ta femme !

— Si tu le dis à ma femme, elle va le répéter à son père et je suis un homme mort. Et tu sais ce qu'il t'arrivera ? Tu iras pointer au chômage.

— Un point pour lui, rétorqua Lula. On sera toutes au chômage.

— Je veux que tu lui retires cette affaire. Lula et moi avions coincé Maxine, et Joyce a débarqué avec sa brigade de demi-mondaines, et elle a tout fait capoter.

— O.K., O.K., dit Vinnie. Je vais lui parler.

— Tu lui retires l'affaire Nowicki.

— Ouais.

— Sally a téléphoné, dis-je à Lula. Il va au bar ce soir. Tu as envie de venir aussi ?

— Et comment. Je ne veux rater ça pour rien au monde.

— Je passe te chercher ?

— Non, dit Lula. J'ai une nouvelle bagnole.

Son regard glissa sur moi et s'arrêta sur la porte d'entrée.

— Ce qu'il me manque, acheva-t-elle, c'est un homme à l'intérieur. Et je sais comment il s'appelle.

Connie et moi fîmes une pirouette pour voir de qui elle parlait. Ranger, tout de noir vêtu, cheveux lissés en arrière, petit anneau d'or à l'oreille lançant un éclat dans le soleil.

— S'lut, dit-il.

Il me scruta un petit moment, esquissa un sourire puis me dit :

— Morelli ?

— Oh, fait chier. C'est gênant, à la fin !

— Je suis venu chercher le dossier Thompson, dit-il à Connie.

— Bonne chance, lui dit Connie en lui tendant la chemise.

— Qui est Thompson ? m'enquis je.

— Norvil Thompson, me répondit Ranger. Il a braqué un magasin de vin et spiritueux. Il a pris quatre cents dollars, de la menue monnaie et un quart de Wild Turkey. Il a fêté ça sur le parking où il était garé, est tombé dans les pommes et a été trouvé par le gardien du parking qui a appelé la police. Il ne s'est pas présenté au tribunal.

— Comme d'hab', fit Connie.

— Il avait déjà fait ça ?

— C'est la deuxième fois, me répondit Ranger.

Ranger signa son contrat, en rendit un exemplaire à Connie et me jaugea.

— Tu veux m'aider à choper ce cow-boy ? me demanda-t-il.

— Il ne va pas me tirer dessus, hein ?

— Ah, fit Ranger, si seulement c'était aussi simple.

Ranger conduisait une Range Rover noire flambant neuve. Ses voitures sont toujours noires, toujours neuves, toujours chères et d'origine toujours douteuse. Je ne lui demande jamais d'où il les tire... tout comme il ne me demande jamais combien je pèse. On coupa par le centre-ville et on tourna à droite dans Stark Street. Ranger passa en vitesse de croisière devant le vendeur de pièces automobiles puis devant le gymnase et arriva dans un quartier de maisons attenantes délabrées. C'était la mi-journée. Les mères au chômage et leurs rejetons étaient sur leurs vérandas pour échapper à l'atmosphère étouffante des pièces sans climatisation.

Je feuilletai le dossier pour me familiariser avec ce Thompson. Homme noir. Un mètre soixante-quinze. Quatre-vingt-sept kilos. Soixante-quatre ans. Insuffisance respiratoire. Autrement dit : la bombe lacrymo était à proscrire.

Ranger se gara devant un petit immeuble en brique de deux étages. Des gangs avaient tagué leurs slogans sur la véranda et sous les fenêtres du rez-de-chaussée et du premier étage. Des résidus de fast-food s'étaient entassés dans le caniveau, et le trottoir était jonché de papiers d'emballage froissés. On avait l'impression d'avoir plongé en apnée dans une grosse tortilla aux haricots.

— Ce type est moins dangereux qu'il en a l'air sur sa photo, me dit Ranger. C'est surtout un chieur. Il est toujours à moitié soûl, alors ça ne sert à rien de le menacer avec un revolver. Il a de l'asthme, donc pas question de le bomber. Et il est vieux, donc on n'a pas l'air con si on le réduit en bouillie. Ce qu'il faut, c'est lui passer les menottes et l'embarquer. C'est là que tu interviens. On ne sera pas trop de deux pour le faire sortir.

Super.

Deux femmes étaient assises sur leur pas de porte.

— Vous venez pour le vieux Norvil ? demanda l'une d'elles. Il a encore oublié de respecter les termes de sa caution ?

— Salut, Regina, dit Ranger avec un geste du bras. Comment tu vas ?

— Beaucoup mieux depuis que tu es là.

Elle tourna la tête vers la fenêtre ouverte du rez-de-chaussée.

— Hé, Deborah ! cria-t-elle. Ranger est là ! Il va y avoir du spectacle !

Ranger entra dans l'immeuble et s'engagea dans l'escalier.

— Deuxième étage, me dit-il.

Je commençais à avoir un mauvais pressentiment sur cette arrestation.

— Qu'est-ce qu'elle entendait par... « spectacle » ?

— Il y a deux locataires au deuxième, m'expliqua Ranger qui était arrivé au palier du premier étage. Thompson est à gauche : une pièce, une salle de bains, une seule issue. Il devrait être chez lui à cette heure-ci. Regina me l'aurait dit si elle l'avait vu sortir.

— J'ai comme l'impression qu'il y a autre chose que je devrais savoir sur ce type.

Ranger était à mi-hauteur de la troisième volée de marches.

— Non, rien, me dit-il. À part qu'il est fou à lier, et s'il sort sa zigounette pour faire pipi, tu recules vite fait. Il a tagué Hanson une fois, et Hanson a juré qu'il était à cinq mètres de lui.

Hanson est, lui aussi, chasseur de primes. Il travaille surtout pour l'agence Gold Star, dans First Street. Hanson ne m'avait jamais fait l'effet d'être homme à inventer de toutes pièces des souvenirs d'ancien combattant. Je fis demi-tour et commençai à redescendre les marches quatre à quatre.

Ma retraite fut stoppée par une main qui m'agrippa par le col de ma chemise.

— Tu sais quoi ? me fit Ranger. On est deux sur ce coup.

— Tu sais quoi ? Je n'ai pas envie de me faire pisser dessus.

— Tu n'auras qu'à l'avoir à l'œil. S'il fait mine de mettre la main dans sa braguette, on lui saute sur le poil.

— Je pourrais faire plein de bons boulots, tu sais. Rien ne m'oblige à faire ça.

Ranger me prit par la taille, m'encourageant à remonter.

— Ce n'est pas un simple boulot, dit-il. C'est une profession d'utilité publique. On fait respecter la loi, *baby.*

— C'est pour ça que tu le fais ? Parce que tu crois en la justice ?

— Non. Je le fais pour le fric. Et parce que traquer les gens, c'est encore ce que je sais faire de mieux.

On arriva devant la porte de chez Thompson. Ranger me fit signe de me pousser sur le côté et frappa.

— Enfoirés de mes deux ! cria quelqu'un de l'intérieur.

Sourire de Ranger.

— On est bien chez Norvil. (Il toqua encore un coup.) Ouvrez ! Il faut que je vous parle !

— Je vous ai vu de ma fenêtre, dit Norvil. Je vous ouvrirai quand il gèlera en enfer.

— Je vais compter jusqu'à trois, l'avertit Ranger, et je défonce la porte. Un... deux... (Il tourna la poignée mais la porte était fermée à clé.) ... trois !

Toujours aucune réaction à l'intérieur.

— Têtu comme une mule, le vieux poivrot ! dit Ranger. Fait chier !

Il recula et flanqua un grand coup de pied juste à gauche de la poignée. Il y eut un bruit de bois volant en éclats et la porte céda.

— Enfoirés de mes deux ! brailla Norvil.

Ranger fit un pas prudent dans l'appartement, revolver au poing.

— C'est bon, dit-il. Il n'est pas armé.

J'entrai à mon tour et m'arrêtai à côté de Ranger. Norvil était à l'autre bout de la pièce, dos au mur. À sa droite, il y avait une table en formica au plateau écaillé sur lequel était posé un carton de provisions. Des Tuc, des céréales, un sachet de marshmallows, une bouteille de ketchup. Norvil était vêtu d'un T-shirt de couleur indéterminée qui proclamait : « Achetez votre essence chez Bud » et d'un pantalon kaki informe et auréolé de taches. Et il tenait une boîte d'œufs dans ses mains.

— Enfoirés de mes deux, répéta-t-il.

Et avant que j'aie le temps de faire ouf... SPLASH ! un œuf s'écrasa sur mon front. Je fis un bond en arrière, et la bouteille de ketchup siffla à mon oreille et alla éclater contre l'encadrement de la porte, tapissant le mur de rouge. Suivirent le bocal de cornichons et d'autres œufs dont un toucha Ranger au bras et moi à la poitrine. Je parai un bocal de mayo pour mieux prendre un œuf sur la nuque. Norvil, déchaîné, lançait tout ce qui lui tombait sous la main : Tuc, croûtons, chips, couteaux, cuillers, bols, assiettes. Un paquet de farine lui explosa dans les doigts et s'éparpilla aux quatre coins de la pièce.

— Socialos pourris, salauds de communistes ! brailla-t-il en fouillant dans le carton en quête d'autres munitions.

— On y va ! me cria Ranger.

On bondit sur Thompson, lui bloquant chacun un bras. Ranger lui passa un bracelet des menottes au poignet et il s'ensuivit un corps-à-corps acharné pour lui enfiler l'autre. Norvil pivota vers moi et me donna un coup dans l'épaule. Je trébuchai sur le mélange de miettes de biscuits à apéritif et de farine, et je m'étalai de tout mon long sur le sol. J'entendis le *clic* du second bracelet qui se refermait et levai les yeux sur Ranger. Il me regardait en souriant.

— Ça va ? me dit-il.

— Ouais. Génial.

— Tu as de quoi nourrir toute une famille pendant une semaine.

Ranger, lui, avait tout juste une petite tache d'œuf sur un bras.

— Comment se fait-il que tu sois aussi propre alors que je suis dans cet état ?

— Un : je ne suis pas resté au milieu de la pièce à

jouer la cible idéale ; deux : je ne me roule pas dans la farine. (Il me tendit la main et m'aida à me relever.) Première règle du combattant : si on te canarde, mets-toi à couvert.

— Marie-couche-toi-là, va ! me cria Norvil.

— Écoutez, vous ! lui criai-je. Je le méritais ! Et, de toute façon, ça ne vous regarde pas...

— Pour lui, toutes les femmes sont des Marie-couche-toi-là, me précisa Ranger.

— Oh.

— Je ne vais nulle part, déclara Norvil en se campant sur ses jambes.

Je lorgnai le boîtier paralysant coincé dans le ceinturon de Ranger.

— Et si on lui donnait un coup de zappette ?

— Je ne vous le conseille pas, dit Norvil. Je ne suis plus tout jeune, j'ai un pacemaker. Déréglez-le et vous serez dans de beaux draps. Ça pourrait me tuer.

— Ne me tentez pas, dis-je.

Ranger prit un rouleau de sparadrap dans son ceinturon et s'en servit pour ligoter Norvil aux chevilles.

— Je vais me casser la figure, glapit-il. Je ne peux pas rester debout avec ça. Je suis alcoolique, vous ne le savez pas ? J'ai des problèmes d'équilibre.

Ranger l'attrapa sous les aisselles et le fit basculer vers l'arrière.

— Au s'cours ! cria Norvil. On me kidnappe ! Appelez la police ! Appelez les islamistes !

On le porta jusqu'au palier du premier étage. Il continuait de brailler et de se débattre. J'avais un mal fou à le tenir. Mes cheveux étaient poissés d'œufs et de farine, je sentais le vinaigre et je suais comme une vache. On s'engagea dans la deuxième volée de marches ; je trébuchai et glissai jusqu'en bas sur le dos.

— Pas de problème, dis-je en me relevant avec peine tout en me demandant combien de vertèbres je m'étais déplacées. Rien ne décourage Wonder Woman.

— Wonder Woman me paraît vannée, fit remarquer Ranger.

Regina et Deborah étaient assises sur leur véranda quand on traîna Norvil à l'extérieur.

— Bon Dieu de bon Dieu, ma fille, me dit Regina. Qu'est-ce qui vous est arrivé ? Vous avez l'air d'un gros rouleau à pâtisserie après usage ! Ce que vous avez l'air tarte !

Ranger ouvrit la portière arrière de sa Range Rover, et on jeta Norvil sur la banquette. Je fis le tour de la voiture à cloche-pied et lorgnai le siège en cuir flambant neuf.

— Ne t'en fais pas, me dit Ranger. Si tu le salis, je me dégoterai une voiture neuve.

Je faillis croire qu'il plaisantait.

J'étais devant chez Morelli en train de farfouiller dans mon sac, en quête de la clé, quand la porte s'ouvrit.

— Je ne tenterai même pas de deviner ce qui t'est arrivé sur ce coup, me dit Morelli.

Je le poussai pour passer.

— Norvil Thompson, tu connais ?

— Vieux. Vols à l'étalage. Pète les plombs quand il est soûl... à savoir tout le temps.

— Lui-même. J'ai aidé Ranger à l'arrêter.

— J'en conclus que Norvil n'était pas disposé à vous suivre.

— Il a jeté sur nous tout ce qu'il avait sous la main. Il faut que je prenne une douche.

— Ma pauvre. Tu as besoin d'aide ?

— Non ! Ne t'approche pas !

— Tu ne dis pas ça à cause de la boîte à biscuits, quand même ?

Je traînai ma carcasse à l'étage puis dans la salle de bains. Je me dévêtis et me mis sous le jet d'eau fumante. Je me lavai les cheveux deux fois, utilisai un démêlant, mais rien n'y fit. Ils me semblaient toujours aussi sales. Je sortis de la douche et interrogeai le miroir. C'était l'œuf. Il avait séché comme du ciment dans lequel étaient pris des éclats de coquille.

— Pourquoi moi ? gémis-je.

— Ça va ? cria Morelli de l'autre côté de la porte. Tu parles toute seule ?

J'ouvris la porte à la volée.

— Regarde-moi ça ! criai-je en désignant mes cheveux.

— Coquille d'œuf, non ?

— Ça ne part pas.

Morelli s'approcha de moi sous prétexte d'examiner mes cheveux, mais je me rendis compte qu'il regardait sous ma serviette.

— Hum-hum, fit-il.

— Écoute, Morelli, j'ai besoin d'aide, là.

— On n'a pas beaucoup de temps.

— Fais quelque chose !

— Chérie, je ne sais pas comment te dire, mais pour tes cheveux, je ne vois pas ce que je peux faire... à part t'aider à ne plus y penser.

Je fouillai dans l'armoire à pharmacie et finis par trouver une paire de ciseaux.

— Enlève cet œuf, dis-je.

— Houlà.

Cinq minutes plus tard, Morelli releva les yeux de sa tâche et croisa mon regard dans le miroir :

— J'ai fini.

— C'est comment ?

— Tu te souviens de la tête de Mary Jo Krazinski quand elle avait eu la teigne ?

La mâchoire m'en tomba.

— Ce n'est pas à ce point-là, dit Morelli. C'est juste plus court... par endroits.

Du bout du doigt, il traça une ligne sur mes épaules dénudées :

— Au point où on en est, on pourrait avoir un peu plus de retard.

— Non ! Je ne veux surtout pas arriver en retard chez ta mère. Ta mère me fiche une trouille bleue !

Sa mère fichait une trouille bleue à tout le monde sauf à Joe. Elle était capable de voir de l'autre côté des murs. Son père avait été un ivrogne et un coureur de jupons. Sa mère était irréprochable. C'était une femme au foyer de dimension héroïque. Elle ne ratait jamais la messe. Elle travaillait pour l'Armée du Salut à ses heures perdues. Et elle ne s'en laissait conter par personne.

Morelli glissa une main sous ma serviette et m'embrassa sur la nuque.

— On n'est quand même pas à une minute près, *baby*.

Une chaleur intense me retourna l'estomac et mes orteils se crispèrent.

— Il faut que je m'habille, dis-je d'une petite voix, tandis que ma voix intérieure me disait : *Oh, ce que c'est bon...*

Et puis... et puis je me souvenais de ce qu'il m'avait fait la veille et qui était encore meilleur...

Ses mains rencontrèrent mes seins et, de ses pouces, il en titilla le bout tout en me murmurant certaines choses à l'oreille, des choses qu'il avait envie de me faire, des choses qui me firent presque saliver.

Une demi-heure plus tard, je me précipitai hors de ma chambre en quête de vêtements à porter.

— Je n'arrive pas à croire que je me sois laissé convaincre ! Tu as vu le retard qu'on a !

Morelli, rhabillé de pied en cap, me regardait en souriant.

— Cette cohabitation n'est pas une mauvaise idée. Je me demande pourquoi je n'y ai pas pensé plus tôt.

— Parce que tu avais peur de t'engager sérieusement, dis-je en enfilant ma petite culotte. D'ailleurs, tu ne le veux toujours pas.

— J'ai acheté toute une boîte de préservatifs !

— Tu es sérieux dans tes rapports sexuels, pas dans tes rapports amoureux.

— C'est un début, remarqua Morelli.

Je lui lançai un coup d'œil.

— Il faut voir, dis-je.

Je pris une robe bain de soleil dans le placard. Elle était jaune paille et se boutonnait devant comme une chemise. Je l'enfilai par la tête et, du plat de la main, lissai quelques faux plis.

— Bon sang, dit Morelli. Cette robe te va superbien.

Je vérifiai ses dires sur son Levi's. Il avait de nouveau une érection du diable.

— Comment tu fais ça ? lui demandai-je.

— Tu veux apprendre un nouveau jeu ? Ça s'appelle Monsieur et Madame Passe-Partout.

— Flash info. Je ne repasse pas. Je ne mange pas de poisson cru. Et je ne suis pas une bête de somme. Si tu me touches, je te jure que je saute sur mon revolver !

Mme Morelli vint nous ouvrir et flanqua une taloche sur le coin de la caboche de Joe.

— Obsédé sexuel, va ! Tu es bien le fils de ton père, que Dieu ait sa pourriture d'âme.

Morelli, tout sourire, baissa le regard sur sa mère.

— C'est une malédiction, dit-il.

— Ce n'est pas ma faute, m'écriai-je. Je vous jure.

— Ta grand-mère Bella et ta tante Mary Elizabeth sont ici, dit Mme Morelli. Alors, surveille tes paroles.

Mamie Bella ! J'eus la bouche sèche et de petits points noirs dansèrent devant mes yeux. Mamie Bella avait jeté un mauvais sort à Diane Fripp qui avait eu ses règles pendant trois mois non stop ! Je vérifiai que ma robe était bien boutonnée et me tâtai discrètement pour être sûre que j'avais bien remis ma culotte.

Mamie Bella et tante Mary Elizabeth étaient au salon, assises côte à côte sur le canapé. Mamie Bella est une petite dame aux cheveux blancs qui, en bonne Italienne, est toujours vêtue de noir. Elle était venue aux États-Unis quand elle était jeune, mais à l'époque le Bourg était davantage une enclave italienne que sicilienne, alors elle avait conservé les traditions de son pays. Mary Elizabeth, la sœur cadette de Bella, est une religieuse rangée des voitures. Toutes deux tenaient un verre à cocktail dans une main et avaient une cigarette fichée au coin de la bouche.

— Ah ! s'exclama mamie Bella. La chasseuse de primes !

Je m'assis, genoux serrés, sur le bord de la bergère.

— Alors, comme ça, tu vis avec mon petit-fils ?

— Je... je lui sous-loue une chambre.

— HA ! glapit-elle. Pas de salades avec moi ou je te jette un sort !

J'étais cuite. Cuite, recuite. Je sentais déjà venir mes règles.

10

— Le mauvais œil, c'est de la foutaise, dit Joe. Ne t'amuse pas à faire peur à Stéphanie.

— Tu ne crois à rien, dit Bella. D'ailleurs, on ne te voit jamais à la messe. (Elle brandit un doigt accusateur en direction de son petit-fils.) Tu as de la chance que je prie pour toi, dit-elle.

— Le dîner est servi, annonça Mme Morelli. Joseph, accompagne ta grand-mère à la salle à manger.

C'était la première fois que j'entrais chez les Morelli. Je ne connaissais que le garage et le fond du jardin. Bien sûr, j'étais passée devant la maison un nombre incalculable de fois en parlant toujours à mi-voix et sans jamais lambiner de crainte que Mme Morelli ne vienne m'attraper par les oreilles et ne m'accuse de porter une petite culotte de la veille ou de ne pas me brosser correctement les dents. Son mari avait la réputation de jouer facilement du ceinturon sur les fesses de ses fils. Mme Morelli n'avait pas besoin d'en arriver là. D'un mot, elle vous clouait au mur. « Alors ? » disait-elle, et sa malheureuse victime avouait tout. Sauf Joe. Enfant, Joe était déchaîné et incontrôlable.

La maison était plus douillette que je ne m'y attendais. Il y régnait une atmosphère de vie de famille, de bruit et de fureur enfantine. D'abord, Joe, ses frères et ses sœurs, et maintenant les petits-enfants. Les fauteuils étaient sous housses, la moquette aspirée de frais, les tables cirées. Un petit coffre à jouets en bois était calé sous une fenêtre, à côté d'un fauteuil à bascule d'enfant.

La salle à manger était très classique : chemin de table en dentelle, service familial en porcelaine dans le vaisselier, rideaux blancs en dentelle aux fenêtres et traditionnel tapis persan bordeaux. Deux bouteilles de vin débouchées respiraient en bout de table.

Nous prîmes place, et Mary Elizabeth dit le bénédicité pendant que je lorgnais les entrées. Après la prière, mamie Bella leva son verre de vin.

— À Stéphanie et à Joseph, déclara-t-elle. Longue vie et beaucoup de *bambinos.*

Je lançai un regard de biais à Joe.

— Tu veux répondre sur ce coup ? lui dis-je.

Joe prit une part de raviolis et les recouvrit de fromage râpé :

— Seulement deux *bambinos.* Je ne peux pas faire vivre une grande famille avec un revenu de flic.

Je me raclai la gorge et le fusillai du regard.

— Bon d'accord, dit Morelli. Pas de *bambinos.* J'héberge Stéphanie le temps que son appart soit retapé. Il n'y a rien entre nous.

— Tu me prends pour une idiote ? dit mamie Bella. Je sais ce qui se passe et ce que vous faites tous les deux.

Morelli se servit une part de poulet.

— Stéphanie et moi, on est amis, c'est tout.

Je me figeai, fourchette à hauteur de la bouche. Il avait employé les mêmes mots pour qualifier sa relation avec Terry Gilman. Super. Que dois-je en conclure ? me demandai-je. Que je suis sur le même plan que Terry ? Bah, tu l'as bien cherché, idiote. C'est toi qui l'as poussé à dire à Bella que ce n'était pas sérieux entre nous. Oui, d'accord, mais tout de même, il aurait pu laisser entendre que j'étais un peu plus importante que Terry Gilman !

Bella renversa la tête en arrière et posa les mains à plat sur la table.

— Silence !

Mme Morelli se signa. Joe et elle échangèrent un regard résigné.

— Que se passe-t-il ? chuchotai-je.

— Mamie Bella a une vision, m'expliqua Joe. Ça va avec le mauvais œil.

Bella redressa violemment la tête et pointa deux doigts vers Joe et moi.

— Je vois..., dit-elle. Je vois votre mariage. Je vous vois danser. Et je vois que vous aurez trois fils, la lignée continuera.

Je me penchai vers Joe.

— Les... les bidules que tu as achetés, lui dis-je, ils étaient aux normes, hein ?

— Le top de la marque.

— Je dois aller m'allonger, dit Bella. Je dois toujours me reposer après avoir eu une vision.

Nous attendîmes qu'elle ait quitté la table et soit montée à l'étage. La porte de sa chambre se referma avec un bruit sec, et la mère de Joe poussa un soupir de soulagement.

— Il y a des jours où elle me fiche la pétoche, dit-elle.

À partir de là, on se consacra au repas en évitant de parler mariage, bébés et vieilles Italiennes azimutées.

Je bus mon café à petites gorgées et engloutis une platée de biscuits faits maison tout en gardant l'œil sur ma montre. Eddie Kuntz n'arriverait pas au bar avant neuf heures, mais je voulais être sur place avant lui. Mon plan était de mettre Lula et Sally en planque à l'intérieur pendant que je ferais le guet à l'extérieur.

— C'est très gentil à vous de m'avoir invitée, dis-je à Mme Morelli. Malheureusement, je suis obligée de partir tôt. Je dois travailler ce soir.

— Toujours cette histoire de chasseur de primes ? s'enquit Mme Morelli. Tu traques un fugitif ?

— En quelque sorte.

— Ça m'a l'air d'être passionnant.

— Ça m'a l'air d'être un péché contre nature, cria

mamie Bella du palier, fraîchement ressortie de sa chambre. Pas un travail pour une femme enceinte, ça.

— Mamie Bella, dis-je. Je ne suis pas enceinte.

— J'en sais plus long que toi. Je suis allée de l'autre côté. Je vois ces choses-là. Je suis visionnaire.

— Bon, dis-je à Morelli quand nous fûmes à deux pas de chez lui. C'est vrai, cette histoire de visions ?

— Je ne sais pas. Je n'y ai jamais trop fait attention.

Il tourna dans Roebling Street et se gara le long du trottoir.

— Où va-t-on ? me demanda-t-il.

— Je vais au Blue Moon Bar. C'est la prochaine étape de la chasse au trésor de Maxine. Ramène-moi à la maison, je prendrai ma voiture.

Morelli se coula dans la circulation.

— Je viens avec toi, dit-il. Je ne voudrais pas qu'il arrive quoi que ce soit à mon futur bébé.

Le Blue Moon Bar se trouve à hauteur des bâtiments d'État. Il y a un parking public dans la rue suivante, mais le stationnement est autorisé devant le bar qui est flanqué de petits commerces, fermés à cette heure de la nuit. Dans les années soixante-dix, c'était un bar disco ; dans les années quatre-vingt, un bar sportif ; et l'année dernière, il avait été transformé en une pseudo-minibrasserie. Il consiste, *grosso modo*, en une vaste salle dotée, dans un coin, d'une large cuve en cuivre, d'un bar qui court sur tout un côté et de tables disposées au centre de la pièce. Outre l'alcool, le Blue Moon Bar sert aussi de la restauration rapide : frites, sandwiches, *nachos* et paninis à la mozarella. Le samedi soir, c'est toujours plein à craquer.

Il était encore un peu tôt avant l'heure de pointe, et Morelli put se garer dans la rue à la troisième place après l'entrée du bar.

— Kuntz devrait arriver à neuf heures, dis-je. Après, on voit ce qui se passe.

— Et que se passe-t-il en général ?

— Rien.

— Génial, je meurs d'impatience.

À huit heures et demie, Lula et Sally faisaient leur entrée. Kuntz arriva un quart d'heure plus tard. Je laissai Morelli dans le pick-up en compagnie d'une photo de Maxine et j'entrai pour rejoindre Kuntz.

— Vous avez l'air différente, dit Kuntz.

— J'ai eu des ennuis capillaires.

— Non, ce n'est pas ça.

— Nouvelle robe.

— Non, c'est autre chose. Je n'arrive pas à mettre le doigt dessus.

Tant mieux.

Lula et Sally nous retrouvèrent au bar.

— Qu'est-ce qui se passe ? demanda Sally.

— On perd notre temps, voilà ce qui se passe, dit Kuntz. Ça craint, cette connerie de chasse au trésor.

Il me regarda dans les yeux un moment, puis son regard glissa sur mes épaules et se fixa sur un point dans mon dos. Je me retournai pour voir ce qui l'intriguait.

C'était Joyce Barnhardt en jupe en cuir noir très très courte et très très moulante surmontée d'un débardeur en jersey orange.

— Salut, Stéphanie.

— Salut, Joyce.

Elle décocha un sourire à Kuntz.

— Salut, mon beau.

Je me tournai vers Lula et on tira la langue en faisant mine de s'enfoncer un doigt dans le fond de la gorge.

— Si j'avais des nichons pareils, me chuchota Sally, je me ferais un fric fou. D'ici un an, je pourrais partir à la retraite, putain. Je ne serais même plus obligé de remettre des talons hauts.

— Qu'est-ce que tu fabriques ici, Joyce ? Je croyais que Vinnie t'avait parlé.

— On est dans un pays libre, me répondit Joyce. Je vais où je veux. Je fais ce que je veux. Et, pour le moment, ce que je veux, c'est choper Maxine.

— Pourquoi ?

— Parce que ça m'amuse.

— Connasse.
— Pétasse.
— Grognasse.
— Pouffiasse.
Je lui flanquai un coup de pied dans le tibia. « Pouffiasse », c'est au-delà de mon seuil de tolérance. Il faut dire aussi que depuis le jour où j'avais surpris Joyce cul nu sur la table de ma salle à manger en compagnie de mon mari, j'avais envie de la bourrer de coups de pied.
Joyce me répondit en m'empoignant par les cheveux.
— Aïe ! criai-je. Lâche-moi !
Comme elle ne me lâchait pas, je la pinçai méchamment au bras.
— Minute, me dit Lula. Je vais te dire un truc : tu ne sais vraiment pas te battre. Cette nana t'attrape par les tifs, et toi, tout ce que tu fais, c'est de la pincer ?
— Peut-être, mais elle aura un bleu.
Joyce me tira les cheveux encore plus fort. Puis, soudain, elle poussa un cri perçant et elle s'étala par terre de tout son long.
Je fusillai Lula du regard.
— Je voulais juste vérifier que j'avais rechargé la batterie, m'expliqua-t-elle.
— Dis donc, fit Sally, combien ça coûte, à ton avis, des seins comme ça ? Tu crois qu'ils m'iraient bien ?
— Sally, ces seins-là, ce sont des *vrais*.
Sally se plia en deux pour les voir de plus près.
— Mince alors.
— Heu, fit Lula, je ne sais pas comment vous annoncer la nouvelle, mais quelqu'un manque à l'appel.
Je regardai autour de nous. Kuntz avait disparu.
— Sally, dis-je, va voir dans les toilettes pour hommes. Lula, tu fouilles la salle. Moi, je vais voir dehors.
— Et Joyce ? fit Lula. On devrait peut-être la jeter dans un coin pour que personne ne trébuche dessus ?
Joyce avait le regard vitreux et la bouche ouverte. Sa respiration était normale – pour quelqu'un qui venait de recevoir une décharge de plusieurs volts.
— Joyce ? dis-je. Ça va ?

Elle battit l'air d'un bras.

Une petite foule s'était formée autour d'elle.

— Un étourdissement, déclarai-je à la cantonade.

— J'ai lu dans le mode d'emploi que, des fois, on mouille sa culotte quand on s'évanouit comme ça, dit Lula. Ce serait marrant, non ?

Les jambes de Joyce se mirent à tressauter et son regard devint plus clair. Lula l'aida à se relever et à s'asseoir sur une chaise.

— Tu devrais voir un docteur pour tes syncopes, lui dit-elle.

Joyce opina mollement.

— Oui, dit-elle. Merci.

On alla lui chercher une bière fraîche, puis on partit en quête de Kuntz.

Je sortis et allai trouver Morelli.

— Tu as vu sortir Eddie Kuntz ? lui demandai-je.

— Il ressemble à quoi ?

— Un mètre quatre-vingts. Culturiste. Il portait un pantalon noir à plis et une chemisette noire.

— Oui, je l'ai vu. Il y a environ cinq minutes. Il est parti au volant d'une chevrolet Blazer.

— Seul ?

— Ouais.

— Personne ne l'a suivi ?

— Pas que je sache.

Je retournai au bar et restai sur le seuil, cherchant des yeux Sally et Lula. La salle était comble et le niveau sonore avait considérablement augmenté. Je fus poussée en avant puis tirée en arrière sans ménagement pour me retrouver face à face avec une femme en colère que je ne reconnus pas.

— Je savais bien que c'était vous ! s'écria-t-elle. Espèce de traînée !

D'un geste brusque, je lui fis lâcher prise.

— C'est quoi votre problème ? dis-je.

— Mon problème ? C'est vous. Tout allait bien avant que vous arriviez.

— De quoi parlez-vous ?

— Vous le savez très bien. Et si vous aviez un tant soit peu de jugeote dans votre cervelle d'oiseau, vous quitteriez la ville. Vous iriez très loin. Parce que sinon je vous retrouverai et je vous transformerai en gros tas de cendres... exactement comme votre appart.

— C'est vous qui y avez mis le feu ?

— Hé, non. Pas moi. Est-ce que j'ai l'air assez folle pour faire un truc pareil ?

— Oui.

Elle rit doucement, mais elle avait le regard dur où se lisaient des sentiments qui n'avaient rien à voir avec la joie.

— Croyez ce que vous voulez, dit-elle. Mais ne vous approchez plus de mon petit ami.

Elle me flanqua une bonne bourrade et s'éloigna avec raideur vers la porte, se fondant dans la foule.

J'allais lui emboîter le pas quand le type à côté de moi me barra le passage.

— Alors comme ça, fit-il, vous avez besoin d'un petit ami perso ?

— Oh, ça va, lui dis-je. Allez jouer ailleurs.

— Hé, je me renseignais, c'est tout. Pas de quoi monter sur vos grands chevaux.

Je le bousculai pour passer, mais la femme avait déjà disparu. Je fendis la foule jusqu'à la porte, regardai au-dehors, fis de nouveau le tour de la salle du regard. Pas de chance. J'allai retrouver Sally et Lula au bar.

— Ce n'est pas possible, dit Lula. On est serrés comme des sardines, ici. C'est tout juste si on peut avoir un verre, alors repérer quelqu'un !

Je leur annonçai que Morelli avait vu Kuntz partir en voiture, mais ne pipai mot au sujet de la femme folle furieuse. Ça n'a aucun rapport avec lui, me dis-je. Enfin, je suppose.

— S'il ne doit plus y avoir d'action ici, dit Lula, Sally et moi, on va aller à la boîte qu'il connaît où il y a de la bonne musique. Tu viens avec nous ?

— Non, merci. Je crois que je vais aller me coucher.

Sally et Lula échangèrent des coups de coude.

— Alors, que s'est-il passé ? s'enquit Morelli quand je remontai dans le pick-up.

— Rien.

— Comme d'habitude, quoi.

— Oui, sauf que ce rien-là n'était pas habituel.

Je farfouillai dans mon fourre-tout, trouvai mon téléphone portable et appelai Kuntz. Pas de réponse.

— C'est vraiment très curieux, dis-je. Pourquoi filer comme ça ?

— Tu es toujours restée près de lui ? Quelqu'un lui a peut-être donné un autre indice et il est parti le chercher seul ?

Nous étions toujours garés au bord du trottoir et je me disais que je ferais peut-être bien de retourner au bar pour poser quelques questions.

— Attends-moi ici, Joe.

— Encore ?

— J'en ai pour une minute.

J'allai trouver le barman qui servait quand Joyce avait tourné de l'œil.

— Vous vous souvenez du type brun avec qui j'étais ? lui demandai-je. Habillé en noir.

— Ouais. Eddie Kuntz.

— Vous le connaissez ?

— Non, mais une femme est venue vers sept heures, je venais de prendre mon service, et elle m'a donné une photo de Kuntz et dix dollars pour que je lui fasse passer un mot.

— Vous savez ce que contenait ce mot ?

— Non. Il était dans une enveloppe cachetée. Ça devait être une bonne nouvelle, quand même, parce qu'il est parti tout de suite après l'avoir lu.

Tiens donc.

Je m'en retournai auprès de Morelli, me vautrai dans le siège passager et fermai les yeux.

— Pince-moi, je rêve !

Morelli mit le contact.

— Tu m'as l'air furax, me dit-il.

— Contre moi-même, oui. J'ai agi comme une idiote, ce soir. Je me suis laissé distraire.

Encore plus embarrassant : je n'avais pas tout de suite pensé à interroger le barman. Et il n'y avait pas que ça qui me rendait furax. J'en voulais à Morelli : il ne comprenait pas l'intérêt d'avoir une boîte à biscuits, il avait répondu n'importe quoi aux questions de sa mère à table, et – même si je répugnais à l'admettre – cette histoire de visions de mamie Bella m'inquiétait. *Mon Dieu, et si elle avait raison ? Si j'étais enceinte ?*

Je lançai un regard à Morelli. L'ombre adoucissait ses traits. Je distinguais la fine cicatrice qui barrait son sourcil droit. Quelques années plus tôt, il avait croisé la trajectoire d'un couteau. Et sans doute croiserait-il celle d'un autre. Ou celle d'une balle. Une perspective peu rassurante. Aussi peu rassurante que sa vie sentimentale. Par le passé, Morelli avait eu une capacité de concentration très réduite en matière d'idylles. De temps en temps, il avait montré une tendresse protectrice à mon égard, mais je n'avais pas toujours été une priorité pour lui. J'étais une amie, au même titre que Terry Gilman et que la femme folle furieuse, qui qu'elle soit.

O.K., me dis-je. Tout compte fait, Morelli n'a peut-être pas l'étoffe du mari idéal. Sans parler du fait qu'il n'a PAS envie de se marier. Bon, maintenant, passons à la question à un million de dollars : suis-je amoureuse de Morelli ? OUUUUIIIII ! Je suis amoureuse de lui depuis mes six ans.

Je me tapai le front du plat de la main.

— Flûte !

Morelli me décocha un regard de biais.

— Une idée qui me passait par la tête, lui expliquai-je.

— Elle devait être frappante. Tu as failli t'auto-assommer.

À vrai dire, même en étant amoureuse de Morelli pendant toutes ces années, j'avais toujours su qu'il valait mieux que ça n'aboutisse pas. Aimer Morelli, c'est comme aimer le flan au fromage blanc : quelques minutes de plaisir intense qu'on paye par des heures de supplice sur un step pour tenter de faire fondre sa culotte de cheval.

Bon, d'accord, j'exagère peut-être un peu. Morelli était plus mûr, mais jusqu'à quel point – ça, je n'arrivais pas à le déterminer. En vérité, je ne savais pas grand-chose de lui. Ce dont j'étais sûre, c'est que j'avais toutes les peines du monde à lui faire confiance. Je savais d'expérience que le croire aveuglément n'était peut-être pas la chose la plus intelligente à faire.

En y repensant, « amoureuse » n'était peut-être pas le terme le plus approprié. « Mordue », alors ? Que je sois mordue, ce n'était rien de le dire.

On fit le trajet jusqu'à la maison sans échanger une parole ou presque. Morelli écoutait une station qui diffusait des vieux succès, et moi, j'étais assise sur mes mains pour m'empêcher d'arracher le bouton de l'autoradio.

— Tu as l'air inquiète, remarqua Morelli.

— Je pensais au mot que le barman a donné à Eddie Kuntz. Il m'a dit que Kuntz avait filé dès qu'il l'avait lu.

— Et ?

— Les autres messages étaient tous codés. Kuntz ne les comprenait pas. C'est pour ça que Sally est entré dans la danse. Il était le seul à savoir les déchiffrer.

Morelli s'engagea dans sa rue et se gara devant chez lui.

— Je suppose que tu n'envisages pas de confier l'affaire à la police ?

Pour me priver de la prime, laisser le champ libre à Joyce et qu'elle arrête Maxine à ma place ? Ça ne risque pas.

— Non, ça ne fait pas partie de mes projets.

Les lumières s'éteignaient aux fenêtres des maisons voisines. Couche-tôt, lève-tôt. À quelques rues de là, des moteurs vrombissaient, mais il n'y avait pas de circulation dans la rue de Joe.

— Il m'est arrivé un autre truc bizarre ce soir, lui dis-je. J'ai eu une altercation avec une femme au bar.

Morelli ouvrit la porte de chez lui et appuya sur l'interrupteur de l'entrée.

— Et ? fit-il.

Je lui narrai les détails de notre conversation.

— Alors, qu'en penses-tu ? lui demandai-je.

— Pas grand-chose. Apparemment, ce n'était pas Terry.

— Non, ce n'était pas elle. Son visage me disait quelque chose, tout de même. J'avais l'impression que je l'avais déjà vue... comme quelqu'un que j'aurais croisé au supermarché...

— Tu penses que c'est elle qui a mis le feu chez toi ?

— Ce n'est pas impossible. Tu as reconnu quelqu'un parmi les femmes qui entraient et sortaient du bar ?

— Non, navré.

Nos regards se croisèrent, et nous sûmes qu'entre nous planait l'ombre d'un doute.

Il jeta ses clés sur le buffet, ôta son blouson d'un coup d'épaule et le lança sur l'unique chaise paillée. Il gagna la cuisine, vérifia s'il avait des messages sur son répondeur et posa son revolver et son alphapage sur le comptoir.

— Tu devrais parler de cette femme à la brigade spécialisée dans les incendies criminels, me dit-il.

— Ce soir ?

Morelli réduisit la distance qui nous séparait et me prit dans ses bras.

— Lundi, ce sera bien assez tôt.

— Hmm, fis-je d'un ton peu engageant.

— Quoi, « hmm » ?

— Je ne suis pas sûre que ce soit une bonne idée.

Il m'embrassa légèrement sur la bouche.

— Ça n'a jamais été une bonne idée, dit-il.

— Tout juste. Tu vois, on est d'accord.

— Oh, flûte. Tu ne vas pas rendre les choses encore plus compliquées qu'elles ne le sont, hein ?

— Et comment que je vais les compliquer, dis-je d'une voix qui était montée d'une octave. On joue à quoi, là, tu peux m'expliquer ?
— À... satisfaire nos besoins mutuels.
— Autrement dit, à tirer un coup ?
— Ben... ouais.
Je le repoussai de mon mieux.
— Tu n'as donc jamais envie de quelque chose de plus ?
— Pas maintenant. Et toi ? Tu vas me dire que tu n'en as pas envie ?
— Mes envies, je les domine !
— Ouais, c'est ça.
— Absolument !
— C'est pour ça que tes seins durcissent.
Je baissai les yeux sur ma robe. C'était net.
— Ils sont comme ça depuis ce matin. Je ne sais pas ce qui se passe.
Un sourire fit frémir la bouche de Morelli.
— Il se passe que tu me désires à mort.
Oui, je le désirais ! C'est ce qui me rendait encore plus furieuse. Qu'avais-je fait de mes principes ? Je n'étais pas trop sûre de le croire en ce qui concernait la femme qui m'avait agressée au bar. Je pressentais qu'une relation de longue durée existait entre Morelli et Terry Gilman. Et moi, je me retrouvais avec mes seins au garde-à-vous ! Aarrrgh !
— Oh, je peux très bien me débrouiller sans toi, lui dis-je. Je te rappellerai !
— Tu ne tiendras pas toute la nuit.
Un monstre d'égotisme.
— Cinquante dollars que je tiens le coup ? dis-je. On parie ?
Morelli fronça les sourcils.
— D'accord. Ce n'est pas moi qui craquerai le premier, *baby*.
— Ha !
— Ha !
Je tournai les talons et gravis l'escalier au pas de

course. Je me brossai les dents, enfilai ma chemise de nuit et me glissai entre les draps. Je restai allongée une petite demi-heure dans le noir, furibarde et seule, regrettant que Rex ne soit dans la cuisine et me demandant quelle mouche m'avait piquée de lancer ce pari imbécile. La peur, me dis-je. C'est elle qui m'a piquée de son aiguillon. La peur de me faire larguer une fois encore. La peur de me faire avoir. La peur du préservatif poreux. Je finis par me relever et redescendis l'escalier au pas de charge.

Morelli était au salon. Affalé dans son fauteuil de prédilection, il regardait la télé. Il me considéra d'un air interrogateur.

— Je viens chercher Rex, dis-je en passant devant lui dans un froufroutement de dentelle.

Morelli me suivait toujours des yeux quand je réapparus, portant la cage de Rex. Son expression était dubitative, un brin agaçante.

— Qu'est-ce qu'il y a ? demandai-je.

— Très jolie, ta nuisette.

Le dimanche matin, j'ouvris les yeux en pensant à Maxine Nowicki. J'étais sur cette affaire depuis une semaine – elle comptait pour trois. J'enfilai un short, un T-shirt et, sans même me donner un coup de peigne, je charriai Rex jusqu'à la cuisine.

À mon entrée, Morelli leva la tête de son journal, avisa mes cheveux et me sourit.

— Tu veux m'aider à gagner mon pari ? me dit-il.

Je me servis une tasse de café et lorgnai le sachet de la boulangerie posé sur la table.

— Gâteaux à la crème ?

— Ouais, fit Morelli. J'étais parti pour aller à l'église, mais j'ai opté pour la boulangerie.

Je m'assis face à lui et pris un gâteau.

— Ça fait huit jours que je suis sur l'affaire Nowicki, dis-je. Et je ne suis pas plus avancée.

— Imagine ce que ressent notre tueur-mutilateur. Il taille les gens en pièces et il n'est pas plus avancé.

— C'est une façon de voir les choses.

Je tendis le bras derrière moi pour prendre mon téléphone portable et appelai Kuntz.

— Ça ne répond pas.

Morelli offrit un petit morceau de beignet à Rex et but une gorgée de café.

— On devrait peut-être faire un saut chez lui ce matin, dit-il.

Une proposition qui éveilla mon attention.

— Tu as un de tes pressentiments de flic ?

— Tout ça me paraît bizarre.

J'opinai. Tout ça était superbizarre. Je mangeai deux beignets, lus des bandes dessinées et remontai prendre une douche. Je ne fermai pas la porte à clé, mais Morelli ne tomba pas dans le piège. Parfait, c'était beaucoup mieux comme ça. Ouais, c'est sûr...

Morelli m'attendait au bas de l'escalier.

— Je suis prête, lui dis-je.

Morelli regarda le gros fourre-tout noir que j'avais mis en bandoulière.

— Tu as un revolver, là-dedans, hein ?

— Oh, Joe, je suis chasseuse de primes, mince.

— Tu as un permis de port d'arme ?

— Tu sais très bien que non.

— Alors, laisse le revolver ici.

— Tu en as bien un, toi !

— Je suis flic.

Je fis la moue.

— La belle affaire, dis-je.

— Écoute, dit Morelli. C'est comme ça, point final. Je suis flic, et je ne peux pas sortir avec toi en sachant que tu as une arme en toute illégalité. En outre, l'idée que tu aies un revolver entre les mains n'est pas faite pour me rassurer.

J'espère bien.

— Bon, dis-je en sortant le revolver de mon sac. Mais ne viens pas m'appeler au secours. Je pose ça où ?

Morelli leva les yeux au ciel et mit le revolver dans un tiroir du buffet.

— Tu n'en as qu'un, hein ?
— Tu me prends pour qui, la fille de Zorro ?

La première chose qu'on remarqua : la voiture de Kuntz n'était pas en vue. La deuxième : personne ne vint nous ouvrir. On regarda par la fenêtre côté rue. Pas de lumière. Pas de corps par terre. Pas de trace de lutte. Pas de Kuntz.

Nous étions côte à côte, le nez pressé contre la vitre quand apparut la Lincoln Town.

— Qu'est-ce qui se passe ? s'enquit Léo.

— Je cherche Eddie, lui dis-je. Vous l'avez vu ?

Betty nous rejoignit sur la véranda.

— Il y a un problème ? demanda-t-elle.

— Ils recherchent Eddie, dit Léo. Quand l'avons-nous vu pour la dernière fois ? Hier ?

— Hier soir, oui, dit Betty. Il est sorti un peu après huit heures. Je m'en souviens, j'arrosais mes fleurs.

— Sa voiture était là ce matin ?

— Maintenant que vous le dites, je ne me rappelle pas l'avoir vue.

— Le samedi soir, répondit Léo. Vous savez comment sont les jeunes.

Morelli et moi échangeâmes un regard.

— Possible, dit Morelli.

Je leur donnai ma carte avec mon numéro de téléphone et celui de mon alphapage :

— Au cas où.

— Bien sûr, dit Léo. Mais ne vous inquiétez pas, il fait la nouba, c'est tout.

Ils disparurent dans l'obscurité et la fraîcheur de leur maison dont la porte se referma en cliquetant. Sans nous inviter à manger une part de gâteau.

Morelli et moi regagnâmes le pick-up.

— Alors ? dis-je.

— Il serait logique de penser que le mot était personnel, et non de Maxine. Cela expliquerait le fait qu'il n'était pas codé.

— Tu crois vraiment ?

Haussement d'épaules de Morelli.
— C'est possible, dit-il.
Je tournai la tête vers la maison.
— Ils nous observent. Je les vois. Ils sont juste derrière la fenêtre.
Morelli mit le contact.
— Tu as des projets ? me demanda-t-il.
— Je pensais rendre visite à Mme Nowicki.
— Quelle coïncidence ! Ce matin, en me réveillant, je me disais que c'était une belle journée pour aller à la plage.
Vingt-six degrés. Ciel mastic. Humidité si forte que je sentais l'air se plaquer contre mon visage. C'était une belle journée pour aller nulle part... sauf hors du New Jersey.
— Tu ne vas pas écouter du Buddy Holly jusqu'à Point Pleasant, hein ?
— C'est quoi le problème avec Buddy Holly ?
Je grimaçai. Il aimait sans doute aussi les Trois Stooge.

Il commença à pleuvoir à notre arrivée à Point Pleasant. Une jolie petite ondée qui chassa tous les amateurs de plage. Le genre de pluie qui fait le bonheur des fermiers. Sauf qu'il n'y a pas de fermier à Point Pleasant – que de moroses vacanciers.
Je guidai Morelli jusqu'à la maison de Mme Nowicki, et on resta un moment devant, en faction. Aucune voiture dans l'allée. Aucune lumière à l'intérieur. Aucun signe d'activité.
— On dirait la maison de Kuntz, fis-je.
— Ouais. Allons voir ça de plus près.
On courut s'abriter sur la véranda et on sonna à la porte. Ni Morelli ni moi ne nous attendions qu'on vienne nous ouvrir. Quand cela se confirma, on risqua un coup d'œil par la fenêtre.
— On a raté la fête, dit Morelli.
La pièce sur rue était un vrai capharnaüm. Lampes

renversées, tables de guingois, coussins éparpillés. Pas signé Joyce, ça. C'était un autre type de désordre.

J'essayai d'ouvrir la porte, mais elle était fermée à clé. On fit le tour de la maison au pas de course et on monta sur la véranda. Pas de chance non plus avec cette porte-là.

— Zut, dis-je. Je suis sûre qu'il y a des indices à l'intérieur. Des cadavres, peut-être.

— Il n'y a qu'un seul moyen de le savoir.

D'un coup de crosse de son revolver, Morelli brisa la vitre de la porte. Je fis un bond en arrière.

— Mince ! Je n'arrive pas à croire que tu aies fait ça. Tu n'as donc pas regardé le procès d'O.J. Simpson ? Les flics n'ont pas le droit d'entrer par effraction.

Morelli avait passé un bras par le trou fait dans la vitre.

— C'était un accident, dit-il. Et je ne suis pas flic, aujourd'hui. Je suis en repos.

— Tu devrais faire équipe avec Lula. Vous feriez la paire, tous les deux.

11

Morelli poussa la porte et on avança à pas prudents en prenant soin d'éviter les morceaux de verre. Il regarda sous l'évier, trouva une paire de gants Mapa, les enfila et essuya ses empreintes sur la poignée de la porte.

— Pas besoin de t'inquiéter des tiennes, dit-il. Tu étais ici en toute légalité il y a deux jours.

On fit un rapide tour du propriétaire pour s'assurer qu'il n'y avait pas de corps, morts ou vivants. Puis on passa toutes les pièces au peigne fin : placards, tiroirs, coins et recoins, sacs-poubelle.

Leurs vêtements avaient disparu, de même, pour autant que je peux en juger, que les lots qu'elles avaient gagnés. Elles étaient parties en quatrième vitesse. Les lits n'étaient pas faits. Le frigo était plein. Il y avait des traces de lutte dans le salon et personne ne s'était soucié de réparer les dégâts. Pas d'indice d'une nouvelle adresse. Pas de trace de drogue. Pas de balles fichées dans les boiseries. Pas de taches de sang.

Mes conclusions : elles n'étaient pas de grandes adeptes du ménage, elles allaient finir dévorées par les acariens, elles mangeaient beaucoup de sauce bolognaise et de pain blanc, elles fumaient comme des sapeurs, elles buvaient beaucoup de bière et elles ne triaient pas leurs ordures.

— Envolées, dit Morelli en retirant les gants qui émirent un bruit sec.

Il les remit sous l'évier.

— Des idées ? demandai-je.

— Oui. On se tire.

On courut jusqu'au pick-up et Morelli roula en direction de la promenade en planches.

— Il y a une cabine téléphonique, là-bas au bout, dit-il. Appelle la police. Dis que tu es une voisine et que tu as vu une vitre brisée dans la maison d'à côté. Je n'ai pas envie qu'elle soit à la merci de vandales ou de cambrioleurs.

Je me jaugeai et décidai que je ne pouvais être plus mouillée que je ne l'étais déjà, aussi pataugeai-je jusqu'au téléphone. Je passai le coup de fil et je pataugeai en sens inverse.

— Tout est O.K. ? demanda Morelli.

— Ils n'ont pas apprécié que je ne leur dise pas mon nom.

— Tu es censée en inventer un. Les flics s'y attendent.

— Les flics sont bizarres, dis-je.

— Ouais, ils me font flipper.

Je me déchaussai et bouclai ma ceinture.

— Tu veux hasarder une supposition sur ce qui s'est passé dans le salon là-bas ?

— Quelqu'un est venu pour coincer Maxine, l'a poursuivie dans le salon et a été assommé par-derrière avec un objet contondant. Quand il est revenu à lui, les trois femmes avaient disparu.

— Peut-être ce quelqu'un était-il Eddie Kuntz ?

— Peut-être. Mais ça n'explique pas pourquoi il est toujours porté disparu.

Il cessa de pleuvoir à mi-chemin, et Trenton ne semblait pas le moins du monde soulagé par la chaleur. Les vapeurs d'essence étaient assez aiguisées pour rayer le verre, et les routes nationales bourdonnaient de rage goudronneuse. Les climatisations déclaraient forfait, les chiens faisaient leur grosse commission, le linge moisissait dans des panières et on avait l'impression d'avoir les sinus bouchés au ciment. Si la pression barométrique baissait encore un tant soit peu, on aurait tous les intestins aspirés, à travers nos chaussures, par les entrailles de la terre.

Morelli et moi ne fîmes pas vraiment attention à tout ça, bien sûr, car nous avions grandi dans le New Jersey. Dans la vie, seuls les mieux adaptés survivent, et le New Jersey produit la meilleure espèce.

On resta un moment immobiles dans l'entrée de chez Morelli, dégoulinant d'eau, et je n'arrivais pas à me décider à quoi faire. J'avais une faim de loup. J'étais trempée jusqu'aux os. Et je voulais appeler Eddie Kuntz pour voir s'il avait réapparu. Morelli me devança en se déshabillant dans l'entrée.

— À quoi tu joues, là ? demandai-je.

Il avait ôté ses chaussures, ses chaussettes, sa chemise ; il avait déjà les pouces enfoncés dans la ceinture de son short et un sourire aux lèvres.

— Ça te pose un problème ?

— Pas le moindre, dis-je. Je vais prendre une douche. Ça te pose un problème ?

— Seulement si tu utilises toute l'eau chaude.

Quand je redescendis, je le trouvai au téléphone. J'étais propre, mais pas sèche. Il n'y avait pas de clim chez Morelli et, à cette heure de la journée, on suait à ne rien faire. Je fis une virée dans le frigo et optai pour un sandwich jambon-fromage. Je compressai les deux tranches de pain et le mangeai debout au comptoir. Morelli prenait des notes sur un calepin. Il leva les yeux vers moi, et je me dis qu'il devait bûcher sur une enquête quelconque.

Quand il raccrocha, il picora le jambon, acheté chez le traiteur, que j'avais laissé dehors.

— L'enquête sur laquelle je travaillais vient d'être rouverte, me dit-il. Il y a eu des éléments nouveaux. Je vais me doucher vite fait, je dois sortir. Je ne sais pas trop quand je rentrerai.

— Aujourd'hui ? Demain ?

— Aujourd'hui. Mais je ne sais pas à quelle heure.

Je terminai mon sandwich et nettoyai la cuisine. Rex, qui avait rampé hors de sa boîte de conserve, avait la mine chagrine. Je lui donnai un petit morceau de fromage et une miette de pain.

— On ne s'en sort pas très bien sur ce coup, lui dis-je. Je n'arrête pas de perdre des gens, et maintenant, le type pour qui je travaille a disparu.

Je rappelai Eddie Kuntz. Pas de réponse. Je cherchai le numéro de Betty Glick dans l'annuaire et l'appelai.

— Vous n'avez toujours pas revu Eddie ? lui demandai-je.

— Non.

Je raccrochai et fis les cent pas. On frappa à la porte. Une Italienne.

— Bonsoir, dit-elle. Je suis Tina Ragusto, la marraine de Joe. Vous devez être Stéphanie. Comment allez-vous, ma petite ? Je viens d'apprendre la nouvelle. C'est merveilleux.

Je ne voyais absolument pas de quoi elle voulait parler, et je me dis que ça valait mieux. Je fis un vague geste en direction de l'escalier.

— Joe est sous la douche, dis-je.

— Je ne peux pas rester, je vais à un vernissage dans une bijouterie.

Elle me tendit une boîte à chemise.

— Je voulais juste déposer ça. (Elle souleva le couvercle et écarta le papier de soie pour que je voie le contenu. Son visage lunaire s'adoucit d'un sourire.) Vous voyez ? C'est la robe de baptême de Joe.

Hiiii !

— Vous êtes une bonne Italienne, me dit-elle en me pinçant la joue.

— À moitié italienne.

— Et une bonne catholique.

— Mmmmm...

Je la regardai s'éloigner. Elle remonta en voiture et démarra. Elle croyait que j'étais enceinte, que j'allais épouser son filleul, Joe Morelli, celui que toutes les mères du New Jersey avaient élu « l'homme le moins digne de confiance pour passer une soirée avec ma fille ». Et elle s'imaginait que j'étais une bonne catholique. N'importe quoi !

J'étais encore dans l'entrée, la boîte dans les mains, quand Morelli redescendit.

— Quelqu'un est venu ?

— Oui, ta marraine. Elle m'a offert ta robe de baptême.

Morelli la sortit de son emballage et la tint à bout de bras :

— Nom de nom, c'est vrai que c'est une robe.

— J'en fais quoi ?

— Mets-la dans un placard, et je te serais reconnaissant de ne pas ébruiter le fait que j'aie porté une robe.

Dès que Morelli fut sorti, je regardai mon ventre.

— Mais non.

J'examinai la robe de baptême. Plutôt jolie. Rétro. Très très italienne. Zut, voilà que je m'attendrissais devant les froufrous de Morelli. Je courus à l'étage, étalai la robe de baptême sur son lit, courus hors de la chambre et en claquai la porte.

Je retournai à la cuisine et téléphonai à ma meilleure amie, Mary Lou, qui avait deux enfants et s'y connaissait en matière de grossesse.

— Où es-tu ? me demanda-t-elle.

— Chez Morelli.

— OhbonDieucévré ! Tu vis avec Morelli ! Et tu ne me l'avais pas dit ! Je suis ta meilleure amie, comment as-tu pu me faire ça ?

— Je ne suis ici que depuis deux jours. Et il n'y a pas de quoi en faire une histoire. Mon appart a brûlé et Morelli me prête sa chambre d'amis, voilà tout.

— Tu l'as fait avec lui ! Ne dis pas non, je l'entends à ta voix. Comment c'était ? Je veux tous les détails.

— J'ai besoin d'un service.

— Tout ce que tu voudras.

— J'ai... besoin d'un test de grossesse.

— Quôa ? Tu es enceinte ! Ohcépavré ! Cépavré !

— Calme-toi. Je ne suis pas enceinte. Je veux juste en être sûre, c'est tout. Et je ne veux pas m'en acheter un moi-même, parce que si quelqu'un me voit, tout le monde sera au courant.

— J'arrive. Ne bouge pas.

Mary Lou habite à un peu moins d'un kilomètre de chez Morelli. Lennie, son mari, est un type sympa mais, quand il marche, il devrait faire attention que ses mains ne frottent pas le sol. Mary Lou ne s'intéresse pas à l'intelligence chez un homme. Son truc, c'est plutôt le conditionnement et l'endurance.

Mary Lou et moi, on est amies depuis qu'on est toutes petites. J'étais le boute-en-train de service, et elle, le cancre de la classe. « Cancre » n'est peut-être pas le mot juste. Disons que ses objectifs n'étaient pas très hauts. Elle voulait se marier et fonder une famille. Et si elle pouvait épouser le capitaine d'une équipe de foot, c'était encore mieux. Et c'est exactement ce qu'elle avait fait. Elle avait épousé Lennie Stankovic, qui était capitaine d'une équipe de football, avait son bac et travaillait pour son père. Plombiers-chauffagistes Stankovic & fils.

Moi, à la même époque, je rêvais d'épouser Aladin pour qu'il m'emmène sur son tapis volant. Donc, vous voyez : on n'avait pas les mêmes valeurs.

Dix minutes plus tard, Mary Lou sonnait à la porte. Elle fait dix centimètres de moins que moi et trois kilos de plus. Mais elle n'a pas un gramme de graisse : Mary Lou, c'est du solide. Elle est bien bâtie. Si jamais je devais faire du catch, c'est elle que je choisirais comme partenaire.

— Je l'ai ! claironna-t-elle. (Elle entra en brandissant le test de grossesse. Puis elle s'arrêta net et regarda autour d'elle.) Ainsi, c'est la maison de Morelli !

Elle avait parlé à mi-voix, du ton des catholiques qui racontent un miracle, comme une statue de la Vierge qui se met à pleurer.

— Oh, j'avais toujours rêvé de voir son intérieur,

dit-elle. Il n'est pas là, hein ? (Elle s'élança dans l'escalier.) Je veux voir sa chambre !

— C'est celle sur la gauche.

— J'y suiiiis ! pépia-t-elle en ouvrant la porte. OhmonDieu ! Vous l'avez fait dans son lit ?

— Oui.

Et dans le mien. Et sur le canapé. Et par terre dans l'entrée. Et sur la table de la cuisine. Et sous la douche...

— Bon Dieu de bon Dieu de bon Dieu ! s'écria Mary Lou. Il a tout un stock de capotes ! C'est un vrai lapin, ce type !

Je pris le petit sachet qu'elle avait dans les mains et regardai dedans.

— C'est donc ça ?

— C'est simple. Il te suffit de faire pipi sur la bande en plastique et d'attendre qu'elle change de couleur. Une bonne chose qu'on soit en été et que tu sois en T-shirt, parce que le plus dur, c'est de ne pas mouiller ses manches.

— Zut, je n'ai pas envie maintenant.

— Bois une bière. La bière, ça marche toujours.

On alla à la cuisine et on but chacune deux bières.

— Tu sais ce qui manque ici ? dit Mary Lou. Une boîte à biscuits.

— Bah, tu connais les hommes.

— Ils ne connaissent rien à rien.

J'ouvris la boîte et retirai le paquet entouré d'alu.

— Je n'arrive pas à retirer ça, dis-je. Je suis trop nerveuse.

Mary Lou me le prit des mains. Mary Lou a les ongles aussi tranchants qu'une lame de rasoir.

— Il y a un délai à respecter, me dit-elle. Et n'incline pas la bande en plastique. Tu dois recueillir ton urine sur cette languette.

— Beurk.

On monta à l'étage et Mary Lou m'attendit devant la porte des toilettes pendant que je faisais le test. La solidarité féminine n'inclut pas de s'entre-regarder faire pipi.

— Alors ? me cria Mary Lou à travers la porte. Positif ou négatif ?

Ma main tremblait si fort que j'avais de la chance de ne pas tout laisser tomber dans la cuvette des toilettes.

— Je ne vois rien encore.

— Je chronomètre. Il faut compter trois minutes maxi... Ça y est ! Trois minutes ! (Elle ouvrit la porte.) Alors ? demanda-t-elle.

De petits points noirs dansaient devant mes yeux et mes lèvres me paraissaient engourdies.

— Je vais me trouver mal, dis-je d'une voix blanche.

Je m'assis lourdement par terre et laissai pendre ma tête entre mes genoux. Mary Lou me prit le test des mains.

— Né-ga-tif ! annonça-t-elle. Oui !

— Oh, j'ai bien cru m'évanouir. J'étais vraiment inquiète. On a toujours pris nos précautions, mais Bella a dit...

— La grand-mère de Joe ? s'égosilla Mary Lou. Oh, mince ! Elle ne t'a pas jeté un sort, au moins ? Tu te souviens qu'elle en avait jeté un à Raymond Cone et qu'il a perdu tous ses cheveux.

— Moi, c'est pire : elle m'a dit que j'étais enceinte.

— Alors, tu l'es. Le test se trompe.

— Comment ça, le test se trompe ? Un test, ça ne se trompe pas.

— Bella sait de quoi elle parle.

Je me relevai et m'aspergeai le visage d'eau froide.

— Bella est fêlée du bocal, dis-je tout en me signant mentalement.

— Tu es en retard de combien de jours ?

— Pour l'instant, aucun.

— Une précision : ça ne sert à rien de faire ce test si on n'a pas de retard. Je croyais que tu le savais.

— Quoi ?

— Il faut du temps pour sécréter les hormones. Tu attends tes règles pour quand ?

— Je ne sais pas. Dans une huitaine de jours. Tu es en train de me dire que ce test n'est pas valable ?

— Exactement.

— Oh, c'est pas vrai !

— Il faut que je parte, dit Mary Lou. J'ai promis à Lennie de rapporter une pizza. Tu dînes avec nous ?

— Non. Merci quand même.

Après le départ de Mary Lou, je m'affalai dans le fauteuil du salon et fixai l'écran de la télévision éteinte. Ce test de grossesse m'avait vannée.

J'entendis une voiture s'arrêter et des pas s'approcher de la maison. Une autre mamma italienne.

— Je suis Loretta, la tante de Joseph, dit-elle en me tendant une cocotte recouverte de papier alu. Je viens d'apprendre la nouvelle. Et ne vous en faites pas, ma petite, ce sont des choses qui arrivent. On n'en parle pas dans la famille, mais la mère de Joseph a dû, elle aussi, se marier dans la précipitation, si vous voyez ce que je veux dire...

— Je ne l'aurais pas cru.

— Le plus important, c'est de bien se nourrir. Vous ne vomissez pas, au moins ?

— Pas encore.

— Et ne vous inquiétez pas pour la cocotte. Vous n'aurez qu'à me la rendre quand on fêtera tout ça.

— Quand on quoi ?

Ma voix avait grimpé dans les aigus.

— Je dois y aller, me dit-elle. Je dois rendre visite à ma voisine qui est à l'hôpital.

Je lui fis au revoir de la main et allai à la cuisine. Je posai la cocotte sur le comptoir et me tapai la tête contre le mur.

— Ah, ça va mieux !

Je soulevai un coin du papier alu. Des lasagnes. Appétissant. Je m'en coupai un morceau et le fis glisser dans une assiette. J'envisageai une deuxième tournée quand Morelli entra. Il lorgna les lasagnes et soupira.

— Tante Loretta ?

— Moui.

— Ça dépasse les bornes, dit-il. Il faut que ça cesse.

— Je crois avoir compris qu'ils pensaient fêter l'heureux événement.

— Merde.

Je lavai mon assiette pour ne pas être tentée de me resservir.

— Comment ça s'est passé aujourd'hui ? demandai-je.

— Pas très bien.

— Tu veux qu'on en parle ?

— Je ne peux pas. Je travaille avec les fédés. Ça doit rester confidentiel.

— Tu ne me fais pas confiance.

Il se coupa un bon morceau de lasagnes et s'attabla à mes côtés.

— Mais si, je te fais confiance. C'est à Mary Lou que je ne fais pas confiance.

— Je ne lui raconte pas tout !

— Écoute, ce n'est pas ta faute. Tu es une femme, donc tu jacasses.

— Tu es écœurant ! Et d'un sexisme !

Il mangea une bouchée de lasagnes.

— J'ai des sœurs, dit-il. Les femmes, je connais.

— Pas *toutes* !

Morelli me dévisagea.

— Non, mais toi, oui.

Le feu me monta au visage.

— Ouais, c'est ça, parlons-en justement.

Il se carra dans sa chaise.

— Tire la première.

— Je ne crois pas être faite pour une sexualité d'irresponsable.

Il accusa le coup et acquiesça imperceptiblement.

— Alors, là, on a un problème, dit-il, parce que moi, je ne suis pas fait pour le mariage.

Ouah ! Quelle surprise !

— Je ne te proposais pas le mariage.

— Tu proposais quoi, alors ?

— Rien. Disons que j'établissais des limites.

— Tu sais, tu fais partie de ces nanas qui rendent les

hommes dingues. Les hommes s'emplafonnent en voiture et boivent comme des trous à cause de nanas comme toi. Et c'était ta faute, ce qui s'est passé dans la boulangerie.

Je me rembrunis.

— Tu veux bien m'expliquer ?

Sourire de Morelli.

— Tu sentais le beignet à la confiture.

— Salaud, va ! C'est ce que tu as écrit sur le mur des toilettes de la sandwicherie de Mario ! Que j'étais tiède, sucrée et appétissante ! Et tu as décrit comment tu t'y es pris ! Mes parents l'ont su et j'ai été privée de sortie pendant trois mois ! Tu n'as aucun scrupule !

Son regard s'assombrit.

— Ne me confonds pas avec ce gamin de dix-huit ans.

On se fusilla du regard pendant quelques secondes, puis notre silence fut brisé en mille éclats par quelque chose qui fracassa la fenêtre du salon.

Morelli bondit de sa chaise et courut dans l'autre pièce. Je le talonnai et faillis lui rentrer dedans quand il pila devant moi.

Une bouteille gisait par terre au milieu du salon, un chiffon carbonisé enfoncé dans le goulot. Le cocktail Molotov s'était transformé en pétard mouillé parce que la bouteille ne s'était pas brisée au moment de l'impact.

Morelli la contourna, fonça dans l'entrée, puis dehors. J'arrivai à la porte juste à temps pour le voir viser et tirer sur une voiture qui s'éloignait. Sauf que le coup ne partit pas. Le revolver fit *clic*, *clic*, *clic*. Morelli regarda son arme, incrédule.

— Quel est le problème ? demandai-je.

— C'est ton revolver. Je l'ai pris dans le buffet de l'entrée en passant. Il n'est pas chargé !

— Les balles me fichent une trouille bleue.

Morelli me considéra, hébété.

— Tu peux me dire à quoi ça sert, un revolver sans balles ?

— À faire peur aux gens. Ou à les assommer. Ou à briser des vitres ou... à casser des noix.

— Tu as reconnu cette bagnole ?

— Non. Tu as pu voir le conducteur ?

— Non, fit Morelli en secouant la tête.

Il rentra dans la maison avec raideur, prit son revolver et son alphapage sur le comptoir de la cuisine et les fixa à son ceinturon. Il appela le poste de police et décrivit la voiture. Puis il passa un autre appel et donna le numéro d'immatriculation. Il prit un autre chargeur dans un tiroir et le mit dans sa poche tout en attendant qu'on le renseigne au sujet de l'immatriculation.

J'avais toutes les peines du monde à rester calme. Je tremblais intérieurement et j'avais des flash-back de mon appartement dévasté. Si j'avais été chez moi, endormie, au moment où le cocktail Molotov avait explosé, je serais morte, carbonisée, méconnaissable. En fait, j'avais perdu tout ce que je possédais. Ce n'était peut-être pas grand-chose... mais c'était tout ce que j'avais. Et voilà que ça avait failli recommencer.

— Ça m'était destiné, dis-je, soulagée d'entendre que ma voix ne trahissait pas mon état intérieur.

— Sans doute, dit Morelli. (Il murmura quelques mots dans le combiné et raccrocha.) Voiture volée, annonça-t-il. Il y a deux heures. (Il prit un torchon, ramassa la bouteille du bout des doigts et la jeta à la poubelle.) On a eu de la veine. Il n'a pas choisi la bouteille qu'il fallait et elle a atterri sur la moquette. (Le téléphone sonna. Morelli décrocha d'un geste sec.) C'est pour toi, dit-il. C'est Sally.

— Au secours ! cria Sally. J'ai un concert ce soir et je ne m'en sors pas côté maquillage.

— Où est Sugar ?

— On s'est encore disputés, il s'est tiré.

— D'accord, dis-je sans trop réfléchir, toujours sous le coup de ce second attentat contre ma personne. J'arrive.

— Qu'est-ce qui se passe maintenant ? demanda Morelli.

— Sally a besoin d'aide pour se maquiller.
— Je t'accompagne.
— Ce n'est pas nécessaire.
— Je crois que si.
— Je n'ai pas besoin d'un garde du corps.
Mais je pensais : je ne veux pas que tu te fasses tuer toi aussi.
— Alors, considère que c'est une sortie en amoureux.

On frappa deux fois et Sally ouvrit la porte à la volée. Je crus bien qu'il allait la mettre hors de ses gonds.
— Oh, fit-il. C'est toi.
— Tu croyais que c'était qui ?
— Bah, j'imagine que j'espérais que ce serait Sugar. Regarde-moi. Je suis une ruine. Je me plante toujours avec ces conneries. C'est Sugar qui m'habille normalement. Putain, je n'ai pas les hormones qu'il faut pour ces conneries de merde, tu me comprends, hein ?
— Où est allé Sugar ?
— Je n'en sais rien. On s'est disputés, je t'ai dit. Je ne sais même plus comment ça a commencé. Je crois qu'il m'a reproché de ne pas avoir apprécié son gâteau au chocolat.
Je regardai autour de moi. L'appartement était d'une propreté clinique. Pas un grain de poussière. Tout était à sa place. Par la porte ouverte de la cuisine, j'apercevais le comptoir sur lequel étaient bien alignés des gâteaux, des tartes, des miches de pain, des bocaux de biscuits et des caramels faits maison.
— Je ne me suis même pas rendu compte qu'il était vexé à ce point-là, dit Sally. Il s'est habillé et il est parti pendant que j'étais dans mon bain moussant.
— Un « bain moussant » ? reprit Morelli en haussant le sourcil.
— Hé, me cherche pas, O.K. ? Il est conseillé de prendre un bain moussant par jour, alors c'est ce que je fais. Ça te maintient en contact avec ta putain de partie féminine.

Sourire narquois de Morelli.

Sally portait une petite culotte noire et des collants assortis, et tenait à la main un engin qui faisait penser à un corset doté de seins.

— Vous devez m'aider, me dit-il. Je ne peux pas rentrer là-dedans tout seul.

Morelli leva une main en signe de refus :

— Je ne peux rien pour vous sur ce coup.

Sally le jaugea.

— Quoi ? Vous êtes homophobe ?

— Non. Je suis italien. Nuance.

— Bon, dis-je. Que veux-tu que je fasse ?

Sally enfila le corset en se contorsionnant et l'ajusta.

— Lace-moi cet enfoiré. Fais-moi une taille de guêpe.

Je tirai sur les lacets mais sans réussir à les faire se joindre.

— Je ne peux pas, dis-je. Je n'ai pas assez de force dans les bras.

On se tourna vers Morelli.

Il poussa un soupir dégoûté.

— Et merde, dit-il en s'extirpant du canapé.

Il me prit les lacets des mains, posa le pied sur les fesses de Sally et tira de toutes ses forces.

— Houlà ! s'écria Sally en lançant un coup d'œil à Morelli par-dessus son épaule. Ce n'est pas la première fois que vous faites ça, vous.

— Dolan mettait un de ces machins quand il partait en mission secrète.

— Je suppose que ce n'est pas vous qui le maquilliez ?

— Navré, dit Morelli. Le maquillage, ce n'est pas mon rayon.

Sally me regarda d'un air interrogateur.

— Pas de panique, dis-je. Je maquillais mes Barbie avant de savoir marcher.

Une demi-heure plus tard, je lui avais plus ou moins emputassé le visage. Je lui vissai sa perruque sur la tête et fis des retouches de dernière minute côté coiffure.

Sally enfila une minijupe et un haut en cuir noir qui lui donnaient l'air d'une Madonna mâtinée Hell's Angels. Il mit ses chaussures à semelles compensées 42 fillette, et fut prêt à partir.

— Ça va, côté timing ? lui demandai-je.

— Ouais, cool, répondit-il en prenant sa guitare. Alors, de quoi ai-je l'air ? Je suis jolie ?

— Ben, heu... ouais.

Pour qui aime les grandes bringues de deux mètres dix aux jambes légèrement arquées, au nez en bec d'aigle, à la poitrine et aux bras velus, déguisées en Walkyrie d'opérette.

— Venez donc avec moi, dit Sally. Je vous présenterai le groupe et vous pourrez assister au concert.

— Et après ça, on dira que je ne sais pas organiser une sortie en amoureux, fit Morelli.

On prit l'ascenseur avec Sally et on le suivit en voiture. Il longea la rivière pour rejoindre la Route 1 vers le nord.

— C'était sympa de ta part de l'aider à mettre son corset, dis-je à Morelli.

— Ouais. J'ai un cœur d'artichaut.

Au bout d'une vingtaine de kilomètres, Sally mit son clignotant. Le club, à droite de l'autoroute, était éclairé plein pot par des néons rouge et rose. L'enseigne, sur le toit, vantait un spectacle « GIRLS ! GIRLS ! GIRLS ! » Je supposai que Sally faisait partie du lot. Sally s'extirpa de sa Porsche et rajusta sa jupe.

— Ça va faire un mois qu'on se produit ici, dit-il. On peut dire qu'on est des habitués, putain.

À chacun ses habitudes, songeai-je.

— Où est la voiture de Sugar ? s'enquit Morelli en regardant autour de lui.

— C'est la Mercedes noire.

— Sugar s'en sort bien.

Sourire béat de Sally.

— Vous l'avez déjà vu en drag-queen ? nous demanda-t-il.

On fit non-non de la tête.

— Ben, quand vous le verrez, vous comprendrez.

On suivit Sally par l'entrée de service.

— Si je passe par-devant, ils me sautent tous dessus, dit-il. Ces gens-là sont des bêtes.

On enfila un petit couloir sinistre qui nous mena à une arrière-salle pleine de fumée, de bruit et de Lovelies. Ils étaient cinq. Tous vêtus de cuir sous diverses formes... à l'exception de Sugar.

Sugar portait une robe en satin rouge sang qui semblait cousue à même sa peau. Elle était très courte, très moulante et si lisse sur un ventre si plat que je me dis que la main d'un chirurgien esthétique avait dû passer par là. Son maquillage était sans défaut. Bouche gourmande ; moue boudeuse ; brillant à lèvres assorti à la robe. Il portait la perruque Marilyn. Même les jours où je suis au mieux de ma forme, je ne lui arrive pas à la cheville. Je coulai un regard en direction de Morelli. Manifestement, cette vision le fascinait tout autant que moi. Je me tournai de nouveau vers Sugar et, tout à coup, je fis le rapprochement.

— La femme qui m'a agressée verbalement au bar, murmurai-je à Morelli. C'est Sugar... Il ne portait pas la même perruque, mais je suis sûre que c'est lui.

— Tu te fiches de moi ? Il était planté devant toi et tu ne l'aurais pas reconnu ?

— Tout s'est passé si vite, il faisait sombre, la salle était bondée. Et en plus, regarde-le : il est... belle !

En nous voyant entrer dans la pièce, Sugar se leva d'un bond et traita Sally de salope et d'ingrate.

— Mais qu'est-ce qu'il raconte ? se récria Sally. Y a que les nanas qui sont salopes !

— Mais tu ES une nana, tête de nœud ! lui lança un autre drag-queen.

Sally l'empoigna par ses parties intimes.

— J'aimerais vous parler en privé, dit Morelli à Sugar.

— Vous n'avez rien à faire ici, et je ne vous cause pas, d'abord ! Ici, c'est la loge du groupe, alors déguerpissez !

Morelli traversa la pièce en trois enjambées et plaqua Sugar dans l'encoignure. Ils se parlèrent ainsi pendant quelques minutes, puis Morelli le relâcha.

— Ravi de vous avoir rencontrés, lança-t-il aux autres membres du groupe qui dansaient d'un pied sur l'autre dans un silence gêné. On se reparle, Sally.

Quand on partit, Sugar, toujours contre le mur, les yeux plissés, nous suivait d'un regard mauvais. Il n'avait plus du tout sa tête de poupée gonflable.

— Ben dis donc, fis-je à Morelli. Qu'est-ce que tu lui as dit ?

— Je lui ai demandé si c'était lui qui lançait des cocktails Molotov.

— Et alors ?

— Alors, rien.

— En tout cas, c'est une belle fille.

Morelli hocha la tête, l'air ébahi.

— Bon sang, pendant une seconde, tout à l'heure, je ne savais plus si j'avais envie de lui flanquer un coup de poing sur la gueule ou de lui demander de sortir un soir avec moi.

— On reste pour le concert ?

— Non. On va au parking voir la Mercedes de plus près, puis on va vérifier le casier judiciaire de Sugar.

Aucun reproche à faire ni à la Mercedes ni à Sugar. Gregory Stem n'avait pas d'antécédents judiciaires. Quand on arriva chez Morelli, on vit deux voitures de police en stationnement et un attroupement sur le trottoir. Morelli gara le pick-up, sauta à terre et s'approcha du policier le plus proche qui n'était autre que Carl Costanza.

— On t'attendait, lui dit Carl. On ne savait pas si tu voulais qu'on condamne ta fenêtre.

— Non. Ça va aller pour cette nuit. Demain, je ferai venir le vitrier.

— Tu viens porter plainte tout de suite ou tu préfères attendre demain matin ?

— Je ferai ça demain.

— Au fait, félicitations, me dit Carl. J'ai appris que tu étais ence...

— Je ne suis PAS-EN-CEIN-TE !

Carl me prit par les épaules et me serra contre lui.

— Et ça te dirait bien ?

Je levai les yeux au ciel.

— Bon, en tout cas, appelle-moi si jamais tu changeais d'avis, me dit-il.

Un vieil homme en peignoir s'approcha de Morelli et lui flanqua un coup de coude.

— Comme au bon vieux temps, hein ? Ça me rappelle le jour où la maison de Ziggy Kozak s'est fait mitrailler. On aurait dit un gros morceau de gruyère. Ah la la, c'était le bon temps...

Morelli alla chercher le cocktail Molotov et le donna à Costanza.

— Fais une recherche d'empreintes digitales, lui demanda-t-il, et mets ça dans le coffre. Vous avez trouvé des témoins dans le voisinage ?

— Personne n'a rien vu. On a frappé à toutes les portes.

— Et la voiture ?

— On ne l'a toujours pas retrouvée.

Les policiers partirent et les badauds se dispersèrent. Je suivis Morelli au salon, envahi de débris de verre éparpillés par terre.

— Je suis vraiment navrée, dis-je. Tout ça est ma faute. Je n'aurais pas dû venir chez toi.

— Ne t'en fais pas. Je commençais à m'ennuyer ferme.

— Je... je vais déménager.

Morelli m'attrapa par le col de ma chemise et me tira contre lui.

— Tu as tout simplement peur de craquer et de me devoir cinquante dollars.

Je réprimai un sourire.

— Merci, lui dis-je.

Morelli se pencha vers moi et m'embrassa. Je sentais son genou entre mes cuisses, sa langue dans ma bouche.

J'eus des bouffées de chaleur et l'impression que mon estomac descendait en chute libre.

Il recula et me fit un sourire lumineux.

— Bonne nuit, me dit-il.

Je cillai.

— 'ne nuit, dis-je.

Son sourire s'élargit.

— Je t'ai eue, hein ?

Je serrai les dents.

— Je vais me coucher, annonçai-je.

— Je serai ici, si jamais tu te sentais seule. Je vais dormir sur le canapé ce soir, au cas où quelqu'un aurait l'idée d'entrer par la fenêtre et de faucher ma télé.

12

Je me levai tôt, mais Joe avait été encore plus matinal que moi. Quand je fis irruption dans la cuisine, il avait nettoyé les débris de verre et mangeait des lasagnes en guise de petit déjeuner.

Je me servis du café en lorgnant les lasagnes d'un œil mélancolique.

— Sers-toi, me dit Morelli.

Si je mangeais des lasagnes, j'allais devoir me dépenser physiquement... faire un footing de plusieurs kilomètres par exemple. Or, ce n'était pas mon activité préférée ; mon sport de prédilection, c'était de déambuler dans les allées d'un centre commercial. Oh, et puis zut, de toute façon, il allait bien falloir que je coure un jour ou l'autre ! Pour garder la forme, et toutes ces bêtises !

Je m'assis en face de Morelli et piochai dans le plat.

— Tu rempiles sur ta mystérieuse affaire, aujourd'hui ?

— Planque.

J'ai horreur d'être en planque. Être en planque, ça signifie rester assise dans sa voiture toute seule jusqu'à en avoir des fourmis dans les fesses. Et si on s'absente pour aller au petit coin, c'est à ce moment-là qu'il y a de l'action et on passe à côté.

— Et toi ? demanda Morelli en repoussant son assiette vide. Quels sont tes projets ?

— Retrouver Maxine.

— Et ?

— C'est tout. Je n'ai pas d'idée. Je manque de pistes. Tout le monde a disparu. Il y a toutes les chances qu'Eddie Kuntz soit mort. Si ça se trouve, Mme Nowicki, Margie et Maxine sont mortes, elles aussi. Et enterrées.

— Eh ben, ça fait plaisir de te voir aussi optimiste de bon matin.

— Autant commencer tout de suite.

Morelli se leva et rinça son assiette.

— Faut que j'aille bosser, dit-il. Si tu étais comme tout le monde, je te dirais d'être prudente ; mais te connaissant, je vais me contenter de te souhaiter bonne chance. Au fait, le vitrier doit venir vers neuf heures. Tu pourras rester jusqu'à ce qu'il ait terminé ?

— Pas de problème.

Il m'embrassa sur le front et partit.

Je me tournai vers Rex.

— Tout ça me paraît un peu bizarre, lui dis-je. Je n'ai pas l'habitude d'être une femme au foyer.

Rex s'assit sur son arrière-train et me dévisagea. De prime abord, on pourrait penser qu'il réfléchissait à ce que je venais de lui dire... mais il y avait plus de chances qu'il attende que je lui donne un grain de raisin.

Faute de mieux, j'appelai chez Eddie Kuntz. Pas de réponse.

— Mort, dis-je à Rex.

J'envisageai d'aller chez lui en voiture et d'avoir une autre petite conversation avec Betty, mais je devais attendre le vitrier. Je bus une deuxième tasse de café. Du coup, je mangeai une autre part de lasagnes. À neuf heures, arrivée du bonhomme suivi d'une autre dame italienne qui portait de la nourriture. Un gâteau au chocolat, cette fois. J'en mangeai la moitié en attendant que la nouvelle vitre soit posée.

Je n'avais pas besoin de frapper à la porte pour savoir qu'Eddie Kuntz n'était pas chez lui. Pas de voiture garée devant la maison. Pas de lumière à l'intérieur. Fenêtres et portes fermées à double tour. La seule chose qui manque, me dis-je, c'est du crêpe.

Je me rabattis sur Betty et allai frapper à sa porte.

— Que voulez-vous que je vous dise ? fit-elle. Il n'est pas là, il n'est pas là ! Je vous répète que la dernière fois que je l'ai vu, c'était samedi.

Elle n'avait l'air ni inquiète ni mal à l'aise. Elle donnait plutôt l'impression... comment dire ?... que je la faisais chier.

— Ça lui arrive souvent de disparaître comme ça ? Vous ne croyez pas qu'on devrait prévenir la police ?

— Il fait la tournée des bars, cria Léo de son fauteuil devant la télé. Il est allé chercher une de ses petites amies nullardes et ils sont scotchés dans une chambre quelconque, c'est tout. Il rentrera quand il rentrera.

— Vous devez avoir raison, lui dis-je. Mais tout de même, ça ne mange pas de pain de faire une petite enquête. Ce serait peut-être une bonne idée d'aller voir chez lui. Vous avez une clé ?

— Je vous dis qu'il fait la tournée des bars, insista Léo, nettement moins aimable cette fois. Et on ne va pas fureter chez quelqu'un sous prétexte qu'il est allé faire la fête. Et puis, de toute façon, pourquoi vous intéressez-vous tant à lui ? Je croyais que c'était Maxine Nowicki que vous cherchiez.

— La disparition d'Eddie a peut-être un rapport avec elle.

— Une fois pour toutes, je vous dis qu'il n'a PAS disparu !

Un peu trop véhément pour être vrai, songeai-je, mais comment savoir ? Je regagnai ma Buick et me rendis chez Mme Nowicki. Sa maison me parut encore plus délabrée que la première fois que je l'avais vue. Personne n'avait tondu la pelouse et un toutou avait fait sa grosse commission au beau milieu de l'allée. Juste pour le *fun*, je fis le tour de la maison et regardai par les fenêtres. Aucun signe de vie.

Je retournai à la voiture et mis le cap sur la maison de Margie. Je pris New York Street, tournai dans Olden Street et repérai la vieille Fairlane cabossée que Morelli utilisait pour ses planques. Il était garé en face du 7-Eleven où Helen Badijian travaillait avant sa mort. Morelli bossait pour les fédés, aussi supposai-je qu'il était sur une affaire de drogue, mais en fait ça pouvait aller du recel d'armes au trafic de bébés. Ou peut-être s'était-il simplement arrêté là pour déjeuner et faire un somme ?

La maison de Margie était mieux entretenue que celle de Mme Nowicki, mais tout aussi déserte. Je zieutai par les fenêtres en me demandant ce que Margie avait fait de son chat.

La voisine apparut à sa fenêtre et me surprit en train de jouer les voyeuses.

— Je cherche Margie, lui dis-je. Je travaille avec elle au snack, et ça fait deux jours que je ne l'ai pas vue, je suis un peu inquiète. Apparemment, elle n'est pas chez elle.

— Elle est partie en vacances. Elle trouvait que c'était trop dur de bosser avec un doigt coupé comme ça, alors elle a fait une pause. Je crois qu'elle est allée à la plage. Je suis étonnée que vous ne soyez pas au courant.

— Je savais qu'elle était en congé, mais pas qu'elle était partie à la plage.

Je regardai autour de moi.

— Où est son chat ? demandai-je. Elle l'a pris avec elle ?

— Non. On n'accepte pas les animaux dans la maison qu'elle loue. C'est moi qui le nourris, son chat. Ça ne m'ennuie pas.

Je n'avais pas fait cinq cents mètres que ça me frappa. Son doigt ! Elle allait devoir se faire soigner, se faire retirer les agrafes. Et la mère de Maxine avait sans doute besoin d'un suivi médical. Elle avait toujours la tête bandée quand je l'avais vue à Point Pleasant.

Je fonçai à l'agence pour consulter l'annuaire par rues. Connie se limait les ongles et Lula avait les écouteurs d'un walkman fichés dans les oreilles. Elle me tournait le dos, ses perles cliquetaient tout autour de sa tête et son popotin oscillait au rythme d'un swing d'enfer. Elle m'aperçut du coin de l'œil et baissa le son de son walkman.

— Ho-ho, fit-elle. Sevrée en ce moment ?

— Comment le sais-tu ? aboyai-je en levant les bras au ciel. Non, mais c'est pas vrai !

Vinnie passa la tête au coin du mur.

— C'est quoi, ce raffut ?

— Stéphanie est là, lui répondit Connie.

Vinnie avait, coincé dans la bouche, un cigare qui, j'en aurais mis ma main à couper, était deux fois plus gros que son sexe.

— Où est Maxine ? Je perds mon fric dans cinq jours, bon sang de bonsoir ! Je n'aurais jamais dû retirer cette affaire à Joyce Barnhardt.

— Mon enquête touche à sa fin.

— C'est ça, à MA fin, tu veux dire.

Il plongea dans son bureau et claqua la porte.

Je cherchai l'adresse de Margie dans l'annuaire, ce qui me permit de trouver son nom de famille. Il y a trois hôpitaux autour de Trenton. Le Helen Fuld est le plus proche du quartier de Nowicki. Margie habitait à égale distance entre le Helen Fuld et le St. Francis.

Je rentrai chez Joe, mangeai une barre de chocolat et téléphonai à ma cousine Evelyn qui travaille au Helen Fuld. Je lui donnai les deux noms en lui demandant d'aller à la pêche aux infos. Ni Margie ni Mme Nowicki n'étaient recherchées par la police, aussi – à supposer qu'elles soient toujours en vie – n'avaient-elles aucune raison de ne pas retourner chez leur médecin. Leur seul souci était de m'empêcher de les suivre pour qu'elles me mènent jusqu'à Maxine.

Il était trois heures, et je m'attendais plus ou moins qu'une autre mamma italienne fasse un saut avec un autre bon petit plat. Je n'arrêtais pas de regarder par la fenêtre, mais je ne vis point de voiture noire chargée de victuailles. Dommage, car l'idée d'être dans la cuisine de Morelli lui préparant à dîner me donnait l'impression d'être dans un film de Doris Day.

Evelyn me rappela : c'était mon jour de chance, les deux femmes étaient traitées au Fuld et avaient rendez-vous avec leurs médecins respectifs dont elle me donna les noms. Je lui dis que je lui revaudrais ça. Elle me répondit qu'une description détaillée de mes ébats avec Morelli ferait l'affaire.

Je téléphonai aux médecins en question et mentis sans vergogne à leurs secrétaires en racontant que j'avais oublié la date de mon rendez-vous. Les deux femmes devaient venir le mercredi. Ouah, ce que j'étais douée !

Morelli rentra avec des auréoles de sueur aussi longues que son T-shirt gris. Il s'approcha du réfrigérateur et mit la tête dans le compartiment congélateur.

— Il faut vraiment que je fasse installer l'air conditionné dans cette maison, dit-il.

Je pensai qu'il faisait plutôt bon comparé à la journée de la veille : on voyait plus ou moins une lueur jaune là où le soleil se cachait derrière une couche d'air vicié.

Morelli sortit la tête du compartiment congélateur, jeta son revolver sur le comptoir et prit une bière.

— Mauvaise journée ?

— Moyenne, répondit-il.

— Je t'ai vu au nord de Trenton.

— Tu m'as reconnu ?

— Non, ta voiture. J'ai pensé que tu surveillais le 7-Eleven.

— Surveiller, encore surveiller, toujours surveiller.

— Drogue ?

— Argent sale.

— Je croyais que tu ne devais rien me dire.

— Oh, fait chier. Le ministère des Finances s'est complètement planté dans cette affaire, alors ça n'a plus d'importance. Il y a des faux billets de vingt dollars qui sortent de Trenton depuis cinq ans à notre connaissance... peut-être plus. Le ministère a tout mis en place. On a fait une descente pour coincer le faussaire. Pas de planches à billets là où il devrait y en avoir, pas de papier, rien. Et pas de trafic de faux billets. On ne peut même pas faire une arrestation. On a l'air d'une bande d'amateurs à la gomme. Là-dessus, tout à coup, hier, deux billets de vingt sont passés à l'épicerie d'Olden Street. Alors, on recommence tout, on essaie de savoir qui est allé dans ce magasin.

— Le vendeur ne sait pas qui lui a donné ces billets ?

— Ils ont été repérés par le caissier de la banque au moment du dépôt.

— Et toi, qu'est-ce que tu en penses ?

— J'en pense qu'on avait le bon coupable depuis le début. Il a eu un coup de bol et le temps de faire disparaître son matériel.

— Je viens de faire un rapprochement. On a attribué le meurtre d'Helen Badijian au fait qu'elle connaissait Maxine. Ça n'a peut-être aucun rapport ? Peut-être est-il lié à cette histoire de faux billets ?

— J'y ai pensé moi aussi, mais le légiste pense qu'il est lié à Maxine. Helen Badijian est morte des suites d'un coup à la tête, mais on lui avait aussi tranché un doigt.

Je fis un autre rapprochement, mais je n'avais pas envie de l'exprimer et de passer pour une cruche.

Le téléphone sonna, et Morelli décrocha.

— Oui, madame Plum, dit-il.

Je bondis de ma chaise et m'élançai vers la porte. J'étais arrivée au milieu du salon quand Morelli me rattrapa par le col de ma chemise et stoppa net ma fuite en me tirant en arrière. Je me cognai contre sa poitrine.

— Ta mère, dit-il en me tendant le combiné.

— Stéphanie, me dit ma mère. Qu'est-ce que j'apprends : Tu es enceinte ?

— Mais non, je ne suis pas enceinte. On cohabite, on n'est pas mariés !

— Tout le monde ne parle que de ça. Tout le monde

pense que tu es enceinte. Mais qu'est-ce que je vais dire à Mme Crandle ?

— Que je ne suis PAS enceinte !

— Ton père veut te parler.

J'entendis que le combiné changeait de main, puis une autre respiration.

— P'pa ?

— Oui. Comment va la Buick ? Tu la nourris au super, hein ?

— Ne t'inquiète pas, je ne la nourris qu'au super.

Faux, archifaux. Elle n'en méritait pas. Elle n'était pas assez super pour mériter du super.

Il rendit le combiné à ma mère, et j'entendis presque qu'elle lui faisait les gros yeux.

— J'ai un joli rôti à la cocotte sur le feu, me dit-elle. Avec des petits pois et des pommes de terre.

— Bon, d'accord, je viens dîner.

— Amène Joseph.

— Non. Il n'est pas libre.

— Mais si, je suis libre, dit Morelli.

Je poussai un gros soupir.

— Il vient, dis-je.

Je raccrochai et lui tendis le téléphone.

— Tu vas le regretter.

— Rien de tel qu'être enceinte pour qu'une femme irradie de bonheur, dit ma grand-mère.

— J'irradie peut-être, mais je ne suis pas enceinte.

Mamie Mazur baissa les yeux sur mon ventre.

— Tu en as l'air, pourtant.

C'était toute cette bouffe italienne.

— Trop de gâteaux, lui dis-je.

— Il vaudra peut-être mieux que tu te débarrasses de ce gâteau-là avant le mariage, dit-elle. Ou tu devras acheter une de ces robes de mariée sac à patates qui ne marquent pas la taille.

— Je ne vais pas me marier. Il n'y aura pas de mariage.

Mamie se redressa sur sa chaise.

— Et la salle des fêtes ?

— Quelle salle des fêtes ?

— On s'était dit que tu ferais la réception à la salle des fêtes polonaise. C'est l'endroit idéal, et Edna Majewski nous a dit qu'ils avaient eu une annulation, mais il va te falloir agir vite.

— Tu n'as pas retenu une salle des fêtes !

— On n'a pas encore versé la caution, dit ma grand-mère. On n'était pas sûrs de la date !

Je me tournai vers Joe.

— Explique-leur.

— L'appartement de Stéphanie a été détruit par un incendie. Je lui sous-loue une chambre jusqu'à ce que tout soit réparé.

— Et côté sexe ? s'enquit ma grand-mère. Vous faites l'amour, non ?

— Non ! m'écriai-je.

Pas depuis samedi.

— À ta place, moi, je ferais l'amour avec lui, rétorqua ma grand-mère.

— Oh, c'est pas vrai ! soupira mon père en bout de table.

— J'ai des papiers pour toi, dit ma mère en me tendant le plat de pommes de terre. Pour l'assurance. Il faut que tu les remplisses. Ed est passé à ton appartement, il nous a dit qu'il ne restait plus rien... à part la boîte à biscuits. Intacte, paraît-il.

Je lançai un regard entendu à Morelli au sujet de la boîte à biscuits, mais il était occupé à découper sa viande. Le téléphone sonna. Mamie Mazur se leva et alla à la cuisine pour répondre.

— C'est pour toi, Stéphanie, cria-t-elle.

— Ça fait des heures que j'essaie de te joindre partout, dit Lula. J'ai du nouveau. Joyce Barnhardt a appelé Vinnie au moment où on allait partir, et Connie a écouté de son poste. Joyce a dit à Vinnie qu'elle le ferait gueuler comme un pit-bull s'il la remettait sur l'affaire, et tu sais quoi ?

— Oui, je sais quoi.

— Ouais, et là-dessus, elle enchaîne en révélant à Vinnie de qui elle tient ses infos sur Maxine. Maintenant, on sait le nom du petit branleur qui l'aide.

— Super !

— Alors, je me disais qu'on pourrait peut-être aller le voir, toi et moi.

— Maintenant ?

— Tu as mieux à faire ?

— Non. Le moment est bien choisi.

— Je passe te chercher. Je ne tiens pas à ce qu'on me voie dans ta Buick.

Tout le monde cessa de manger quand je réapparus à table.

— Alors ? dit ma grand-mère.

— C'était Lula. Je vais devoir manger en vitesse et filer. On a une piste sur une affaire.

— Je viendrais bien avec toi, dit ma grand-mère. Ça m'a beaucoup plu la dernière fois.

— Je te remercie, mais j'aime autant que tu restes ici et que tu tiennes compagnie à Joe.

Mamie Mazur lança une œillade à Morelli qui, tout à coup, eut l'air d'un serpent python qui aurait du mal à digérer une vache.

Dix minutes plus tard, une voiture s'arrêtait au bord du trottoir, et de la musique rap fit vibrer les murs de la maison. Le son fut coupé et, quelques instants plus tard, Lula frappait à la porte.

— Il nous reste beaucoup de rôti, lui dit ma grand-mère. Ça vous tente ?

Ma mère était déjà allée chercher une assiette et des couverts.

— Du rôti à la cocotte ! s'exclama Lula. J'adore !

Elle tira une chaise et déplia sa serviette.

— J'ai toujours rêvé de manger à la même table qu'une négresse, dit ma grand-mère.

— Ah ouais ? fit Lula. Ben, moi, j'ai toujours rêvé de manger à la même table qu'une vieille délavée maigre comme un clou. Donc, je suppose qu'on doit se réjouir ?

Mamie Mazur et Lula s'adonnèrent à un langage des signes compliqué.

— Un partout, conclut ma grand-mère.

C'était la première fois que je montais dans sa nouvelle Firebird, et je ne pus m'empêcher de ressentir une pointe de jalousie.

— Comment peux-tu t'offrir une voiture pareille avec un salaire d'employée de bureau ? Et comment se fait-il que tu aies déjà été remboursée par ton assurance et que, moi, j'attende encore ?

— Un, j'ai très peu de charges. Et deux, je leur achète la voiture en leasing, à ces enfoirés. Ta bagnole crame, ils t'en refilent une neuve. Pas de problème !

— Je devrais peut-être y songer.

— Surtout, leur dis pas que tes voitures explosent les unes après les autres. Ils pourraient penser que tu es une cliente à risque, tu vois ce que je veux dire ?

Lula s'était engagée dans High Street en direction d'Hamilton Avenue.

— Ce type, expliqua Lula, ce Bernie, il bosse au supermarché de la Route 33. Quand il n'empile pas des oranges, il vend un tabac « spécial », d'où le lien entre Barnhardt et Mme Nowicki. Nowicki parle à Bernie, et Bernie raconte tout à Barnhardt.

— Joyce disait qu'elle avait un contact dans la vente au détail.

— On peut le dire.

— D'après ce que Connie a entendu au téléphone, il semble que ce type ait un problème visuel.

— Aveugle ?

— Moche.

Elle s'engagea dans le parking du supermarché et trouva une place proche de l'entrée.

— Joyce l'a décrit comme un nain de jardin en rut, alors si tu ne veux pas lui acheter de la came, tu peux toujours lui promettre des faveurs.

— Au sens sexuel du terme ?

— Tu ne seras pas obligée d'aller jusqu'au bout,

m'assura Lula. Juste des promesses. Moi, je le ferais bien, mais je pense que tu es davantage son genre.

— C'est quoi son genre ?

— Blanc.

— Comment je fais pour le trouver ?

— Il s'appelle Bernie. Il travaille aux « fruits et légumes ». Et il ressemble à un nain de jardin en rut.

Je me jaugeai dans le miroir de courtoisie, donnai du volume à mes cheveux et rafraîchis mon rouge à lèvres.

— Ça va ?

— D'après ce qu'on m'a dit, ce type se fait tout ce qui passe.

Je n'eus aucune difficulté à le trouver. Il étiquetait des pamplemousses, dos à moi. Cheveux bruns, frisés. Longs derrière et sur les côtés. Haut du crâne lisse comme un œuf. Un mètre cinquante à tout casser.

Je mis un sachet de pommes de terre dans mon caddie et m'approchai de lui.

— Excusez-moi, lui dis-je.

Il se retourna, inclina la tête en arrière et leva les yeux vers moi. Ses lèvres épaisses s'entrouvrirent, mais aucun mot ne les franchit.

— Jolies pommes, remarquai-je.

Il émit un gloussement, et son regard s'attarda sur ma poitrine.

— Et à part ça, vous avez de la came ? dis-je.

— Quoi, vous plaisantez ? Vous me prenez pour qui ?

— Une amie m'a dit que je pouvais m'adresser à vous.

— Ah ouais ? Quelle amie ?

— Joyce Barnhardt.

La lueur qui s'alluma dans son regard me donna à penser que Joyce n'avait pas dû payer sa marijuana uniquement en espèces sonnantes et trébuchantes.

— Je connais Joyce, dit-il. Mais ça ne veut pas dire que je vende de la came.

— Nous avons une autre amie commune.

— Qui ça ?

— Nowicki.
— Connais pas.
Je la lui décrivis.
— Oh, ça doit être Francine. Elle est extra. Je ne connaissais pas son nom de famille.
— Bonne cliente ?
— Ouais. Elle m'achète beaucoup de fruits.
— Vous l'avez vue récemment ?
Il prit un air finaud.
— Vous me donnez quoi en échange ?
Je n'aimais pas le tour que prenait la conversation.
— Qu'est-ce que vous voulez ?
Il fit des bruits de succion.
— Gros dégoûtant !
— C'est parce que je suis petit, c'est ça ?
— Mais non, bien sûr que non. J'aime les hommes petits. Ils... ils se donnent du mal.
— Alors, c'est les cheveux ? Vous n'aimez pas les chauves ?
— Ça n'a pas d'importance, les cheveux. Je m'en fiche des cheveux. Et d'ailleurs, vous en avez, des cheveux, mais pas sur le haut du crâne, c'est tout.
— Alors, c'est quoi ?
— Vous ne pouvez pas regarder une femme en faisant des bruits de bouche comme ça, c'est... vulgaire.
— Je croyais que vous étiez une amie de Joyce ?
— Ah oui, je vois.
— Alors ?
— Pour tout vous dire, je... vous n'êtes pas tout à fait mon genre.
— Je le savais. Depuis le début. C'est ma taille.
Oh la la, ce pauvre schnock faisait une fixette sur sa taille. Il n'y pouvait rien s'il était né petit et avec une tête en boule de billard, tout de même ! Je ne voulais pas nier ses problèmes, mais je ne savais pas quoi dire. Tout à coup, je pensai à Sally.
— Ce n'est pas votre taille, dis-je. C'est moi. Je préfère les femmes.
— Vous déconnez ?

— Non, je vous assure.

Il me regarda de la tête aux pieds.

— Vous êtes sûre ? Mince, quel gâchis ! Vous ne faites pas du tout lesbienne.

Il s'imaginait les lesbiennes avec un gros *L* marqué au fer rouge sur le front, ou quelque chose dans le genre...

— Vous avez une petite amie ? me demanda-t-il.

— Oui, bien sûr. Elle... elle m'attend dans la voiture.

— Je veux la voir.

— Pourquoi ?

— Parce que je ne vous crois pas. Je suis sûr que vous dites ça pour ne pas me faire de peine...

— Écoutez, Bernie, je veux des infos sur Maxine Nowicki.

— Pas avant que j'aie vu votre petite amie.

C'était ridicule.

— Elle est timide, dis-je.

— O.K. Je sors.

— Non ! Je vais la chercher.

Bon sang !

Je trottinai jusqu'au parking et, m'accoudant à la vitre ouverte de la portière passager, je me penchai vers Lula.

— Je suis dans le pétrin. Il faut que tu m'aides. Je suis lesbienne et j'ai besoin d'une petite amie.

— Tu veux que je t'en trouve une ou tu veux que ce soit moi ?

Je lui expliquai la situation, et nous voilà reparties vers Bernie qui continuait à disposer ses pamplemousses.

— Salut, petit gars, lui lança Lula. Tu voulais me voir ?

Bernie leva les yeux de ses pamplemousses et faillit bondir hors de ses chaussures.

— Ouaaaah !

Je suppose qu'il ne s'attendait pas que ma petite amie soit une Black de cent kilos en Lycra rose.

— Ouah ! répéta Bernie. Ouah...

— Alors comme ça, Stéphanie me disait que tu connaissais la vieille Mme Nowicki ?

Bernie opina vigoureusement.

— Tu l'as vue récemment ?

Bernie fixait Lula sans réagir.

— Reviens sur terre, dit Lula.

— Hein ?

— Tu as vu la vieille Mme Nowicki récemment ?

— Hier. Elle est venue s'approvisionner en, heu... en fruits.

— Et elle vient souvent t'en acheter, des fruits ?

Bernie mordilla sa lèvre inférieure.

— Difficile à dire. Elle ne vient pas régulièrement.

Lula passa un bras autour des épaules de Bernie et faillit l'étouffer contre son sein droit.

— Je vais t'expliquer, Bern, tu vas comprendre. On voudrait parler avec Mme Nowicki, mais on a du mal à la trouver parce qu'elle n'habite plus chez elle. Alors, si tu pouvais nous aider, on t'en serait très reconnaissantes... très très reconnaissantes.

Une goutte de sueur roula sur la joue de Bernie, de son glabre dôme à sa tempe.

— Oh, et puis merde, dit-il.

Et je compris à sa voix qu'il était décidé à nous aider.

Lula resserra son étreinte.

— Alors ? fit-elle.

— J'sais pas. J'sais pas. Elle ne me dit jamais grand-chose.

— Elle vient toujours seule ?

— Ouais.

Je lui tendis ma carte.

— Si vous vous rappelez quoi que ce soit ou si vous voyez Mme Nowicki, appelez-moi tout de suite.

— Sûr. Ne vous inquiétez pas.

On regagna la voiture, et je fis un autre rapprochement.

— Attends-moi ici, dis-je à Lula. Je reviens tout de suite.

Bernie nous observait de derrière la vitrine.

— Quoi encore ? Vous avez oublié quelque chose ?

— Quand Mme Nowicki est venue vous acheter des fruits, elle vous a payé avec un billet de vingt ?

Ma question parut l'étonner.

— Ouais.

— Vous l'avez toujours ?

Il me regarda d'un air totalement inexpressif pendant une bonne minute.

— Je crois... (Il sortit son portefeuille de sa poche arrière et regarda à l'intérieur.) Le voilà. C'est le seul billet de vingt qu'on m'ait donné.

Je fouillai dans mon fourre-tout et trouvai deux billets de dix.

— Je vous l'échange, dis-je à Bernie.

— C'est tout ce que vous me proposez ?

Je lui décochai un sourire ambigu.

— Pour le moment, murmurai-je.

— Hé, vous savez, juste regarder, ça me dirait bien.

— On y pensera, lui dis-je en lui tapotant le haut du crâne.

Et je m'en fus.

— On n'a pas trouvé grand-chose, dit Lula quand je montai en voiture.

— On sait qu'elle était à Trenton hier.

— À Trenton, il n'y a pas tellement d'endroits où trois femmes peuvent rester, dit Lula. Ce n'est pas comme à Point Pleasant où il y a plein de motels et de maisons en location. Bon Dieu, les seuls hôtels qu'on ait ici, ils louent leurs chambres à l'heure !

Ce n'était pas faux. Trenton est la capitale de l'État et il n'y a pas un seul hôtel à la ronde. On pourrait en conclure que personne n'a envie de rester à Trenton, mais je suis sûre que c'est une fausse idée. C'est chouette, Trenton. Il y a de tout à Trenton... sauf des hôtels.

Évidemment, ce n'était pas parce que Nowicki faisait des affaires avec Bernie qu'elle résidait à Trenton même.

On fit un dernier petit tour devant la maison d'Eddie

Kuntz, celle de Nowicki et celle de Margie. Sombres et désertes.

Lula me déposa chez Morelli.

— Ce Morelli a un joli petit cul, dit-elle en hochant la tête, mais je ne sais pas si je pourrais vivre avec un flic.

Je n'en pensais pas moins.

Les fenêtres étaient ouvertes pour donner de l'air à la maison, et les échos de la télévision de Morelli résonnaient jusque dans la rue. Il regardait un match de base-ball. Je touchai le capot de son pick-up. Tiède. Il venait de rentrer. Sa porte était ouverte, mais pas la porte moustiquaire.

— Hé ! criai-je. Il y a quelqu'un ?

Apparition de Morelli pieds nus.

— Ça a été rapide, dit-il.

— Pas tant que ça.

Il me fit entrer, verrouilla de nouveau la porte moustiquaire et retourna s'asseoir devant la télévision.

J'aime bien aller au stade voir un match de base-ball. On lézarde au soleil en sirotant une bière et en mangeant des hot dogs. C'est un événement en soi. Le base-ball, à la télé, ça me plonge dans le coma. Je tendis le billet de vingt dollars à Morelli.

— J'ai acheté un soda dans le nord de Trenton et on m'a rendu ça. Je me suis dit que ça pourrait être marrant de voir s'il est authentique.

Morelli détourna le regard du match :

— Soyons clairs. Tu as acheté un soda et on t'a rendu la monnaie avec un billet de vingt dollars ? Tu as payé, avec quoi ? Un billet de cinquante ?

— Bon, d'accord, pour le moment, je n'ai pas envie de te dire où je l'ai eu.

Morelli examina le billet.

— Nom d'un chien, fit-il en le tournant et en le retournant sous la lumière. (Il tapota le coussin à côté de lui.) Viens là, dit-il. Il faut qu'on parle.

Je m'assis, sur mes gardes.

— C'est un faux, hein ?

— Ouais.

— J'en avais l'intuition. Il faut dire que ça se voit, hein ?

— Pour qui sait quoi chercher. Il y a une petite marque dans le coin supérieur droit là où la planche d'imprimerie a un défaut. Il paraît que le papier n'est pas très bon non plus, mais ça, je ne peux pas le voir. Je ne les reconnais qu'à cette rayure.

— Le type que vous avez essayé de coincer habite dans le nord de Trenton ?

— Non. Et je pensais vraiment qu'il travaillait seul. En général, la contrefaçon de ce genre, c'est une activité familiale. Petite envergure.

Il passa un bras autour de mes épaules et, du bout des doigts, me titilla la nuque.

— Alors, à propos de ce billet de vingt...

13

J'étais coincée. Morelli allait me tirer les vers du nez.

— Ce billet de vingt dollars a été écoulé par Francine Nowicki, la mère de Maxine, dis-je. Elle l'a donné hier à un trafiquant de drogue.

Je lui narrai le reste de l'histoire. Une fois que je l'eus terminée, il me regarda avec un air bizarre.

— Comment fais-tu pour te fourrer dans ce genre de guêpier ? C'est... ça fait froid dans le dos.

— J'ai peut-être le mauvais œil.

À peine ces mots eurent-ils franchi mes lèvres que je les regrettai amèrement. Le mauvais œil, c'est comme un monstre sous son lit. Il vaut mieux ne pas prendre le risque de le faire sortir de sa cachette.

— Dire que je pensais que c'était une opération montée par un homme seul, dit Morelli. Le type qu'on surveillait correspondait au profil, pourtant. On est sur lui depuis cinq mois. Et on n'a jamais coincé un complice.

— Ce qui expliquerait beaucoup de choses sur Maxine.

— Oui, mais il y a un détail qui m'échappe. Au cours de ces cinq mois, ce type n'a jamais rencontré ni Kuntz ni Maxine.

— Tu l'as vu de tes yeux passer l'argent ?

— Non. C'est une partie du problème. On n'avait sur lui que des preuves indirectes, des recoupements.

— Alors, pourquoi as-tu bougé ?

— À cause de l'appel des fédés. Certains événements nous ont amenés à penser qu'il imprimait.

— Et en fait, non.

— Non. Pas de faux billets en tout cas. (Morelli examina le billet.) Il est tout à fait possible que des faux billets de vingt circulent dans les environs et que la mère de Nowicki en ait eu un entre les mains par hasard.

On frappa à la porte et Morelli alla ouvrir.

C'était Sally.

— Il est taré ! hurla Sally. Il a essayé de me tuer ! Ce pauvre connard d'enfoiré a voulu me tuer, putain !

Sally faisait penser à une écolière montée en graine folle démente, et à trop fort taux de testostérone. Jupe plissée écossaise, chemisier blanc amidonné, épaisses socquettes grunge et Reeboks en phase terminale. Pas de maquillage, pas de perruque, barbe de deux jours, poils surgissant au-dessus du col de son corsage.

— Qui a essayé de te tuer ? lui demandai-je.

Je supposai qu'il parlait de son colocataire, mais vu sa tenue, ça pouvait être n'importe qui.

— Sugaaaar ! brailla-t-il. Il a pété les plombs ! Il a filé du club après le concert de dimanche soir et il est rentré à la maison il y a une heure à peine. Il a surgi dans l'appart avec un bidon d'essence et un briquet Bic, il criait qu'il allait mettre le feu et qu'il était amoureux de moi. C'est pas croyable !

— Va savoir.

— Il était en plein délire, il disait que tout allait bien jusqu'au moment où tu es arrivée, et alors, je n'ai plus fait attention à lui.

— Il ne sait pas que tu n'es pas gay ?

— Il disait que si tu ne t'étais pas ingérée dans notre vie, j'aurais fini par être attiré par lui. (Sally passa une main dans sa chevelure « sauvage de Bornéo ».) Pour une fois que quelqu'un craque sur moi, il faut que ce soit un mec, c'est bien ma veine !

— Peut-être que ta façon de t'habiller y est pour quelque chose ? suggérai-je.

Sally baissa les yeux sur sa jupe.

— J'étais en train d'essayer ça quand il a déboulé, dit-il. J'envisage d'adopter un look impec.

Je me mordis la lèvre inférieure pour ne pas rire. Morelli idem.

— Alors, que s'est-il passé ? demanda Morelli. Il a mis le feu à l'appartement ?

— Non. J'ai réussi à lui arracher le bidon d'essence des mains et je l'ai jeté par la fenêtre. Il a essayé de mettre le feu au tapis avec son briquet, mais ça n'a pas marché. Tout ce qu'il a réussi à faire, c'est des gros ronds noirs, et à ce que ça sente le cramé dans tout l'appart. Fibres synthétiques, voyez. Finalement, il a renoncé et il a filé acheter un autre bidon d'essence. J'ai décidé de ne pas attendre sagement qu'il revienne me transformer en torche vivante, alors j'ai fourré un tas de fringues dans deux sacs-poubelle et je me suis barré !

— Et vous êtes venu ici, dit Morelli, de marbre.

— Ben ouais. J'ai repensé à la façon dont vous vous êtes chargé de lui, au club, et vu que vous êtes flic et tout ça, je me suis dit que je serais en sécurité. Juste deux ou trois jours, pas plus ! Je ne veux pas m'imposer.

— Oh, merde, dit Morelli. Vous croyez que c'est quoi, ici ? Une maison de repos pour victimes potentielles de grandes folles à tendance homicide ?

— Ce n'est peut-être pas une mauvaise idée, dis-je. Si Sally fait savoir qu'il habite ici, ça pourrait attirer Sugar.

En vérité, j'étais immensément soulagée de connaître l'identité du lanceur de cocktails Molotov. Et aussi soulagée de découvrir qu'il s'agissait de Sugar. Ça valait toujours mieux que la pègre. Et que le trancheur de doigts.

— Deux bémols, dit Morelli. Un : je ne saute pas au plafond à l'idée que ma maison devienne un enfer ; deux : choper Sugar ne servirait pas à grand-chose si on n'a pas de preuves pour l'inculper.

— Alors là, pas de problème, dit Sally. Il m'a raconté

qu'il avait mis le feu à l'appart de Stéphanie et qu'il avait essayé d'incendier cette maison aussi.

— Vous êtes prêt à témoigner ?

— Je peux faire mieux. J'ai son journal intime dans ma voiture. Il regorge de détails croustillants.

Morelli s'accouda au comptoir et croisa les bras sur sa poitrine :

— J'accepte à une condition. Qu'aucun de vous ne reste ici. Vous faites courir le bruit que vous habitez chez moi, et une ou deux fois dans la journée vous entrez et sortez par ma porte pour que ça fasse vrai. Puis je vous mets en lieu sûr pour la nuit.

— Mets Sally en lieu sûr, dis-je. Je surveillerai avec toi.

— Pas question, répliqua Sally. Je refuse d'être laissé sur la touche. Moi aussi, je veux m'éclater !

— Aucun de vous deux ne fera de surveillance, dit Morelli. Et je ne discute pas. On fait comme je veux ou on ne fait rien.

— Quel lieu sûr as-tu en tête ? demandai-je.

Morelli réfléchit une petite minute.

— Je pourrais sans doute vous « placer » dans ma famille.

— Oh, non ! m'écriai-je. Ta grand-mère le saurait et je... j'aurais le mauvais œil.

— C'est quoi, ça ? demanda Sally.

— C'est un mauvais sort, lui dis-je. Une italiannerie...

Sally frissonna.

— Ça ne me branche pas, ça. Un jour que j'étais dans les îles, je suis tombé par hasard sur une de ces nanas qui font du vaudou avec des poulets, vous savez, eh ben, elle m'a dit qu'elle allait faire tomber ma zigounette.

— Ah, fit Morelli. Et alors ? Elle est tombée ?

— Pas encore, mais... j'ai comme l'impression qu'elle rapetisse.

Moue morellienne.

— Je ne veux pas en entendre davantage.

— Je vais aller chez mes parents, dis-je. Sally peut venir aussi.

Mon regard croisa celui de Morelli, et on braqua nos yeux sur la minijupe de Sally.

— Tu as un jean dans ta voiture ? lui demandai-je.

— J'en sais rien, ce que j'ai. J'étais superpressé. Je n'avais pas envie d'être là quand Sugar rentrerait les bras chargés de bidons d'essence !

Morelli passa un coup de fil pour faire cueillir Sugar, puis on charria les vêtements de Sally de la voiture à la maison. On laissa la Porsche garée au bord du trottoir, derrière la Buick, et on baissa les stores de la fenêtre de la pièce du rez-de-chaussée sur rue. Puis Morelli téléphona à son cousin Mooch pour qu'il vienne nous chercher, Sally et moi, à neuf heures dans la ruelle derrière la maison.

Une demi-heure plus tard, Morelli reçut un appel du commissariat. Deux policiers s'étaient rendus chez Sally et avaient trouvé l'appartement en feu. L'immeuble avait été évacué ; on ne déplorait aucun blessé ; l'incendie avait été maîtrisé.

— Il a dû revenir tout de suite, dit Sally. Je ne pensais pas qu'il mettrait le feu si je n'étais pas là. Ça a dû le tuer de faire cramer tous ses gâteaux et toutes ses tartes !

— Je suis vraiment navrée, dis-je. Tu veux qu'on aille là-bas ensemble ? Tu veux aller voir ?

— Hors de question que j'aille par là-bas avant que Sugar soit sanglé à un lit dans un asile. De toute façon, ce n'était même pas chez moi. Je sous-louais à Sugar. Tous les meubles étaient à lui.

— Tu vois, c'est beaucoup mieux comme ça, dit ma mère en m'ouvrant la porte. Ta chambre est prête. On a refait le lit juste après ton coup de fil.

— C'est gentil, maman. Si ça ne t'ennuie pas, Sally dormira dans ma chambre et je partagerai celle de mamie. Juste pour un ou deux jours.

— Sally ?

— Il arrive. Il sort ses sacs de la voiture.

Ma mère regarda par-dessus mon épaule et se figea en voyant Sally entrer d'un pas tranquille.

— Salut, les mecs, lança-t-il.

— Que se passe-t-il ? pépia ma grand-mère.

— Bon Dieu de bon Dieu, souffla mon père du fond de son fauteuil au salon.

Je transbahutai Rex à la cuisine et posai sa cage sur le comptoir.

— Personne ne doit savoir que Sally et moi habitons ici, dis-je.

Ma mère pâlit à vue d'œil.

— Tu peux compter sur moi. Je n'en soufflerai mot à personne, et je tuerai quiconque en parlera.

Mon père se leva d'un bond.

— Qu'est-ce que c'est que cet accoutrement ? dit-il en pointant un doigt vers Sally. Un kilt ? Vous êtes écossais ?

— Qu'il est nouille, dit mamie Mazur. Ce n'est pas un Écossais, c'est un travesti... sauf qu'il ne scotche pas son costume trois-pièces parce que ça lui donne de l'urticaire.

Mon père jaugea Sally.

— Dois-je comprendre que vous êtes de la jaquette flottante ?

— Ça vous défrise ? rétorqua Sally, le prenant de haut.

— Vous roulez en quoi ?

— En Porsche.

— Vous voyez ? s'écria mon père en levant les bras au ciel. Pas même une voiture américaine. Voilà ce qui ne va pas chez ces drôles de zèbres ! Vous ne faites rien comme il faudrait le faire. Il n'y avait aucun problème dans ce pays quand tout le monde achetait des voitures américaines. Et maintenant, partout, il n'y a que des merdouilles japonaises et regardez où ça nous a menés !

— Les Porsche sont des voitures allemandes.

Mon père fit les gros yeux.

— L'Allemagne ! Ah, voilà un grand pays ! Pas

même fichu de gagner une guerre. Vous croyez qu'acheter allemand va aider à mettre du beurre dans les épinards de ce que me verse la caisse de retraite ?

Je pris un des sacs-poubelle.

— Laisse-moi t'aider à monter ça.

Sally m'emboîta le pas.

— Tu es sûre que ça ne pose pas de problème ?

— Noooon. Mon père te trouve sympa. Je l'ai bien vu.

— Sûrement pas, glapit mon père. Je pense qu'il est complètement givré. Et tout homme qui porte si mal la jupe a le devoir de ne pas sortir du placard pour que personne ne le voie !

J'ouvris la porte de ma chambre, posai le sac par terre et donnai à Sally des serviettes propres.

Sally se campa devant le miroir fixé sur le battant de la porte.

— Tu trouves qu'elle me va si mal que ça, cette jupe ? demanda-t-il.

Je l'examinai sous toutes les coutures. Je ne voulais pas le vexer, mais il donnait l'impression de venir tout droit de la planète des singes. Il était sans doute le travesti le plus poilu qu'on ait vu en porte-jarretelles.

— Ce n'est pas génial, dis-je. À mon avis, ton style, c'est plutôt la jupe droite. Et le cuir te va mieux.

— Dolores Dominatrix.

Plutôt Wanda le Loup-Garou, songeai-je.

— Tu pourrais te faire un look impec, dis-je, mais ça impliquerait un rasage total.

— Mon cul, ouais ! J'ai horreur de me raser.

— Tu pourrais essayer l'épilation à la cire.

— Oh, putain, j'ai fait ça une fois. Merde, ça fait un mal de chien !

Une chance qu'il n'ait pas d'ovaires...

— Bon, et maintenant ? dit Sally. Je ne peux pas aller me coucher aussi tôt. Je vis la nuit, moi.

— On n'a pas de voiture, alors on est coincés, mais Morelli habite à seulement huit cents mètres d'ici. On pourrait aller à pied chez lui et voir ce qui se passe.

Regarde dans tes affaires si tu as quelque chose de sombre.

Cinq minutes plus tard, Sally descendait en jean noir et T-shirt d'un noir un peu passé.

— On va se promener, dis-je. Ne nous attendez pas. J'ai une clé.

Mamie Mazur s'approcha discrètement de moi.

— Tu veux le gros calibre ?

— Non, mais merci quand même.

On tendit l'oreille et on scruta la nuit pendant tout le trajet jusque chez Morelli. Contrairement à Lula, qui n'admettait jamais d'avoir peur, Sally et moi assumions parfaitement le fait que Sugar nous ait conditionnés pour trouiller un max.

On s'arrêta au coin de la rue où habite Morelli et on fit des repérages. Il y avait des voitures de chaque côté. Pas de camionnette. Je vis le pick-up de Morelli ; j'en conclus qu'il était chez lui. Les stores étaient toujours baissés et les lumières allumées. J'eus l'impression que quelqu'un observait la maison, mais je ne vis personne.

C'est un quartier agréable. Un peu semblable à celui de mes parents. En moins prospère. La plupart des maisons sont habitées par des personnes âgées qui ont vécu là toute leur vie d'adulte ou par des jeunes couples qui démarrent la leur. Les personnes âgées ont un revenu fixe, des bons de nourriture, achètent des tennis en solde chez Kmart, s'acquittent des tâches ménagères les plus vitales, heureux d'avoir remboursé leur emprunt-logement et de pouvoir payer des impôts fonciers. Les jeunes couples refont les peintures, les papiers peints, se meublent chez Ikea, et attendent leur heure tout en boursicotant dans l'espoir de pouvoir s'acheter de plus grands pavillons dans Hamilton.

Je me tournai vers Sally.

— Tu crois que Sugar pourrait venir te chercher ici ?

— S'il ne vient pas pour moi, il viendra pour toi. Il était furax.

On s'avança jusqu'au milieu de la rue et on regarda

la maison de Morelli, en face. Des chaussures raclèrent le plancher de la véranda derrière nous et une silhouette sortit de l'ombre. Morelli.

— En balade ? nous demanda-t-il.

Je regardai la moto garée derrière lui dans le jardinet.

— C'est une Ducati ?

— Ouais. Je ne m'en sers pas souvent.

Je m'approchai de l'engin. C'était une Superbike 916. Rouge. À se damner. Un bon choix pour filer quelqu'un qui a tenté de mettre le feu à votre maison. Plus rapide et plus maniable qu'une voiture. Je me surpris à n'en aimer Morelli que davantage, de savoir qu'il avait une Duc.

— Tu es seul ? lui demandai-je.

— Pour le moment. Roice me rejoint à deux heures.

— Je suppose qu'ils n'ont pas réussi à arrêter Sugar ?

— On recherche la voiture, mais jusqu'à maintenant, c'est un zéro pointé.

Des phares trouèrent l'obscurité à l'autre bout de la rue ; on s'aplatit contre le mur de la maison. La voiture passa devant nous pour tourner deux rues plus bas. On se décolla du mur et de notre cachette.

— Sugar a des amis en dehors du groupe ? demanda Morelli.

— Pas mal de copains, oui, répondit Sally, mais pas des amis proches. Quand je suis arrivé dans le groupe, Sugar avait un petit ami.

— Il pourrait lui demander de l'aide ?

— Il y a peu de chances. La séparation ne s'est pas très bien passée.

— Et avec le groupe ? Vous avez des projets ?

— Répétition vendredi. Concert samedi.

Cela paraissait à des années-lumière. Et Sugar serait bien bête de réapparaître d'ici là. C'était stupide de sa part de s'en être pris à Morelli. Les flics n'apprécient pas trop qu'on tente de mettre le feu à la maison d'un de leurs collègues.

— Contactez les autres membres du groupe, dit

Morelli à Sally. Racontez-leur que vous habitez chez moi avec Stéphanie. Demandez-leur s'ils ont vu Sugar.

Je regardai Morelli.

— Tu me préviens s'il se passe quoi que ce soit ?

— Bien sûr.

— Tu as le numéro de mon alphapage ?

— Gravé dans ma mémoire.

Je voyais clair dans son jeu. Je savais qu'il ne m'appellerait pas. Pas avant que tout soit terminé.

Je fis signe à Sally. On traversa la rue, on entra chez Morelli, on traversa la maison et on ressortit par la porte de derrière. Je m'attardai un moment dans le jardin en songeant à Morelli qui, à nouveau, s'était fondu dans l'ombre de sa rue apparemment déserte. Si Morelli pouvait disparaître, Sugar aussi.

Une fois par semaine, mamie Mazur se rendait au salon de coiffure pour se faire shampouiner et recoiffer. Parfois, Dolly lui faisait un rinçage et ma grand-mère ressortait avec des cheveux couleur abricot anémique. Mais la plupart du temps, elle vivait avec sa couleur naturelle gris métallisé. Ma grand-mère a des cheveux courts et permanentés en un régiment de bouclettes qui semblent défiler au pas cadencé sur la peau rosâtre de son crâne. Elles tiennent miraculeusement en place toute la semaine et, le week-end venu, elles se ramollissent et s'écrasent les unes contre les autres.

Je m'étais toujours demandé comment ma grand-mère réussissait cet exploit. Maintenant, je le sais. Elle coince son oreiller sous son cou de telle sorte que son crâne ne touche pas le matelas. Et elle dort comme les morts : bras croisés sur la poitrine, corps raide comme une planche, bouche ouverte. Pas un de ses muscles ne bouge. Et elle ronfle comme un bûcheron ivre mort.

Je m'extirpai du lit à six heures, les yeux bouffis, encore sous le choc de mon expérience de la nuit. J'avais dormi une demi-heure maxi – et encore, par intermittence. Je pris des vêtements au hasard, m'habillai dans la salle de bains et descendis sur la pointe des pieds pour me faire du café.

Une heure plus tard, il y eut du mouvement au-dessus de ma tête, puis je reconnus le pas de ma mère dans l'escalier.

— Tu as une de ces têtes, me dit-elle. Ça va ?

— Tu as déjà dormi avec mamie ?

— Elle dort comme les morts.

— Tu l'as dit.

Des portes s'ouvrirent et claquèrent à l'étage, et ma grand-mère cria à mon père de libérer la salle de bains.

— Je suis une vieille dame, brailla-t-elle. Je ne peux pas attendre jusqu'à la saint-glinglin. Qu'est-ce que vous fichez là-dedans depuis tout ce temps, de toute façon ?

Autres claquements de portes ; mon père arriva à pas lourds dans la cuisine et prit sa place à la table du petit déjeuner.

— Je vais sortir le taxi ce matin, dit-il. Jones est à Atlantic City, je vais le remplacer.

Mes parents sont propriétaires de leur maison, et mon père touche une bonne retraite de la poste. Il n'a pas besoin de gagner de l'argent en jouant le chauffeur de taxi. Ce dont il a besoin, c'est de prendre l'air, de s'éloigner de ma mère et de ma grand-mère.

Les marches de l'escalier grincèrent et, quelques instants plus tard, la silhouette de Sally s'encadra dans la porte de la cuisine. Il avait les cheveux en épi sur son crâne, les yeux à demi fermés, les épaules avachies. Pour compléter le tableau, il était pieds nus et ses avant-bras poilus jaillissaient des manches de mon peignoir rose trop petit pour lui.

— Putain, c'est le boxon dans cette baraque ! Il est quelle heure, mec ?

— Oh, c'est pas vrai, soupira mon père en faisant une tête de dix pieds de long. Il est encore habillé en femme.

— Je l'ai trouvé dans la penderie, répondit Sally. Je

suppose que c'est la fée des vêtements qui me l'a apporté.

Mon père ouvrit la bouche pour dire quelque chose mais, devant le regard noir de ma mère, il préféra se taire.

— Qu'est-ce que vous mangez de bon ? demanda Sally.

— Des céréales.

— Génial.

— Tu en veux ?

Il s'approcha de la cafetière en traînant les pieds.

— Non, juste du café.

Mamie Mazur déboula dans la pièce.

— Que se passe-t-il ? lança-t-elle. J'ai raté quelque chose ?

J'étais assise à la table et je sentais son souffle sur ma nuque.

— Quelque chose ne va pas ?

— Je regardais juste ta nouvelle coupe de cheveux. C'est la dernière mode, tous ces trous et ces échelles, là, derrière ? Je n'ai jamais rien vu de pareil.

Je fermai les yeux. L'œuf.

— C'est si terrible que ça ? demandai-je à ma mère, comme si je ne le savais pas.

— Si tu as le temps, ce serait bien que tu ailles chez le coiffeur.

— Je croyais que c'était punk, dit Sally. En violet, ce serait géant ! Et dressé sur la tête, tu vois, iroquoise, genre !

Après le petit déjeuner, Sally et moi retournâmes chez Morelli. Quand nous fûmes arrivés derrière sa maison, dans la ruelle, je l'appelai de mon portable.

— Je suis dans ton jardin, lui dis-je. Je n'avais pas envie de passer par-devant et de me faire descendre.

— Pas de problème.

À notre entrée, Morelli était à son évier, en train de rincer son bol.

— J'étais sur le point de partir, nous dit-il. La voiture

de Kuntz a été retrouvée sur le terrain du marché près des voies ferrées.

— Et ?

— C'est tout.

— Du sang ? Des impacts de balles ?

— Non, dit Morelli. En parfait état. Apparemment, rien n'a été volé. Pas d'actes de vandalisme. Aucune trace de lutte.

— Les portières étaient verrouillées ?

— Non. À mon avis, elle a été abandonnée là tôt ce matin. Sinon, ça ferait longtemps qu'elle serait désossée.

— Il s'est passé quelque chose ici, la nuit dernière ?

— Non. Le calme plat. Quels sont tes projets pour aujourd'hui ?

— Aller chez le coiffeur.

Un sourire fit frémir les commissures de ses lèvres.

— Tu vas détruire mon œuvre ?

— Tu n'as coupé que le strict minimum, hein ?

— Absolument, dit-il, souriant plus que jamais.

D'habitude, je me fais couper les cheveux par Monsieur Alexandre au centre commercial. Malheureusement, son carnet de rendez-vous était très chargé et il n'avait pas de place pour moi dans la journée. Je me rabattis sur le salon de beauté de ma grand-mère, Lady Boucles, dans Hamilton Avenue. J'avais rendez-vous à neuf heures et demie. Ma cote « potins » était si haute que je pouvais arriver chez Lady Boucles à n'importe quelle heure du jour ou de la nuit et être prise tout de suite en main.

On sortit par la porte de devant et je remarquai la camionnette garée contre le trottoir d'en face.

— Grossman, dit Morelli.

— Il a une Duc dans cette camionnette ?

— Non. Il a un émetteur-récepteur, des mots croisés et un pot de confiture.

Je ne quittai pas des yeux la Porsche et ses sièges en cuir aussi tendre que du beurre. Et je me disais que j'aurais l'air très cool dans cette Porsche.

— Oublie ça, me dit Morelli. Prends la Buick. Si tu as des ennuis, la Buick est un vrai char d'assaut.

— Je vais chez le coiffeur. Que veux-tu qu'il m'arrive comme ennuis ?

— « Ennuis », c'est ton autre nom, ma jolie.

Sally s'était campé entre la Porsche et la Buick :

— Alors, on tire à pile ou face ?

— La Porsche, dis-je. Sans hésiter, la Porsche.

Sally prit place et boucla sa ceinture de sécurité.

— Cette bagnole monte à cent soixante kilomètres à l'heure en une seconde, putain !

Il mit le contact et partit comme une fusée.

— Ouah ! criai-je. C'est un quartier résidentiel ici, ralentis !

Sally me lança un regard de derrière ses lunettes noires.

— J'aime la vitesse, mec. La vitesse, c'est le pied !

— Stop ! criai-je en plaquant mes mains sur le tableau de bord. Il y a un stoooop !

— Il suffit de demander, dit Sally en appuyant comme un fou sur la pédale de frein.

Je rebondis contre les sangles de ma ceinture de sécurité.

— Iiik !

Sally posa une main affectueuse sur le volant.

— Cette bagnole, c'est l'expérience d'ingénierie radicale.

— Tu es sous drogue ou quoi ?

— Mais non. Il est encore trop tôt pour moi. J'ai l'air d'un junkie ?

Il tourna dans Hamilton Avenue et, pied au plancher, remonta Clip Street et Curl Street. Il trouva une place et, par-dessus la monture de ses lunettes, considéra la boutique.

— Rétro, commenta-t-il.

Dolly avait transformé le rez-de-chaussée de son pavillon en salon de coiffure. J'y venais quand j'étais petite me faire égaliser ma frange, et rien n'avait changé depuis cette époque. À la mi-journée ou le dimanche, l'endroit serait bondé, mais en ce début de matinée, il n'y avait que deux femmes qui patientaient sous des casques. Myrna Olsen et Doris Zayle.

— Bédidonc, me dit Myrna, je viens d'apprendre la nouvelle ! Tu épouses Joe Morelli. Félicitations.

— J'ai toujours su que vous finiriez par vous marier tous les deux, dit Doris en repoussant le casque de son séchoir. Vous êtes faits l'un pour l'autre.

— Hé, je ne savais pas que vous alliez vous marier, les mecs, fit Sally. Bravo !

Tout le monde se tourna vers lui, bouche bée. Aucun homme ne venait jamais chez Lady Boucles. Et Sally faisait très homme aujourd'hui... à l'exception, peut-être, de son rouge à lèvres et de ses boucles d'oreilles fantaisie de cinq centimètres de long.

— Je vous présente Sally, dis-je.

— Relax, fit Sally en tendant le poing en un salut genre rappeur. Je pensais me faire manucurer. Mes ongles sont complètement nazes.

Moment de flottement.

— Sally est drag-queen, expliquai-je.

— Ah, ben ça, c'est quelque chose, dit Myrna. C'est...

Doris se pencha vers lui.

— Vous portez des robes ? lui demanda-t-elle.

— Plutôt des jupes, répondit Sally. J'ai le buste trop long pour mettre des robes. Elles ne m'avantagent pas, je crois. Évidemment, j'ai deux ou trois robes du soir. Ça, c'est différent. Une robe du soir, ça va à tout le monde !

— Ça doit être glamour d'être drag-queen, dit Myrna.

— Ouais, ça peut aller... jusqu'au moment où on commence à vous lancer des canettes de bière sur la gueule, dit Sally. Là, c'est vraiment galère, putain !

Dolly inspecta mes cheveux.

— Mais qu'est-ce qui est arrivé à tes cheveux ? C'est un aveugle qui te les a coupés ?

— Des œufs se sont figés dedans, il a fallu enlever tout ça.

Myrna et Doris échangèrent un regard et levèrent les yeux au ciel avant de s'en retourner sous leur casque.

Une heure plus tard, Sally et moi reprenions place dans la Porsche : lui avec des ongles rouge cerise et moi avec un faux air de mamie Mazur. Je risquai un coup d'œil dans le miroir de courtoisie et sentis des larmes s'amasser derrière mes yeux. Mes cheveux naturellement bouclés étaient coupés court et j'avais le crâne couvert d'accroche-cœurs à la Betty Boop.

— Mastoc, commenta Sally. On dirait de grosses crottes de chien, putain !

— Tu aurais dû me dire qu'elle me faisait ça !

— Je ne le voyais pas. Je me faisais sécher les ongles. Excellente, comme manucure.

— Ramène-moi chez Morelli. Je vais me flinguer.

— Il faut juste y mettre un peu de gel coiffant, me dit Sally en tripotant ce qui me restait de cheveux. Je vais t'arranger ça. Ça me connaît.

Autre coup d'œil dans le miroir une fois qu'il eut terminé.

— Hiiiiiii !

Je ressemblais à Sally.

— Tu vois, dit-il, je sais m'y prendre. Moi aussi, j'ai les cheveux naturellement bouclés.

Je regardai de nouveau. *Bah, c'est vrai que ça fait un peu moins « crottes de chien ».*

— Bon, dis-je, on ferait peut-être mieux d'aller dans le nord de Trenton. Allons nous assurer qu'Eddie Kuntz n'est pas tranquillement assis dans sa cuisine en train de déjeuner.

Sally appuya sur le champignon, et ma tête fut rejetée en arrière.

— Le coup du lapin ! dit-il.

— Ça fait combien de temps que tu as cette voiture ?

— Trois semaines.

L'aiguille de mon petit radar intérieur oscilla dangereusement.

— Tu as ton permis ?
— J'avais.
Aïe, aïe, aïe.

La Lincoln Town était garée devant la partie Glick de la maison. Pas de voiture devant la partie Kuntz.
— Je n'aime pas ça, dis-je à Sally.
— Peut-être bien que le bon vieux Eddie Kuntz sert de nourriture aux poissons.
Maintenant que la voiture d'Eddie avait été retrouvée, son oncle et sa tante devaient se faire un sang d'encre. Peut-être seraient-ils bouleversés au point de me laisser fureter chez lui ?
Léo Glick ouvrit sa porte avant que j'aie eu le loisir de frapper.
— Je vous ai vus arriver. Qu'est-ce que c'est que cette voiture de frappadingue ? On dirait un œuf géant métallisé.
— C'est une Porsche, répondit Sally.
Léo le regarda en fronçant les sourcils.
— Et ces boucles d'oreilles, là, c'est quoi ?
— J'avais envie d'être joli aujourd'hui, mec, rétorqua Sally en secouant la tête en guise de démonstration. Vous avez vu comme elles scintillent au soleil ? Génial, hein, putain ?
Léo fit un pas en arrière, comme si Sally pouvait être dangereux.
— Qu'est-ce que vous voulez ? me demanda-t-il.
— Vous n'avez pas de nouvelles d'Eddie, je suppose ?
— Bonne supposition. Et je vais vous dire un truc : j'en ai marre de tous ces gens qui viennent me poser des questions sur lui. Les flics, ce matin, au sujet de sa voiture. La belle affaire. Il l'a laissée quelque part, et alors ? Après, c'est une pouffiasse qui se pointe, et maintenant c'est vous avec votre Miss Amérique !
— Qu'est-ce que vous appelez « pouffiasse » ? Vous vous souvenez de son nom ?
— Joyce.

Super. Juste ce qu'il me fallait. Joyce, le retour !

— C'est qui ? cria Betty de l'intérieur de la maison.

Elle arriva et passa la tête par-dessus l'épaule de Léo.

— Oh, encore vous. Pourquoi venir nous enquiquiner sans arrêt ? Mêlez-vous de vos affaires une fois pour toutes !

— Je suis étonnée que vous ne soyez pas plus inquiets du sort de votre neveu. Et ses parents ? Ils ne se font pas plus de souci que ça, eux ?

— Ses parents sont dans le Michigan, dit Léo. On a de la famille là-bas. Et on n'est pas inquiets parce que Eddie est un gros fainéant. Il nous fait le même coup sans arrêt. Si on le supporte, c'est uniquement parce qu'on est du même sang. On lui fait payer un petit loyer, mais ce n'est pas pour autant qu'on doit lui servir de baby-sitters.

— Ça vous ennuie si je jette un coup d'œil chez lui ?

— Et comment que ça m'ennuie ! dit Léo. Je n'ai pas envie qu'on fouine dans ma maison.

— Déjà que le téléphone n'arrête pas de sonner depuis que la police est venue, renchérit Betty. Tout le monde veut savoir ce qui se passe.

— Tout à l'heure, on va avoir droit aux camionnettes de la télévision et je vais passer au journal du soir à cause de *son* neveu, dit Léo.

— C'est aussi le tien, lui fit remarquer Betty.

— Seulement par alliance, alors ça ne compte pas.

— Ce n'est pas un mauvais garçon, insista Betty.

— C'est un bon à rien. Un *bon à rien* !

14

Sally et moi, à côté de la Porsche, observions les Glick nous faire signe de déguerpir.

— Ils ont... une case en moins, non ? dit Sally.

— La première fois que je les ai vus, j'ai pensé qu'ils aimaient bien Kuntz. Betty, en tout cas. Au début, elle m'invitait à manger du quatre-quarts, elle était chaleureuse. Maternelle, même.

— C'est peut-être eux qui ont buté ce bon vieil Eddie. Peut-être qu'il ne payait pas son loyer ? Peut-être qu'il a fait affront au quatre-quarts de sa tatie ?

Je ne pensais pas qu'ils aient tué Eddie. Par contre, je trouvais leur comportement étrange. Si je devais mettre un nom sur leurs sentiments, je parlerais de peur et de colère. Ils voulaient éviter à tout prix que je mette le nez dans leurs affaires. Ce qui pouvait signifier deux choses : soit ils avaient quelque chose à cacher, soit je leur étais particulièrement antipathique. Comme je ne pouvais concevoir qu'on ne m'aime pas, j'en conclus qu'il y avait anguille sous roche. Et la seule anguille imaginable, c'était Eddie Kuntz. Peut-être ses kidnappeurs les avaient-ils contactés et leur avaient-ils fichu la pétoche ?

Oh, autre idée : peut-être Kuntz était-il mêlé à cette affaire de faux billets et était-il passé dans la clandestinité ? Peut-être le mot que lui avait donné le barman était-il une mise en garde ? Et peut-être avait-il dit à oncle Léo qu'il allait bien, que Léo devait ne rien dire, ne rien voir, ne rien entendre et ne laisser personne venir fouiner dans ses affaires, sinon... Dieu du ciel, peut-être ses placards étaient-ils pleins de liasses de billets de vingt !

Betty nous faisait toujours signe de partir. En prime, elle articulait le mot : « oust ».

— Et si je conduisais, dis-je. J'ai toujours eu envie de conduire une Porsche. *Et j'ai toujours eu envie de vivre.*

Mon alphapage sonna, et je regardai le numéro. Inconnu. Je pêchai mon téléphone portable dans mon fourre-tout et appelai.

— Bon Dieu, ça a été rapide, dit une voix surexcitée à l'autre bout de la ligne.

Je fronçai les sourcils, comme si ça pouvait m'aider à m'éclaircir les idées.

— Qui êtes-vous ? demandai-je.

— Bernie ! Vous savez, du rayon « fruits et légumes ». J'ai des nouvelles pour vous. Francine Nowicki vient d'arriver. Elle voulait des produits très spéciaux, si vous voyez ce que je veux dire.

Oui !

— Elle est toujours là ?

— Ouais. J'ai été très malin. Je lui ai dit que je ne pouvais rien lui obtenir avant ma pause, et là, je vous ai appelée tout de suite. Je n'ai pas oublié que votre petite copine m'a dit qu'elle me revaudrait ça...

— J'arrive. Faites en sorte que Mme Nowicki ne parte pas avant que je sois là.

— Votre copine est avec vous, hein ?

Je coupai la communication et sautai en voiture.

— La chance nous sourit ! Mme Nowicki mère est accro aux fruits. Elle est allée s'approvisionner.

— Accro ? fit Sally. Quel pied !

Je n'avais pas envie de lui dire à quoi les clients de Bernie étaient réellement accros. Je craignais qu'il ne mette Bernie à sec et qu'il ne reste rien pour la mère de Maxine.

Je démarrai, pied au plancher.

— Ouah ! À fond sur le champignon, Starsky ! Super !

Une dizaine de minutes plus tard, je garai la Porsche au parking du supermarché. J'écrivis un mot à l'intention de Bernie pour lui dire qu'il donne à Francine Nowicki des « fruits » pour un jour seulement, et qu'il lui demande de repasser le lendemain pour avoir le reste. Juste au cas où je la raterais. Je signai : « Gros bisous, ta nouvelle amie, Stéphanie. » Et j'ajoutai que Lula l'embrassait aussi.

— Il y a un type tout petit aux « fruits et légumes » qui ressemble à R2D2, dis-je à Sally. Donne-lui ce mot et file. Si tu vois la mère de Maxine, ne t'approche pas d'elle. Tu donnes ce mot à Bernie et tu reviens tout de suite pour qu'on puisse filer Mme Nowicki si elle s'en va.

Sally traversa le parking à grandes enjambées, ses boucles d'oreilles scintillant sous le soleil, ses cheveux en queues de rat tressautant au gré de sa démarche. Il franchit les portes vitrées et prit la direction des « fruits et légumes ». Je le perdis de vue quelques instants, puis il réapparut, se dirigeant vers la sortie.

— Elle est là, me dit-il en se contorsionnant pour entrer dans la voiture. Je l'ai vue devant les pommes. On ne voit qu'elle avec son gros bandage sur le crâne. Elle a mis un foulard, mais on voit tout de même qu'il y a un bandage dessous.

J'avais choisi une place loin de l'entrée du supermarché, à côté d'une camionnette, de façon qu'on soit moins repérables. On fit silence, les yeux rivés sur les portes du supermarché.

— Là ! glapit Sally. Elle arrive !

On se tassa dans nos sièges. Manœuvre superflue. Mme Nowicki était garée à l'autre bout du parking. Et elle ne se méfiait pas. Une journée comme une autre dans la vie d'une ménagère de plus de cinquante ans :

faire ses courses, acheter de la came à Bernie Businessman.

Elle conduisait une vieille Ford Escort cabossée. Si elle était pleine aux as de faux billets, en tout cas, elle ne les dépensait pas en moyen de transport. Je la laissai prendre de l'avance, puis je quittai la place de parking au pas avant de me lancer à sa suite. Au bout d'un kilomètre, j'avais un mauvais pressentiment quant à sa destination. Un kilomètre plus loin, j'en avais la confirmation : elle rentrait chez elle. Maxine n'était pas Einstein, mais je ne la croyais tout de même pas assez bête pour se cacher chez sa mère.

Mme Nowicki se gara et entra chez elle à pas traînants. Si je pensais que Maxine était sur les lieux, j'avais le droit, en ma qualité de chasseuse de primes, de forcer la porte et d'entrer, revolver au poing. Je n'allais pas m'amuser à faire ça. Un : je n'avais pas mon revolver sur moi ; deux : j'aurais eu l'air idiote.

— Autant aller lui parler, dis-je.

Je descendis de voiture et, suivie de Sally, allai frapper à la porte. Mme Nowicki apparut sur le seuil.

— Tiens, fit-elle, je n'ai pas balayé devant ma porte.

— Comment va votre tête ?

Entrée en matière sympathique destinée à endormir la méfiance de cette pocharde et droguée de Mme Nowicki. Elle tira une longue bouffée sur sa cigarette.

— Ma tête va à merveille. Et comment va votre voiture ?

On m'y reprendra, à être sympa.

— Ils ont été navrés, à la compagnie d'assurances, alors ils m'ont donné cette Porsche.

— Ouais, à d'autres ! dit-elle. La Porsche appartient au monstre, là.

— Vous avez vu Maxine récemment ?

— Pas depuis Point Pleasant.

— Vous êtes parties précipitamment.

— J'en ai eu ma claque, du sable, dit Francine. Qu'est-ce que ça peut vous faire ?

J'entrai dans son salon.

— Ça vous ennuie si je jette un coup d'œil ?
— Vous avez un mandat de perquisition ?
— Pas besoin.
— C'est du harcèlement policier.
C'était un petit pavillon en rez-de-chaussée. Facile de voir que Maxine n'était pas là.
— Vous faites vos bagages ?
— Oui, je me débarrasse de mes Dior. J'ai décidé de ne plus porter que du Versace à partir de maintenant.
— Si vous voyez Maxine, vous...
— J'allais le dire. Je vous appellerai.
Près de la porte, il y avait une chaise et une table basse sur laquelle était posé un .38.
— Vous croyez que vous avez besoin de ça ? lui dis-je.
Mme Nowicki écrasa sa cigarette dans le cendrier à côté du revolver.
— Mieux vaut prévenir que guérir.
On regagna la Porsche. Mon alphapage sonna, affichant le numéro de mes parents.
Je les appelai. Ma grand-mère décrocha.
— On voulait juste savoir si tu dînais avec nous, me demanda-t-elle.
— Sans doute.
— Et Sally ?
— Aussi.
— J'ai vu qu'il portait des boucles fantaisie quand il est sorti ce matin, tu crois que je devrais m'habiller pour le dîner ?
— Non, ce n'est pas nécessaire.
Je démarrai et repris la direction du supermarché. Je voulais vérifier un dernier détail auprès de Bernie.
Suivie de Sally, je titubai dans la chaleur accablante et m'engouffrai dans l'air conditionné du supermarché. Bernie arrachait les feuilles abîmées de salades quand il nous vit. Ses yeux s'arrondirent. Le temps qu'on le rejoigne, il avait la danse de Saint-Guy.
— Oh, mec, dit-il en regardant Sally avec un sourire béat, vous revoilà ! Nom d'un chien ! J'avais bien cru

vous reconnaître, mais je n'en étais pas sûr. Mais là, en vous voyant arriver, je n'ai plus eu de doute ! Vous êtes Sally Sweet ! Dingue ! Je suis un de vos fans ! Un *grand* fan ! Je vais régulièrement au club. J'adore votre revue « Entre filles ». Oh, vous êtes super, les gars. Et Sugar, elle, vraiment, c'est la meilleure. Avec elle, je ne dirais pas non. C'est la plus belle fille que j'aie vue de ma vie !

— Sugar est un mec, dis-je.

— Arrête ton char !

— Hé, je m'y connais dans ce domaine.

— Ah ouais, j'avais oublié. Vous faites tellement normale.

— Mme Nowicki vous a payé avec un autre billet de vingt ?

— Oui. Le voilà. (Il le sortit de la poche de poitrine de sa chemise.) Et j'ai fait comme vous m'aviez dit, ajouta-t-il. Je ne lui ai donné que deux ou trois fruits. Dommage, parce que j'aurais pu faire un malheur. Elle avait beaucoup d'argent sur elle. Elle a sorti une liasse de billets de vingt assez grosse pour étouffer un cheval.

Je pris le billet et l'examinai. Il y avait la même rayure dans le coin.

Bernie, sur la pointe des pieds, tentait de voir le billet.

— Qu'est-ce qu'il a de si intéressant que ça ? demanda-t-il. Il déteint ou quoi ?

— Non. Je vérifie juste si c'est un vrai.

— Ah. Et alors ?

— C'est un vrai.

Un vrai faux billet.

— Il faut qu'on y aille, dis-je. Merci de m'avoir appelée.

— Ce fut un plaisir.

Il regarda de nouveau Sally, bouche bée.

— C'est géant de vous avoir rencontré, lui dit-il. Je suppose que ce n'est pas le moment de vous demander un autographe...

Sally prit le feutre noir dans la poche de poitrine de

la chemise de Bernie et écrivit « Bien à toi, Sally Sweet » sur son dôme glabre.

— Et voilà, mon grand, lui dit-il.

— Oh, mec ! s'exclama Bernie, donnant l'impression qu'il allait défaillir de bonheur. Oh, mec, c'est super.

— Tu fais ça souvent ? demandai-je à Sally.

— Oui, mais en général quand je tague les crânes, j'écris beaucoup plus petit.

Je gagnai le rayon « biscuits » pour me choisir de quoi déjeuner tout en me demandant si Morelli surveillait toujours le 7-Eleven. J'étais en mesure de lui faire gagner du temps. J'étais à peu près sûre que c'était la mère de Maxine qui écoulait les faux billets de vingt. Le magasin était dans son quartier et elle ne semblait pas trouver à redire à faire circuler de la fausse monnaie. L'avantage de prévenir Morelli que Francine Nowicki avait passé un autre faux billet, c'était qu'il laisserait certainement tomber la piste du 7-Eleven et surveillerait Francine à ma place. L'inconvénient, c'était que s'il y avait du nouveau, je ne pouvais être certaine qu'il me mettrait dans la confidence. Et s'il arrêtait Maxine et que je n'étais pas sur le coup, ni Vinnie ni moi ne verrions la couleur de notre argent.

Sally et moi optâmes pour une boîte de figues Newton et deux sodas. On passa à la caisse et on grignota dans la voiture.

— Alors, fit Sally, raconte-moi ce plan de mariage. Je pensais que tu te faisais tringler par Morelli une fois de temps en temps, c'est tout.

— On ne va pas se marier. Et je ne me fais jamais « tringler », moi...

— Ouais, c'est ça.

— ... enfin presque. Bon, d'accord, je me suis fait tringler par Morelli... de temps en temps... il y a longtemps... et « tringler » n'est pas le terme approprié, je ne suis pas un rideau. Nous avions... des rapports sexuels librement consentis.

— Ce sont les meilleurs.

J'acquiesçai et gobai une autre figue.

— Mais tu en pinces pour Morelli, quand même, non ?

— Je ne sais pas. J'éprouve quelque chose pour lui, c'est vrai... mais quoi ?

On mâchonna quelques figues tout en songeant à cela.

— Tu sais ce que je ne pige pas ? fit Sally. Je ne comprends pas que tout le monde se soit donné tant de mal pour nous lancer sur des fausses pistes il y a cinq jours, et maintenant Mme Nowicki est tranquillement rentrée chez elle. Elle nous a parlé comme si elle se fichait qu'on soit là.

Il avait raison. Manifestement, les données avaient changé. Ma crainte, c'était que Maxine ait joué les filles de l'air. Si elle était tranquillement en route vers une nouvelle vie, Mme Nowicki pouvait se permettre de prendre plus de risques. De même que Margie. Je n'étais pas passée par chez Margie, mais j'étais certaine qu'elle était chez elle en train de mettre ses objets de valeur dans une valise tout en expliquant à son mistigri pourquoi maman allait partir très très longtemps. Elle paierait sans doute la baby-sitter du chat en faux billets de vingt.

Mais, bien sûr, elle ne pouvait pas partir tout de suite. Elle avait rendez-vous avec son médecin. Francine aussi. Une chance pour moi, car j'aurais bien du mal à les surveiller toutes les deux. Je n'étais pas le FBI. Je ne disposais pas de leur matériel sophistiqué. En fait, je n'avais même pas de voiture. Une Porsche gris métallisé, une Buick 53 et une Firebird rouge – on faisait mieux en matière de discrétion. J'allais devoir me dégoter un véhicule qui passe inaperçu pour pouvoir me poster devant chez Mme Nowicki sans risque d'être repérée.

— Pas question ! s'écria Morelli. Je ne te prête pas mon pick-up. Tu es une tueuse de voitures !

— Ce n'est pas vrai !

— La dernière fois que je t'ai prêté ma voiture, elle a explosé ! Tu l'as déjà oublié ?

— Oh, si tu ramènes toujours les vieilles histoires sur le tapis...

— Et ton pick-up ? Et ta CRX ? Explosés !

— Pour être précis, la CRX a pris feu.

Morelli ferma les yeux très fort et se tapa le front du plat de la main.

— Hargh ! fit-il.

Il était un peu plus de quatre heures. Sally regardait la télévision au salon ; Morelli et moi étions dans la cuisine. Il venait de rentrer et il avait sa tête des mauvais jours. Sans doute aurais-je mieux fait d'attendre un meilleur moment pour lui parler du pick-up, mais il fallait que je sois chez ma mère dans une heure pour dîner. Peut-être devrais-je tenter une approche différente, me dis-je. Je fis courir mes doigts sur son T-shirt trempé de sueur et me collai à lui.

— Tu as l'air d'avoir... « chhhho ».

— On ne peut pas faire plus chaud que moi.

— Je pourrais peut-être faire quelque chose pour toi...

Il plissa les yeux.

— Parlons clair, dit-il. Serais-tu en train de t'offrir à moi pour que je te prête mon pick-up ?

— Heu... non. Non, ce n'est pas tout à fait ça.

— C'est *quoi* alors ?

Je ne savais pas trop ce que c'était. J'avais juste voulu plaisanter, mais Morelli était très sérieux.

— J'ai besoin d'une bière, dit-il. La journée a été longue, et elle est loin d'être finie. Je dois relayer Grossman dans une heure.

— Du nouveau au sujet de la voiture de Kuntz ?

— Non, rien.

— Du nouveau au 7-Eleven ?

— Non, rien.

Il éclusa sa bière.

— Et toi ? fit-il. Ta journée ?

— Lente. Morne.

— Qui veux-tu surveiller ?

— Mme Nowicki. Elle est revenue chez elle. Je suis allée la voir. Elle faisait ses bagages.

— Ça ne veut pas dire qu'elle va te mener à Maxine.

— C'est tout ce que j'ai, dis-je avec un haussement d'épaules.

— Non. Tu as autre chose.

Je haussai le sourcil d'un air de dire : Ah bon, quoi ?

Morelli balança la canette de bière vide à la poubelle.

— J'espère que ça n'a pas de rapport avec mon affaire de faux billets, dit-il. L'idée que tu pourrais me cacher des preuves ne me plairait pas du tout.

— Moi, te cacher des preuves ? Tu plaisantes ?

Il fit un pas vers moi et me plaqua contre le comptoir.

— Alors, jusqu'à quel point as-tu envie que je te prête mon pick-up ?

— J'en ai très envie.

Son regard glissa sur ma bouche.

— Jusqu'à quel point ? répéta-t-il.

— Pas à ce point-là, répondis-je.

Il poussa un soupir dégoûté et me lâcha.

— Ah, les femmes.

Sally, qui regardait toujours la télé, chantait de concert, se dévissant la tête en un numéro à la heavy metal.

— Bon sang, dit Morelli en passant la tête dans le salon, c'est un miracle qu'il ne perde pas un boulon !

— Je ne peux pas te prêter ma voiture, me dit mon père. Je la fais réviser demain. J'ai déjà pris rendez-vous. Qu'est-ce qui ne va pas avec la Buick ?

— Elle n'est pas adaptée à une surveillance. Tout le monde la regarde.

Nous étions à table. Ma mère servait du chou farci. *Plop, plop, plop, plop,* quatre parts dans mon assiette. Je déboutonnai le premier bouton de mon short et pris ma fourchette.

— Il me faut une nouvelle voiture, dis-je. L'assurance ne m'a toujours pas remboursée.

— Ce qu'il te faut, c'est un vrai travail, rétorqua ma

mère. Et qui te rapporte. Tu ne vas pas en rajeunissant, tu sais. Combien de temps encore crois-tu pouvoir traquer des voyous ? Si tu avais un travail régulier, tu pourrais te payer une voiture.

— Je travaille régulièrement la plupart du temps. Il se trouve que je suis coincée sur une affaire bidon !

— Tu vis au jour le jour.

Que répondre ? Elle avait raison.

— Je pourrais te trouver un emploi comme chauffeur de bus scolaire, me dit mon père en attaquant son dîner. Je connais le type qui embauche. On gagne pas mal en conduisant des bus.

— J'ai vu un reportage sur les chauffeurs de bus scolaires, raconta ma grand-mère. Deux sur trois souffrent d'hémorroïdes à cause du mauvais état des sièges.

Ma paupière se remit à tressauter. Je posai le doigt dessus pour la faire cesser.

— Qu'est-ce qui ne va pas avec ton œil ? me demanda ma mère. Encore ce tic ?

— Oh, j'allais oublier, dit ma grand-mère. Une de tes amies est passée te voir aujourd'hui. Je lui ai dit que tu étais partie travailler, elle a laissé un mot pour toi.

— Mary Lou ?

— Non. Je ne l'avais jamais vue. Très jolie. À mon avis, elle travaille chez l'esthéticienne du centre commercial, elle avait une tonne de maquillage sur la figure.

— Pas Joyce !

— Non, je te dis que je ne l'avais jamais vue. Le mot est dans la cuisine, sur le comptoir, à côté du téléphone.

Je repoussai ma chaise et allai à la cuisine. Je trouvai une petite enveloppe cachetée au nom de « STÉPHANIE » tapé à la machine. Ça pouvait être une invitation à un mariage, un baptême ou un anniversaire. J'ouvris l'enveloppe et m'accoudai au comptoir. Le message était sans ambiguïté : « TU VAS CREVER, CONNASSE. » Et, en lettres plus petites, il précisait que ce serait quand je m'y attendrais le moins. Il était écrit sur une fiche de cuisine.

Ce qui m'inquiétait encore plus que le mot était que Sugar soit passé en coup de vent chez mes parents et ait donné l'enveloppe à ma grand-mère en main propre.

Je retournai m'attabler au salon et engloutis trois parts de chou farci. Je ne savais comment réagir. Il fallait que je mette ma famille en garde, mais je ne voulais pas non plus les inquiéter outre mesure.

— Alors ? fit mamie Mazur. C'était une invitation ?

— Une copine de boulot, répondis-je. Pour tout dire, je ne l'apprécie pas, alors si vous la revoyez, ne la faites pas entrer. En fait, ne lui ouvrez même pas.

— Oh mon Dieu ! s'écria ma mère. Encore une foldingue ? Ne me dis pas qu'elle veut te tuer ?

— Eh bien, en fait...

Ma mère se signa.

— Sainte Marie, mère de Dieu...

— Ne recommence pas avec la Sainte Vierge, lui dis-je. Ce n'est pas à ce point-là.

— Alors, qu'est-ce que je fais si je la revois dans les parages ? demanda ma grand-mère. Tu veux que je la dégomme ?

— Non ! Je te demande juste de ne pas l'inviter à prendre le thé.

Mon père reprit une part de chou :

— La prochaine fois, mets moins de riz.

— Frank, lui dit ma mère, tu entends ce dont on parle ?

Mon père leva la tête.

— Hein ?

Ma mère se frappa le front du plat de la main.

Sally, qui se gavait de chou farci comme si nos lendemains seraient les vaches maigres, s'interrompit et me regarda. Je vis qu'il cogitait. Jolie fille. Très maquillée. Mot. Mauvaises intentions.

— Oh-oh, fit-il.

— Il faut que je file, dis-je à ma mère. J'ai du travail ce soir.

— J'ai fait des biscuits aux pépites de chocolat pour le dessert.

— Je les mettrai dans un sac.

Ma mère se leva d'un bond.

— Je vais le faire.

Nous avons un droit du travail très strict au Bourg. Ce sont les mères qui font les *doggy-bags*. C'est ainsi. Pas d'exception à la règle. Dans tout le pays, les gens cherchent des moyens de se libérer du joug du travail. Au Bourg, les femmes au foyer militent pour conserver leurs prérogatives. Même celles qui travaillent refusent de renoncer à mettre ou débarrasser la table. Et même s'il arrive, de temps en temps, que d'autres membres de la famille soient recrutés pour passer la serpillière dans la cuisine, faire la lessive ou cirer les meubles, jamais personne ne réussit ces tâches selon les normes de la maîtresse de maison.

Je pris le sachet de biscuits et poussai doucement Sally vers la sortie. Il était encore tôt, nous n'étions pas obligés de partir, mais je craignais de ne pas supporter encore longtemps cet interrogatoire. Je ne voyais pas de bon moyen pour expliquer à ma chère maman que j'étais pourchassée par un drag-queen à tendances homicides.

Ma mère et ma grand-mère, du seuil, nous observaient tandis que nous montions en voiture. Elles se tenaient le dos très droit, les mains jointes, les lèvres pincées. De solides femmes hongroises. Ma mère se demandait quelle erreur elle avait commise avec moi, et pourquoi je traînassais en compagnie d'un homme à boucles d'oreilles. Ma grand-mère regrettait de ne pas venir avec nous.

— J'ai ma clé ! leur criai-je. Alors, autant que vous verrouilliez les portes !

— Ouais ! ajouta Sally. Et ne restez pas devant les fenêtres.

Ma mère se signa derechef.

— Tout cela doit cesser, dis-je en mettant le contact. J'en ai assez d'avoir peur que Sugar ne me saute dessus et ne mette le feu à mes cheveux.

— J'ai parlé à ceux du groupe. Ils ne l'ont pas vu.

Je pris la direction de Chambers Street. En vérité, je ne m'étais pas occupée sérieusement du cas « Sugar ».

— Parle-moi de Sugar, demandai-je à Sally. Qu'est-ce que tu as raconté à la police ?

— On cohabite depuis cinq ou six mois, mais je ne sais pas grand-chose sur lui. Ses parents sont dans l'Ohio. Ils n'ont pas supporté qu'il soit gay, alors Sugar a préféré se tirer. Ça fait à peu près un an que je suis dans le groupe, mais au début je fréquentais surtout les Chiens hurlants. Il y a six mois, Sugar a commencé à se crêper le chignon avec John, son petit ami, et ça a tourné au règlement de compte. John a déménagé, j'ai emménagé. Sauf que moi, ce n'était pas comme John, tu vois. J'étais juste un colocataire.

— Sugar avait d'autres idées en tête ?

— Pas qu'en tête. Mince, ça fait vraiment chier, parce que c'était idéal comme partage d'appart. Sugar est un obsédé de la propreté. Un fou du ménage. Et que je nettoie, et que je nettoie, et que je nettoie... Moi, ce n'est pas tellement mon truc, tu vois, alors c'était cool. C'est vrai quoi, nous, au moins, on ne se battait pas pour savoir qui allait passer l'aspirateur, putain ! Et en plus, il est vraiment doué pour les conneries féminines. Il sait tout sur les fonds de teint, le blush, la meilleure laque. Si tu m'avais vu avant que j'aille habiter avec lui ! J'étais une sauvage, putain ! C'est vrai, quoi, j'ai habité avec deux ou trois gonzesses, mais je n'avais jamais regardé comment elles s'y prenaient pour mettre leur eye-liner, putain ! Ces conneries féminines sont d'un compliqué ! Sugar, il connaît tout sur ces trucs. Il m'aidait à choisir mes fringues aussi. C'est la seule chose qu'on léchait ensemble : les vitrines. C'était son dada ! Des fois, il m'achetait des vêtements, comme ça, ce n'était même pas la peine que j'aille avec lui.

D'où le short « révèle-fesses ».

— Il était en drag-queen quand il est passé chez mes parents et a donné le mot à ma grand-mère, dis-je. Il faut du matériel pour se mettre en femme, et il y a peu de chances que Sugar ait eu le temps d'aller chercher ses affaires à l'appartement. Alors, soit il a un autre appart, soit il a acheté de nouvelles fringues.

— Je pencherais plutôt pour la seconde solution, dit Sally. Sugar se fait beaucoup de fric. Cinq fois plus que moi.

— Dommage que l'appartement ait brûlé. On aurait peut-être pu retrouver certaines choses.

— Et la police a son journal intime.

Le bon sens me poussait à m'en remettre à Joe, mais quand je pesais le pour et le contre, ça ne tenait pas la route. La police avait ses raisons pour arrêter Sugar. Elle devait déjà mettre le paquet. Là, il nous fallait un autre type d'approche. Il nous fallait Ranger.

Je l'appelai chez lui, sur son portable et finis par le joindre sur son téléphone de voiture.

— À l'aide, lui dis-je.

— Sans blague ?

Je le briefai sur les dernières atrocités.

— Dur, fit-il pour tout commentaire.

— Oui. Alors, qu'est-ce que je fais, à ton avis ?

— Mets-le mal à l'aise. Envahis son espace, fais des trucs qui le rendent dingue.

— En langage clair, que je serve de cible.

— À moins que tu ne saches où il habite. Dans ce cas, on y va et on le coince. Mais tu ne sais pas où il habite, je suppose ?

Je regardai dans mon rétro et vis la BMW noire de Ranger se couler le long du trottoir à une centaine de mètres derrière moi.

— Comment m'as-tu trouvée ? lui demandai-je.

— J'étais dans le quartier. Je t'ai vue tourner dans Chambers Street. Le type avec toi, il porte des boucles d'oreilles ?

— Oui.

— Très mimi.

— Bon, on va aller dans les endroits où Sugar a l'habitude de traîner, voir ce qu'on peut glaner.

— Je me laisse porter par le vent, baby.

Allez savoir ce qu'il entendait par là.

— J'ai tout planifié, dit Sally en s'engageant dans le petit parking à côté du restaurant du centre-ville. Voici notre premier arrêt.

Je lus l'enseigne sur le côté de la façade. L'ENFER DE DANTE.

Aïe, aïe, aïe.

— Ne t'inquiète pas, me dit Sally. C'est juste un restaurant. Cuisine épicée. Sugar adore tout ce qui est épicé.

Le restaurant était, en gros, constitué d'une vaste salle. Les murs étaient décorés de fausses fresques qui dépeignaient diverses scènes où satyres et minotaures batifolaient dans les flammes de l'enfer. Sugar n'était pas en vue.

Deux hommes firent signe à Sally qui leur rendit la pareille.

— Salut, les mecs ! leur lança Sally en traversant la salle dans leur direction. Je cherche Sugar. Vous ne l'auriez pas vu ce soir ?

— Non, dirent-ils. Ça fait une semaine qu'on ne l'a pas vu.

Après notre incursion chez Dante, on fit la tournée des bars et des restaurants, sans que la chance nous sourie davantage.

— On est là, on cherche Sugar, dit Sally, mais pour tout te dire, s'il nous tombait dessus, je m'enfuirais à toutes jambes. Il est louf, quoi. Il pourrait me taillader au rasoir, putain !

J'essayais de ne pas penser à ça. Je me disais que Ranger était quelque part... pas loin. Et je m'efforçais de rester sur le qui-vive, prête à réagir à la moindre alerte. Je me disais que si Sugar voulait me lacérer le visage, j'aurais une chance de me défendre ; mais s'il voulait se débarrasser de moi, il pourrait le faire : difficile d'éviter une balle tirée par un homme qui pensait qu'il n'avait plus rien à perdre.

Le soleil s'était couché. Le crépuscule nous enrobait,

ce qui n'était pas fait pour me rassurer. Trop de coins d'ombre. Sally connaissait quelqu'un dans presque tous les endroits que nous avions visités. Personne n'avait dit avoir vu Sugar, mais ce n'était pas vrai pour autant. La communauté gay protégeait les siens, et Sugar était très aimé dans le milieu. J'espérais que quelqu'un avait menti, que Sugar avait été prévenu que nous étions à ses trousses et que cela le ferait sortir de sa tanière.

— Il nous reste encore beaucoup d'endroits où aller ? demandai-je à Sally.

— Deux ou trois clubs. On ira au Ballroom en dernier.

— Tu crois que Sugar est sorti en drag-queen ?

— Difficile à dire. Ça dépend de son humeur. Il se sent plus sûr de lui en drag. Moi, c'est toujours comme ça. On se maquille et c'est *Attention les yeux* !

Je pouvais confirmer. Mon maquillage augmentait avec mon sentiment d'insécurité. En fait, en ce moment même, j'avais une envie irrépressible de crayonner mes lèvres avec du fard à paupières bleu.

On s'arrêta au Strip, Chez Mama Gouches et Chez Curly. Il ne restait plus qu'un seul lieu : le Liberty Ballroom. Un nom judicieusement choisi. Si on n'était pas pour la liberté des mœurs, ce n'était pas vraiment l'endroit à fréquenter.

Je roulai devant les bâtiments administratifs qui semblaient toujours mystérieusement déserts la nuit. Un immense parking inoccupé à l'air étrange sous son éclairage halogène. Des immeubles vides aux vitres noires qui faisaient penser à l'étoile de la mort.

Le Ballroom est situé juste après, à côté de la tour de logements pour personnes âgées connue par tout un chacun sous le nom du Dépotoir.

Sally avait répété à tout le monde que nous finirions la soirée au Ballroom ; maintenant que nous y étions, j'avais la chair de poule. Peur et mauvais pressentiment unissaient leurs efforts pour me déstabiliser. J'étais sûre que Sugar était là, qu'il n'attendait que nous. Je me garai et cherchai Ranger des yeux. En vain. C'est parce qu'il est invisible comme le vent, me dis-je. Mais peut-être le vent avait-il tourné ? Peut-être était-il rentré chez lui pour regarder les matches de boxe du mardi soir à la télé ?

Sally fit craquer ses articulations. Il ressentait la même chose que moi. Nos regards se croisèrent et nous échangeâmes une grimace.

— *Go !* dis-je.

15

On s'arrêta sur le seuil et on fit le tour de la salle du regard. Bar et tables devant. Minipiste de danse au fond. Beaucoup d'obscurité, beaucoup de monde, beaucoup de bruit. J'avais cru comprendre que le Ballroom était un bar gay mais, apparemment, toutes les personnes présentes ne l'étaient pas.

— Que font tous ces non-gays ici ? demandai-je à Sally.

— Du tourisme. Le gérant faisait faillite. Au départ, c'était un bar gay, mais les gays, ça ne court pas les rues à Trenton. Alors Wally a eu une idée de génie : il a loué les services de gars pour qu'ils viennent danser et se peloter, comme ça le bar faisait vraiment gay. Le bouche-à-oreille a fonctionné, et les gens ont commencé à affluer sur l'idée qu'on peut venir là tout en étant politico-sexuellement correct, putain !

Sally sourit.

— Et maintenant, c'est supertendance.

— Comme toi.

— Ouais. Je suis supertendance, putain.

Il me montra quelqu'un.

— Tu vois le type en chemise rouge ? C'est Wally, le proprio. Un génie. L'autre idée qu'il a eue, c'est d'offrir le premier verre aux trippeurs d'un jour.

— Les « trippeurs d'un jour » ?

— Les yuppies qui veulent être gays à la journée. Genre, le mec qui pense que ce serait le pied de mettre les fringues de sa femme et de sortir dans un bar. Ben, c'est la bonne adresse ! Vous avez une boisson offerte, vous êtes dans la mouvance, alors tout baigne. Il y en a même qui viennent avec leurs femmes qui jouent les lesbiennes d'un jour.

La femme à côté de moi était vêtue d'un blouson de cuir noir et d'un minishort assorti. Elle arborait une permanente onéreuse qui lui assurait une couronne de boucles rousses parfaites, et elle portait un rouge à lèvres marron.

— Salut ! me lança-t-elle, amène et enjouée. Tu danses ?

— Non, merci. Je suis venue en touriste.

— Ça tombe bien, moi aussi, roucoula-t-elle. C'est trop ici, hein ? Je suis avec mon mari, Gene. Il a envie de me voir danser un slow avec une femme.

Gene faisait très BCBG en Dockers et chemise sport unie ornée d'un petit cheval cousu sur la poche de poitrine. Il éclusait son verre.

— Rhum-Coca, me dit-il en se penchant vers moi. Tu en veux un ?

Je refusai d'un signe de tête.

— J'ai un revolver dans mon sac. Un gros calibre.

Gene et sa moitié s'éloignèrent et disparurent dans la foule.

Sally était avantagé avec ses deux mètres dix. Il tournait la tête de tous côtés, regardant par-dessus la foule.

— Tu le vois ? lui demandai-je.

— Non.

L'idée d'être prise au piège dans le Liberty Ballroom ne me disait rien qui vaille. Trop de monde. Trop sombre. Bousculade perpétuelle. Sugar n'aurait aucune difficulté à me tomber dessus ici... comme Jack Ruby quand il avait tiré sur Lee Harvey Oswald. Je pourrais subir le même sort. Une balle dans le ventre et *ciao* !

Une main se posa dans mon dos et me poussa en avant. Je fis un bond de dix mètres.

— Aaaargh ! hurlai-je.

— Quoi ? Qu'est-ce qui se passe ? demanda Sally en regardant autour de nous, paniqué.

Je me rendis compte alors que c'était lui qui voulait me guider à travers la foule. Je portai une main à mon cœur.

— Rien. Je suis un tantinet nerveuse.

— J'ai l'estomac en compote, dit Sally. J'ai besoin de boire un verre.

Ça me semblait être une bonne idée. Je le suivis jusqu'au bar. Chaque fois qu'il bousculait quelqu'un, on se retournait sur lui et, immanquablement, il avait droit à : « Hé, c'est Sally Sweet ! Je suis un de vos fans ! » Et Sally rétorquait : « Putain, mec, c'est cool, ça. »

— Tu prends quoi ? me demanda Sally.

— Une bière en bouteille.

Si jamais Sugar m'agresse, je pourrais lui éclater la tête avec.

— Je n'aurais jamais cru que tu étais aussi célèbre, dis-je à Sally. Tous ces gens qui te connaissent...

— Ouais, fit Sally. La moitié de ces types ont dû me glisser un billet de cinq dollars dans mon porte-jarretelles. Je suis une spécialité régionale, en somme.

— Sugar est là, dit le barman en tendant les boissons à Sally. Il m'a demandé de te donner ça.

Il lui tendit une enveloppe format carte de visite identique à celle que Sugar avait donnée à ma grand-mère. Sally la décacheta et lut sur le mot : « TRAÎTRE. »

— C'est tout ? demandai-je.

— Il n'en dit pas plus. « Traître. » (Il hocha la tête.) Il est barge, mec. Plus allumé qu'une guirlande électrique, sauf que lui, il ne clignote pas.

Je bus une bonne goulée de bière en m'intimant de rester calme. O.K., Sugar est un peu border-line, et après ? Ça pourrait être pire. Le trancheur de doigts en liberté pourrait être à mes trousses. Voilà qui serait inquiétant. Il avait déjà tué quelqu'un, lui ! Nous n'étions pas certains que Sugar soit le tueur. Incendie criminel et meurtre, ça faisait deux, non ? Alors, inutile de se monter le bourrichon à l'avance.

Ranger apparut à mes côtés.

— B'jour, me dit-il.

— B'jour toi-même.

— Notre homme est là ?

— Apparemment. Mais on ne l'a pas encore repéré.

— Tu es armée ?

— Bouteille de bière.

Il me décocha un large sourire.

— Ravi d'apprendre que tu contrôles la situation.

— Ne t'en fais pas, je ne compte pas prendre racine.

Je présentai Ranger à Sally.

— Merde, fit Sally en considérant Ranger bouche bée. Bon Dieu de merde.

— Dites-moi ce que je cherche, demanda Ranger.

On ne le savait pas exactement.

— Perruque Marilyn, robe rouge hypercourte, répondit le barman.

Sa tenue de scène.

— O.K., dit Ranger. On va écumer la salle pour chercher ce gus. Considérez que je ne suis pas là.

— Tu vas encore jouer l'Homme invisible ?

Large sourire de Ranger.

— Tu es une petite maligne, toi.

Devant le sourire ravageur de Ranger, plusieurs femmes renversèrent leur verre et se cognèrent contre les murs. Une chance qu'il ne soit pas l'Homme invisible : il faisait déjà assez de dégâts comme ça.

On joua prudemment des coudes pour gagner le fond de la salle où des gens dansaient : les femmes avec les femmes, les hommes avec les hommes – sauf un couple mixte d'environ soixante-dix ans qui devait venir d'une autre planète et avoir atterri là par accident.

Deux hommes arrêtèrent Sally pour lui dire que Sugar le cherchait.

— Merci, répondit Sally, livide.

Dix minutes plus tard, nous avions fait le tour de la salle et étions bredouilles.

— J'ai besoin d'un autre verre, me dit Sally. D'un remontant. De drogue.

Cette allusion à la drogue me fit penser à Mme Nowicki. Plus personne ne la surveillait. J'espérais qu'elle était encore dans les parages pour aller voir son médecin comme prévu. Chaque chose en son temps, me dis-je. Ma prime ne me servira à rien si je suis morte.

Sally mit le cap sur le bar et moi sur les toilettes. Je poussai la porte et me retrouvai dans un petit couloir. Toilettes pour hommes d'un côté ; toilettes pour dames de l'autre. Je vis une autre porte au bout du couloir. Celle qui communiquait avec la salle se referma derrière moi, étouffant le bruit ambiant.

Il faisait frisquet ici, et le silence y était encore plus profond. J'éprouvai une légère appréhension en constatant qu'il n'y avait personne. Je risquai un coup d'œil sous les portes des trois cabines. Pas de chaussures rouges 42 fillette. Que je suis bête, me dis-je. Sugar ne viendrait pas aux toilettes des femmes. C'est un homme, malgré tout. J'entrai dans une cabine et tournai le verrou. J'étais là, assise, à jouir de ma solitude, quand j'entendis la porte d'entrée s'ouvrir. Une nouvelle venue.

Au bout d'un moment, je pris conscience que je n'entendais aucun des bruits habituels. Les pas s'étaient arrêtés vers le milieu de la pièce. Pas de déclic de sac à main qu'on ouvrait. Pas d'eau qui coulait. Pas d'ouverture et de fermeture d'une autre cabine. Quelqu'un s'était immobilisé au centre de la pièce et attendait dans le silence. Super. Piégée dans les toilettes, petite culotte aux chevilles. Le pire cauchemar des femmes.

Sans doute mon imagination débridée, me dis-je. Je pris une profonde inspiration, m'efforçant de calmer mon cœur qui battait en accéléré... mais il fit la sourde oreille et j'avais l'impression d'avoir la poitrine en feu. Je fis mentalement l'inventaire du contenu de mon sac et me rendis compte que ma seule arme véritable était une minibombe lacrymo.

J'entendis le raclement de talons hauts sur le sol carrelé et une paire de chaussures entra dans mon champ de vision. Rouges !

Oh, merde !

Je plaquai ma main sur la bouche pour réprimer un gémissement. Je m'étais levée, rajustée. J'avais le tournis.

— Il est temps de sortir, me cria Sugar.

Je tentais d'attraper mon sac accroché derrière la porte, mais avant que j'en aie eu le temps, le verrou sauta et le battant s'ouvrit à la volée, emportant mon sac dans le mouvement.

— Après tout ce que j'ai fait pour lui ! hurla Sugar, le visage ruisselant de larmes. Le ménage... de bons petits plats... et ça marchait – jusqu'à ce que tu te pointes ! Il m'aimait bien, je le sais ! T'as tout gâché ! Maintenant, il ne pense plus qu'à ton histoire de prime ! Je n'en dors plus la nuit ! J'ai toujours peur qu'il ne lui arrive quelque chose, qu'il se fasse tuer ! Il n'a pas à jouer au chasseur de primes !

Il tenait un revolver dans une main et, de l'autre, il essuyait ses larmes. Ses doigts tremblaient et il me fichait une trouille bleue. Je doutai qu'il soit un tueur, mais un coup de feu accidentel à bout portant est tout aussi mortel qu'un coup de feu intentionnel.

— Vous vous trompez complètement, lui dis-je. Sally ne fait que décoder des messages pour moi. Il ne fait rien de dangereux. En outre, il vous aime vraiment beaucoup. Il vous trouve formidable. Il est dans la salle. Il vous a cherché toute la nuit.

— J'ai pris une décision, dit Sugar. Voilà comment les choses vont se passer. Je vais me débarrasser de vous. C'est mon seul moyen de protéger Sally. C'est mon seul moyen de le récupérer.

Avec son revolver, il fit un signe en direction de la porte.

— Dehors.

Une bonne chose, me dis-je. Sortir, c'était ma chance. Quand nous traverserions la salle, Ranger le tuerait. Je me dirigeai à pas prudents vers la porte et sortis dans le couloir, lentement, ne voulant surtout pas effrayer Sugar.

— Non, non, me dit-il. Pas par là. (Il désigna la porte à l'autre bout du couloir.) Par *là*.

Zut.

— Et je te conseille de ne rien tenter de débile, sinon je te bute. J'en suis capable, tu sais. Je suis prêt à tout pour Sally.

— Vous avez suffisamment d'ennuis comme ça. Vous ne voudriez tout de même pas ajouter le meurtre à la liste.

— Justement, si. Je suis allé trop loin. Je suis recherché par tous les flics de Trenton. Et tu sais ce qui va m'arriver quand je serai derrière les barreaux ? Personne ne me fera de cadeau. Autant aller directement dans le couloir de la mort. Il paraît qu'on peut avoir la téloche, là-bas.

— Oui, mais au final, vous mourrez !

Ses sanglots redoublèrent, mais son rimmel ne coula pas. Il s'y connaissait en maquillage, le bougre !

— Assez discuté, dit-il en armant le chien de son arme. Dehors. Vite. Ou je te descends ici. Je te jure que je le ferai.

J'ouvris la porte et regardai à l'extérieur. À droite : le petit parking des employés ; à gauche : deux bennes à ordures. Une ampoule nue éclairait à elle seule tout l'arrière du club. Au-delà des bennes : une allée goudronnée, puis un carré de pelouse et le Dépotoir. L'endroit idéal pour me tuer, me dis-je. C'est privé, les bruits ne portent pas et Sugar a plusieurs portes de sortie... il peut même repasser par le club.

Mon cœur battait à tout rompre et j'avais le cerveau flagada.

— Attendez une seconde, Sugar. J'ai oublié mon sac à l'intérieur.

Il referma la porte dans son dos.

— T'as pas besoin de sac là où tu vas.

— Où est-ce que je vais ?

— Je n'en sais rien. Là où on va quand on est mort. Grimpe dans la benne que je te bute.

— Quoi ? Mais vous êtes tombé sur la tête ! Il est hors de question que je grimpe dans la benne. C'est dégoûtant.

— Comme tu voudras. Dans ce cas, je vais te buter ici.

Il me visa... appuya sur la détente... eeeeet... *clic*.

Pas de balle dans la chambre. Procédure de sécurité standard.

— Crotte ! pesta Sugar. Il faut toujours que je fasse tout de traviole !

— C'est la première fois que vous vous servez d'une arme à feu ?

— Oui. Mais ça ne paraissait pas si compliqué que ça. (Il examina son revolver.) Aaaaah, fit-il. Je vois. Le type qui me l'a prêté a mis une cartouche en moins dans le barillet.

Il me visa, mais avant qu'il ait le temps d'appuyer une nouvelle fois sur la détente, je bondis derrière une benne. *Bang, zing*. Une balle toucha la benne. *Re-bang, re-zing*. Nous étions tous deux si paniqués que nous faisions n'importe quoi. Je courais entre les bennes comme un canard de stand de tir et Sugar tirait sur des ombres.

Il fit feu cinq fois de suite, puis j'entendis le *clic* révélateur. Son barillet était vide. Je risquai un coup d'œil hors de ma cachette.

— Oh, crotte, fit-il. Je suis tellement nul que je ne suis même pas fichu de tirer sur quelqu'un. Flûte !

Il plongea la main dans sa pochette rouge et en tira un couteau.

Il se tenait devant la porte de service. Je n'avais que deux solutions : faire le tour du bâtiment en courant comme une dératée ou bien piquer un sprint à travers la pelouse jusqu'au Dépotoir. Sugar était plus athlétique que moi, mais il était en jupe et talons aiguilles, et moi en short et baskets.

— Je ne renonce pas ! me cria-t-il. Je te tuerai à mains nues s'il le faut. Je t'arracherai le cœur !

Tout cela ne me disait rien qui vaille, aussi m'élançai-je à toute vitesse sur la pelouse en direction du Dépotoir. J'y étais déjà allée. Il y avait toujours un vigile en faction à cette heure de la nuit. L'entrée était bien éclairée. Il y avait deux portes vitrées, puis le bureau du vigile et, au-delà, le hall où les personnes âgées s'asseyaient.

J'entendais Sugar qui peinait derrière moi, haletant, me hurlant de m'arrêter pour qu'il puisse me tuer.

J'entrai en trombe dans la tour, appelai le vigile à pleins poumons, mais aucun vigile ne surgit de nulle part. Je regardai par-dessus mon épaule et vis le couteau fondre sur moi. Je me poussai vivement et la lame se planta dans la manche de mon maillot « Rangers ».

Les canapés du hall étaient occupés par des personnes âgées.

— Au secours ! glapis-je. Appelez la police ! Allez chercher le vigile !

— Plus de vigile, m'expliqua une femme. Restrictions budgétaires.

Sugar se jeta de nouveau sur moi.

Je fis un bond de côté, m'emparai de la canne d'un vieil homme et me mis à cingler l'air en direction de Sugar.

Je fais partie des gens qui s'imaginent qu'ils agiraient en héros lors de catastrophes. Je sauverais des enfants prisonniers d'un autocar en équilibre précaire sur un pont au-dessus du vide. Je dispenserais les premiers soins lors d'accidents de la route. J'irais récupérer des gens coincés dans une tour en flammes. En réalité, dans les situations de crise, je perds totalement mon sang-froid et, si les choses tournent bien, je n'y suis absolument pour rien.

Je cinglai donc l'air aveuglément en direction de Sugar. J'avais le nez qui coulait, je poussais des grognements d'animaux et, par le plus grand des hasards, la canne toucha le couteau et l'envoya valser dans les airs.

— Espèce de salope ! hurla Sugar. Je te hais ! Je te hais !

Il bondit sur moi et nous roulâmes par terre.

— De mon temps, dit un vieux, on n'aurait jamais vu deux femmes se battre comme ça. C'est à cause de toute la violence qu'on voit à la télévision. Voilà le résultat !

Je faisais des roulés-boulés avec Sugar tout en hurlant : « Appelez la police, mais appelez la police ! » Sugar m'empoigna par les cheveux et me les tira très fort. Je me cambrai, et je réussis à lui flanquer un coup de genou dans les testicules, les lui faisant remonter de dix bons centimètres. Il me lâcha, roula sur lui-même en position fœtale et vomit.

Je me laissai tomber sur le dos, levai les yeux et vis Ranger qui me regardait, tout sourire.

— Tu as besoin d'aide ?

— J'ai mouillé ma culotte ?

— Apparemment pas.

— Ouf.

Ranger, Sally et moi, sur le trottoir devant la maison de retraite, regardions la police embarquer Sugar. Je ne tremblais presque plus, mes genoux écorchés ne saignaient plus.

— Et maintenant, comment je vais faire pour mettre mon corset ? dit Sally. Tout seul, je n'y arriverai jamais ! Et pour me maquiller ?

— Dur dur d'être drag-queen, dis-je à Ranger.

— Comme tu dis.

On regagna le parking du club et nos voitures respectives. La nuit était humide, le ciel sans étoiles. La climatisation ronronnait sur le toit de la boîte, des échos de musique et de conversations se déversaient par la porte ouverte. Sally hochait machinalement la tête en rythme. Je le chargeai dans la Porsche et remerciai Ranger.

— C'est toujours un plaisir de te voir en pleine action, me dit-il.

Je quittai le parking et roulai en direction d'Hamilton. Remarquant la blancheur de mes doigts sur le volant, je fis un effort pour me détendre.

— Mince, je suis en superforme, dit Sally. Si on allait en boîte ? J'en connais une super à Princeton.

J'avais failli me faire tuer, me faire taillader et me faire étrangler. Je ne me sentais pas particulièrement en superforme. J'avais envie de m'asseoir dans un endroit tranquille, sans risque, et de manger les biscuits de ma maman.

— Il faut que je parle à Morelli, dis-je. Je déclare forfait pour la boîte, mais tu peux y aller seul. Tu n'as plus à t'inquiéter de Sugar.

— Le pauvre. Ce n'est pas vraiment quelqu'un de mauvais.

Sans doute, mais j'avais tout de même du mal à éprouver de la sympathie pour lui. Il avait détruit ma voiture, mon appart et avait tenté de me tuer. Et, comme si ce n'était pas suffisant, il avait abîmé mon maillot « Gretzky Rangers ». Peut-être serai-je plus généreuse demain, me dis-je, quand j'aurai retrouvé ma bonne humeur. Pour l'heure, j'étais plutôt grincheuse.

Je m'engageai dans Chambers Street et mis le cap sur la tanière de Morelli. La camionnette n'était plus dans la rue, et je ne vis pas sa moto. La lumière brûlait au rez-de-chaussée. J'en conclus qu'il était au courant de l'arrestation de Sugar et qu'il avait arrêté sa surveillance. Je pris les biscuits avant de m'extirper de la Porsche.

Sally se glissa sur le siège du conducteur.

— À plus, mec, me dit-il en démarrant pied au plancher.

— À plus, lui répondis-je.

Mais il avait déjà disparu.

Je frappai à la porte moustiquaire.

— Ho-ho ! criai-je par-dessus le son de la télé.

Morelli arriva sans se presser et m'ouvrit la porte.

— C'est vrai que tu te roulais par terre dans le hall de la maison de retraite ?

— Tu es au courant ?

— Ma mère m'a téléphoné pour me dire que Thelma Klapp l'avait appelée pour lui raconter que tu avais fichu une dérouillée sévère à une jolie blonde. Thelma a ajouté que, vu que tu es enceinte, tu ne devrais pas te rouler par terre comme ça.

— La jolie blonde était un homme.

— Qu'est-ce que tu as dans ton sac ? s'enquit Morelli.

Il pouvait sentir des biscuits à plus d'un kilomètre. J'en pris un et le lui tendis.

— Il faut que je te parle, lui dis-je.

Morelli se laissa tomber sur le canapé.

— Je t'écoute.

— Au sujet de Francine Nowicki, la mère de Maxine...

Il se figea.

— Là, je t'écoute pour de bon. Alors, que veux-tu me dire au sujet de Francine Nowicki ?

— Elle a encore écoulé un faux billet de vingt. Et d'après mon informateur, elle en avait toute une liasse.

— Voilà donc pourquoi tu tenais tant à ce qu'on la surveille. Tu penses qu'elle est mêlée à cette affaire de contrefaçon et qu'elle va s'enfuir... en compagnie de Maxine.

— Je pense que Maxine est peut-être déjà partie.

— Pourquoi t'intéresses-tu tant à elle si tu crois que Maxine est partie ?

Je croquai dans un autre biscuit.

— Je ne suis pas absolument sûre qu'elle soit partie. Et peut-être n'est-elle pas partie au point que je ne puisse pas la trouver...

— Surtout si sa mère ou ses amies la balancent.

J'opinai.

— Il y a toujours cette possibilité. Alors, qu'en dis-tu, je peux utiliser ton pick-up ?

— Si elle est toujours là demain matin, je placerai une camionnette en faction.

— Elle a rendez-vous chez son médecin à trois heures.

— Qu'est-ce qui t'a décidée à m'en parler ?

Je m'enfonçai un peu plus dans le canapé.

— J'ai besoin d'aide. Je n'ai pas l'équipement adéquat pour effectuer une surveillance efficace. Et puis, je suis fatiguée. Je n'ai pas fermé l'œil de la nuit et j'ai eu une journée cauchemardesque. L'autre fou a vidé un chargeur sur moi ce soir, puis il m'a poursuivie avec un couteau à la main. J'ai horreur qu'on me fasse ce coup-là !

J'essayai de manger un autre biscuit, mais je tremblais tant que j'avais du mal à le porter à ma bouche.

— Regarde-moi : je suis une loque !

— Trop-plein d'adrénaline, commenta Morelli. Dès qu'elle se dissipera, tu dormiras comme une morte.

— Ne dis pas ça !

— Tu te sentiras mieux demain matin.

— Peut-être. En attendant, je te serais reconnaissante de toute aide que tu pourrais m'apporter.

Morelli se leva et épousseta des miettes de biscuits.

— Je vais me chercher un verre de lait, dit-il. Tu en veux un ?

— Bien sûr.

Je m'étendis de tout mon long sur le canapé. Morelli avait raison au sujet de l'adrénaline. J'avais cessé de trembler et maintenant j'étais épuisée.

À mon réveil, je ne savais plus trop où je me trouvais, puis je me rappelai que je m'étais endormie sur le canapé de Morelli. Et voilà que c'était le matin. Le soleil entrait à flots par les fenêtres côté rue et je sentis une odeur de café frais venant de la cuisine. Morelli m'avait déchaussée et recouverte d'une couette légère. Avant d'éprouver trop de reconnaissance à son égard, je vérifiai rapidement que mes vêtements étaient intacts.

Je gagnai la cuisine en traînant les pieds et me servis du café.

Morelli fixait son revolver à son ceinturon.

— Il faut que je file, dit-il. J'ai appelé ta mère hier soir pour la prévenir que tu étais là. J'ai pensé qu'elle pourrait s'inquiéter.

— Je te remercie. C'est gentil de ta part.

— Sers-toi, fais comme chez toi. S'il arrive quoi que ce soit aujourd'hui, tu peux me biper.

— Tu vas surveiller Nowicki ?

Morelli se figea.

— Elle a filé. J'ai fait vérifier hier soir. Elle n'est pas chez elle.

— Zut !

— On peut encore la rattraper. J'ai lancé un avis de recherche. Le ministère des Finances a les moyens.

— Et son médecin...

— Nowicki a annulé son rendez-vous hier.

Il avala d'un trait le fond de son café, posa sa tasse dans l'évier et partit. Il s'arrêta au milieu du salon et fixa ses chaussures pendant quelques instants. Il cogitait. Il hocha la tête, revint à la cuisine à grands pas, m'attira contre lui et m'embrassa. Jeux de langues, jeux de mains...

— Bon Dieu, marmonna-t-il en s'écartant de moi. Je ne suis vraiment pas en forme, moi.

Et le voilà parti.

Quand j'entrai dans la cuisine, ma mère leva vers moi un regard interrogateur. Alors ? semblait-elle me demander, tu as couché avec lui ?

Ma grand-mère était attablée devant une tasse de thé. Mon père n'était pas en vue. Sally trônait en bout de table, mangeant des biscuits aux pépites de chocolat, portant une fois de plus mon peignoir.

— Salut, mec, me lança-t-il.

— Sally nous a raconté votre soirée d'hier, me dit ma grand-mère. Oh, ce que je regrette de n'avoir pas été là. Sally disait que tu avais été explosive.

— Tout de même, s'emporta ma mère, tu n'aurais pas pu aller faire ça ailleurs qu'à la maison de retraite ? Où avais-tu la tête ? Tu sais comment sont les personnes âgées : de vraies pipelettes.

— On a reçu trois coups de téléphone ce matin, poursuivit ma grand-mère. C'est la première fois que je peux m'asseoir et boire mon thé. C'est comme si on était des stars de cinéma !

— Alors, quoi de neuf ? demandai-je à Sally. Tu as des projets aujourd'hui ?

— Déménager. Hier soir, je suis tombé sur des copains qui cherchent un nouveau colocataire. Ils ont une maison à Yardley.

— Mince, soupira ma grand-mère. Ça va me manquer de ne plus vous voir en peignoir rose.

Je traînassais en attendant que Sally soit parti, puis je me douchai et rangeai ma chambre. L'idée d'avoir perdu la trace de Mme Nowicki ne me plaisait pas du tout. Tout ça parce que j'avais trop attendu pour dire à Morelli ce que je savais.

— *Fait chier !* criai-je.

Il ne manquerait plus que Joyce Barnhardt arrête Maxine.

— *Merde !*

Ma mère frappa à la porte de ma chambre.

— Tu vas bien ? demanda-t-elle.

Je lui ouvris.

— Non, je ne vais pas bien. Je me suis plantée sur cette affaire, et maintenant j'ai peur que Joyce Barnhardt ne fasse l'arrestation à ma place.

Ma mère inhala en pinçant les narines.

— Joyce Barnhardt ! Elle est bête comme ses pieds ! Tu vaux mieux que Joyce Barnhardt !

— Tu crois ?

— Va donc réparer la gaffe que tu penses avoir commise. Je suis sûre que ce n'est pas si grave que ça. La femme que tu recherches doit bien être quelque part. Les gens ne disparaissent pas comme ça.

— Ce n'est pas aussi facile. Je n'ai plus aucune piste.

À l'exception de Bernie, le chaud lapin dealer de drogue que je n'avais pas une envie folle de revoir.

— Tu en es absolument sûre ?

En fait, non.

— Tu as raison, dis-je. Ça ne mange pas de pain d'aller vérifier deux ou trois trucs.

Je pris mon sac à bandoulière et fonçai vers l'escalier.

— Tu rentres dîner ? me demanda ma mère. Poulet rôti et tarte aux fraises au dessert.

— Oui, je serai là.

Mon enthousiasme descendit d'un cran quand je vis la Buick qui m'attendait. Dur, dur d'être Wonder Woman au volant d'une Buick. Ce serait beaucoup plus facile à moto... sur une Duc, par exemple.

Je me coulai sur la grande banquette avant et jetai un coup d'œil par-dessus le volant au capot bleu pastel qui s'étendait à l'infini devant moi. Je mis le contact. *Bzzzzuuuup.* Le moteur tourna et la voiture gravit la rue.

Morelli avait couvert la maison de Nowicki, mais pas celle de Margie. Il y avait une toute petite chance que Mme Nowicki soit chez Margie.

Mes espoirs battirent de l'aile quand je me garai devant chez Margie. Ni sa voiture ni celle de Mme Nowicki n'étaient là. Je gagnai la porte. Fermée à clé. Je frappai. Personne ne vint m'ouvrir. Je fis le tour de la maison et regardai à travers les vitres. Aucun signe de vie. Pas de bols sur le comptoir de la cuisine. Pas de chaussettes traînant par terre. Pas de chat roulé en boule sur un fauteuil. La voisine n'avait pas surgi de chez elle. Peut-être s'était-elle habituée à me voir espionner...

Je traversai la pelouse et frappai chez la voisine.

De prime abord, elle parut perplexe, puis elle me reconnut.

— Vous êtes l'amie de Margie !

— Oui, et je suis toujours à sa recherche.

— Vous venez de la rater. Elle est restée chez elle toute la journée et elle est repartie.

— Vous savez où elle est allée ?

— Je ne le lui ai pas demandé. J'ai supposé qu'elle retournait à la plage.

— Bon, eh bien, merci. Je tomberais bien sur elle un de ces jours.

Je regagnai ma voiture et me fustigeai pendant quelques minutes.

— Idiote, idiote, i-diooooote !

J'étais sur la route, alors je me dis : Bah, pourquoi pas, je vais faire un dernier effort et repasser par chez la mère de Maxine. Histoire de retourner toutes les pierres.

Pas de voiture devant la maison là non plus, mais je me garai tout de même et gagnai la porte. Je frappai. Le battant s'ouvrit.

— Il y a quelqu'un ? criai-je.

Pas de réponse. Je passai d'une pièce à l'autre et fus soulagée de ne découvrir personne qui soit mort, scalpé ou haché menu.

La mère de Maxine ne vivait pas dans le confort. Le matelas du lit à deux places était piteusement défoncé en son milieu. Les draps étaient usés jusqu'à la trame. Un dessus-de-lit fané et parsemé de brûlures de cigarettes servait de couverture. Les meubles étaient vieux, éraflés, en manque de cire ; les tapis salement poussiéreux. L'évier était taché et écaillé ; la poubelle de la cuisine pleine de bouteilles d'alcool. Une odeur de tabac et de moisi imprégnait toute la maison.

Je ne trouvai aucun mot griffonné à la hâte indiquant un projet de voyage. Pas de magazine écorné à une page de pub pour une croisière organisée. Pas de faux billets de vingt oubliés par inadvertance. Mme Nowicki était partie sans idée de retour. À mon avis, le fait qu'elle n'ait pas fermé sa porte à clé en était la preuve flagrante. Minables vandales, prenez donc toutes ces merdes, semblait dire la porte. Elle a mis les bouts.

Je regagnai la Buick en m'efforçant de reconstituer le puzzle, mais je n'avais pas suffisamment de pièces. Une chose dont j'étais sûre : Margie, Maxine et sa mère se serraient les coudes. Je savais aussi que Francine

Nowicki avait un tas de faux billets de vingt. Je soupçonnais Eddie Kuntz de vouloir retrouver Maxine pour une autre raison que de prétendues lettres d'amour. Et je savais que quelqu'un était prêt à tuer pour avoir des infos sur Maxine.

Je me dis que l'élément le plus troublant de toute cette affaire, c'était la disparition d'Eddie Kuntz. Quatre jours qu'il manquait à l'appel. Il aurait déjà dû être rejeté par la marée.

Bon, songeai-je. Je suis passée chez Margie et chez Maxine. Autant que j'aille aussi jeter un œil chez Kuntz. Le problème, c'était que je n'avais pas envie de me frotter une nouvelle fois à Betty et à Léo. Ça finissait par devenir désagréable. Bien sûr, je pouvais toujours passer devant chez eux en voiture et ne pas m'arrêter.

Je fis démarrer la Buick et roulai en vitesse de croisière jusqu'à Muffet Street. Je m'arrêtai devant chez les Glick. Apparemment, personne dans aucune partie de la maison. Pas de Lincoln Town garée le long du trottoir. J'avais des fourmis dans les doigts. Je mourais d'envie d'aller voir si la porte d'entrée de chez Kuntz allait s'ouvrir devant moi comme celle de chez Francine. *Vu qu'il n'y a personne alentour, je pourrais peut-être même lui donner un petit coup de pouce.*

Mon cœur faisait des claquettes. Stéphanie, Stéphanie, Stéphanie, ne pense plus à ce que tu penses ! Et si tu te fais surprendre ? *Bon, c'est sûr. Me faire choper dans la maison, ce serait déprimant...* J'avais besoin de quelqu'un qui fasse le guet. J'avais besoin de l'aide de Lula. L'agence était à dix minutes de là.

Je pêchai mon téléphone portable et appelai.

— Ouais, pas de problème, me dit Lula. Je suis douée pour faire le pied de grue. J'arrive.

— Je vais essayer d'entrer dans la maison. Je prends mon portable. Tu restes sur le trottoir d'en face, très cool, et tu m'appelles si tu vois Betty ou Léo. Comme ça, je pourrais sortir par la porte du fond.

— Tu peux compter sur moi.

Je roulai jusqu'à l'angle de la rue suivante, tournai

et me garai. Puis, je marchai jusque chez les Glick et gravis les marches de la véranda. Par acquit de conscience, je frappai à la porte. Pas de réponse. Je regardai par la vitre. Personne. Je répétai les mêmes opérations côté Kuntz. La porte était fermée à clé. Je fis le tour de la maison au petit trot. Pas de chance de ce côté-là non plus. J'aurais dû appeler Ranger, pas Lula. Il avait le don de faire céder les serrures. Avant je trimballais toujours un jeu de passe-partout, mais comme je n'arrivais jamais à m'en servir, j'avais fini par le mettre au clou.

Je lançai un coup d'œil par la fenêtre à côté de la porte de derrière. Entrouverte ! Pas d'air conditionné côté Kuntz. Nul doute qu'on pouvait faire cuire du pain par terre. Je descendis de la véranda à pas de loup et poussai la fenêtre. Coincée. Je regardai autour de moi. Aucune activité alentour. Pas de chiens aboyant, pas de voisins arrosant leur gazon, pas d'enfants jouant. Il faisait trop chaud. Tout le monde était à l'intérieur, regardant la télé dans son salon climatisé. Tant mieux pour moi.

Je tirai discrètement une poubelle jusque sous la fenêtre et grimpai dessus. Je me mis en équilibre sur les genoux et donnai un grand coup dans le châssis à guillotine qui *ZZZING !* se souleva d'un coup. Je n'entendis personne crier : « Hé, vous ! À quoi vous jouez, là ? », aussi me dis-je que tout baignait. C'est vrai, ce n'était pas comme si j'entrais par effraction puisque je n'avais rien cassé.

Je rabattis le châssis et courus dans la pièce sur rue pour m'assurer que les Glick n'étaient pas revenus. Ne voyant pas leur voiture, je me détendis un brin et mon rythme cardiaque retomba presque à la normale. Je commençai par l'étage, passant méthodiquement d'une pièce à l'autre. Quand je redescendis, je regardai de nouveau par la fenêtre côté rue et vis la Firebird rouge garée deux maisons plus loin. Je terminai ma fouille par la cuisine. Lait dans le frigo. Dans sa chambre, à l'étage, il y avait un tas de linge sale par terre. Autant de détails qui me donnaient à penser qu'il n'avait pas eu l'intention de partir en voyage.

Je trouvai deux porte-clés dans le tiroir à côté de l'évier. Au premier étaient accrochées une clé de voiture, une clé de la maison, une clé de placard. Au second, il n'y en avait qu'une. Ma mère vivait dans une maison jumelée comme celle-ci, et elle aussi avait deux jeux de clés : l'un pour le double de toutes ses clés ; l'autre pour celle de la maison voisine.

16

Je consultai ma montre. Une demi-heure que j'étais là. Sans doute ne devais-je pas trop forcer la chance, mais je mourais d'envie de faire une visite rapide de la partie Glick de la maison. Cela m'aiderait beaucoup de trouver une demande de rançon sur le comptoir de la cuisine. La clé, dans le tiroir, me soufflait : « Utilise-moi, utilise-moi. » Bon, très bien. Que pourrait-il arriver, au pire ? Que les Glick me surprennent, et que je me sente très gênée. Mais cela ne risquait pas d'arriver puisque Lula faisait le guet.

Je mis la clé dans ma poche, me glissai au-dehors et enfonçai la clé dans la serrure de chez les Glick. Bingo ! Un cliquetis, et la porte s'ouvrit !

Ce qui me frappa d'emblée, ce fut l'arrivée d'air froid. Il faisait quatre ou cinq degrés dans la cuisine de Betty Glick. J'avais l'impression de m'être aventurée dans un frigo. Pas la moindre tache sur le lino. Robinetterie flambant neuve. Plateaux du comptoir en formica évoquant des billots. Le thème général était : cuisine campagnarde. Des cœurs en bois sang de bœuf ou bleu lavande portant des messages de bienvenue étaient accrochés aux murs. Une petite table en sapin était calée contre le mur sous la fenêtre du fond. Le grille-pain était douillettement niché sous sa housse artisanale. Des coqs étaient peints sur des dessous-de-plat et des torchons, et une coupe de couleurs vives, peinte à la main, contenait l'incontournable pot-pourri fleurant l'orange.

Le seul problème, c'est que le pot-pourri ne masquait pas le fait que la cuisine de Betty Glick sentait mauvais. Betty ferait bien de désinfecter son évier, me dis-je. Ou de jeter ses ordures. Je fis une rapide inspection des placards et des tiroirs. Rien d'inhabituel. Pas de rat mort, pas de poulet dévoré par des asticots. La poubelle était nickel et ses parois doublées d'un sac en plastique. Alors, d'où venait cette odeur, bon sang ? Je remarquai un téléphone, mais ne vis pas de répondeur à écouter. Le bloc-notes adhésif posé à côté du téléphone était vierge de tout message. Je regardai dans le frigo et dans le placard à balais qui avait été transformé en garde-manger.

L'odeur était plus forte du côté du placard à balais. Soudain, je compris d'où elle venait. *Oh, menez-moi hors d'ici, mes pieds !* Sauf que mes pieds ne m'obéirent pas. Mes pieds avançaient dangereusement vers l'origine de la pestilence. Mes pieds se dirigeaient tout droit vers la porte de la cave à côté du placard à balais.

Mon téléphone portable était au fond de mon sac, et mon sac accroché à mon épaule. Je vérifiai que la batterie n'était pas à plat. Non. La ligne passait.

J'ouvris la porte de la cave et appuyai sur l'interrupteur.

— Il y a quelqu'un ? criai-je.

Si on me répond, je m'évanouis.

Je m'engageai dans l'escalier sur la pointe des pieds et, arrivée à mi-hauteur, je vis le corps. Je m'étais attendue que ce soit Eddie ou Maxine, mais ce n'était aucun des deux. C'était un homme en costume. Une soixantaine d'années. Mort. Très très mort. Allongé sur une bâche. Aucune trace de sang nulle part. Je n'étais pas un expert légiste, mais à la façon dont ce type avait les yeux hors de la tête et dont sa langue pendillait, je me dis qu'il n'était pas mort de mort naturelle.

Mais qu'est-ce que cela voulait donc dire ? Pourquoi

Betty avait-elle un cadavre dans sa cave ? Je sais que ça peut paraître idiot, mais je trouvais ça d'autant plus bizarre qu'elle était une ménagère hors pair. La cave, insonorisée, était dotée d'un sol dallé. Coin lessive d'un côté ; provisions de l'autre ; du matériel sous une autre bâche. Bref, une cave lambda... à l'exception du cadavre.

Je remontai l'escalier à toute vitesse et jaillis dans la cuisine au moment où Betty et Léo entraient par le côté rue.

— Mais qu'est-ce qui se passe ? fit Léo. Qu'est-ce que ça signifie ?

Je jugeai bon ni de me perdre en explications ni de faire de vieux os dans la cuisine. Je fonçai vers la porte du fond.

PAN !

Une balle me siffla aux oreilles et se ficha dans le chambranle de la porte.

— Arrêtez ! cria Léo. Ne bougez plus !

Il avait posé le carton qu'il portait et me visait avec un semi-automatique. Et, côté maniement d'arme, il avait l'air de mieux s'y connaître que Sugar.

— Si vous tentez d'ouvrir cette porte, je vous dégomme, me dit-il. Et avant que vous mouriez, je vous tranche les doigts !

Je le regardai, yeux exorbités, bouche bée.

— Oh, toi et tes doigts, s'emporta Betty en levant les yeux au ciel.

— Hé, c'est ma marque de fabrique, O.K. ?

— Je trouve ça ridicule. En plus, ça s'est déjà vu dans un film... celui sur le nabot, là... Tout le monde va penser que c'est du plagiat.

— Ben, ils se tromperont. C'est moi qui ai eu l'idée le premier. Je coupais des doigts à Detroit, il y a des années de ça.

Betty ramassa le carton qu'avait lâché Léo et alla le poser sur le comptoir de la cuisine. Je lus le texte imprimé sur le côté. C'était une tronçonneuse neuve. Black & Decker, deux chevaux, portative.

Hiiii !

— Vous n'allez pas le croire, dis-je, mais il y a un cadavre dans votre cave. Je pense que vous devriez appeler la police.

— Vous savez, quand les choses commencent à mal tourner, tout s'en va en eau de boudin, répondit Léo. Vous n'avez jamais remarqué ?

— Qui est-ce ? demandai-je. Le type, en bas.

— Nathan Russo, puisque vous tenez à le savoir. On faisait équipe, mais il devenait nerveux. J'ai dû le calmer.

Mon téléphone portable sonna au fond de mon fourre-tout.

— Bon sang, dit Léo, c'est quoi, ça ? Un de ces portables à la noix ?

— Oui. Il vaudrait mieux que je réponde. Ça pourrait être ma mère.

— Posez votre sac sur le comptoir.

Je m'exécutai. De sa main libre, Léo fouilla dedans, trouva le téléphone et le coupa.

— C'est vraiment galère, soupira-t-il. C'était déjà compliqué de devoir se débarrasser d'un corps, maintenant il va falloir se débarrasser de deux.

— Je t'avais dit de ne pas faire ça dans la cave, s'emporta Betty. Je te l'avais dit !

— J'étais pressé, rétorqua Léo. Je n'avais pas beaucoup de temps. Je n'ai pas remarqué que tu m'aies beaucoup aidé à réunir le fric. Tu crois que c'est facile ?

— Ma question va peut-être vous paraître idiote, dis-je, mais où est passé Eddie ?

— Eddie ! s'écria Léo en levant les bras au ciel. Rien de tout cela ne serait arrivé sans ce bon à rien !

— Il est jeune, voilà tout, dit Betty. Il n'est pas mauvais, dans le fond.

— Jeune ? se récria Léo. Il m'a ruiné ! Le travail d'une vie... pfff ! S'il était là, je le tuerais aussi.

— Je ne veux pas entendre ce genre de choses. Il est de notre sang.

— *Ha !* Attends d'être à la rue parce que notre bon

à rien de neveu aura claqué tout notre argent ! Attends de devoir aller à la maison de retraite ! Tu crois qu'on va t'y accepter sur ta bonne mine ? Non, ma petite dame !

Betty posa son cabas sur la table de la cuisine et commença à en sortir les provisions. Jus d'orange, pain, céréales, un sachet de sacs-poubelle triple épaisseur format géant.

— On aurait dû en acheter deux, dit-elle en désignant le sachet.

Je déglutis avec peine. J'avais ma petite idée sur ce qu'ils comptaient faire avec les sacs-poubelle et la tronçonneuse.

— Alors, retourne en acheter, lui dit Léo. Moi, je vais commencer par la cave en t'attendant. On a oublié la sauce pour la viande. Je veux faire griller des steaks ce soir.

— Mon Dieu, m'écriai-je, comment pouvez-vous penser à faire des grillades avec un cadavre dans votre cave ?

— Il faut bien se nourrir, non ?

Betty et Léo se tenaient dos à la fenêtre latérale. Je risquai un coup d'œil par-dessus l'épaule de Léo et vis la tête de Lula apparaître puis disparaître vivement, en un dodelinement de tresses emperlées.

— T'as pas entendu un cliquetis bizarre ? demanda Léo à Betty.

— Non.

Ils tendirent l'oreille.

La tête de Lula refit surface.

— Ça recommence !

Léo se retourna, mais Lula avait disparu.

— Tu as des hallucinations auditives, dit Betty. Tu es trop stressé. On a besoin de vacances. On devrait aller dans un endroit amusant, à Disney World.

— J'entends ce que j'entends. Et j'ai entendu quelque chose.

— Bon, allez, tue-la, et vite, dit Betty. Je n'aime pas

qu'on reste là, comme ça. Et si un voisin arrive à l'improviste ? On aura l'air de quoi ?

— À la cave, m'ordonna Léo.

— Et ne mets pas de désordre, lui dit Betty. Je viens de tout laver en bas. Étrangle-la comme Nathan. Ça a été efficace.

C'était la deuxième fois en vingt-quatre heures qu'on me menaçait d'un revolver. J'étais à bout. J'oscillais entre la terreur glacée et la franche colère. J'avais la peur au ventre, et mon corps ne pouvait obéir à mon envie de saisir Léo par le col de sa chemise et de lui taper la tête contre le mur jusqu'à faire sauter ses plombages.

Lula devait être partie chercher du secours, appeler la police. Il fallait que je gagne du temps, je le savais, mais j'avais du mal à avoir les idées claires. Il faisait froid dans la cuisine de Betty, et je suais à grosses gouttes. C'étaient les sueurs froides de quelqu'un qui se retrouve face à face avec la mort. Encore un peu trop tôt...

— Je ne c-c-com-pr-rrends pas, réussis-je à dire à Léo. Pourquoi tous ces meurtres ?

— Je ne tue que lorsque j'y suis obligé. Je ne suis pas fou. Je n'aurais pas tué la caissière si elle n'avait pas retiré la cagoule de Betty.

— Et elle semblait tellement sympathique, cette petite, dit Betty. Mais que pouvions-nous faire ?

— Moi aussi, je suis sympppppa-thique, dis-je.

— Elle ne nous a même pas donné d'infos, dit Léo. Je lui ai quand même tranché le doigt pour lui prouver que je ne plaisantais pas, mais elle n'a toujours pas voulu parler. Vous vous rendez compte ? Tout ce qu'elle nous a dit, c'est que Maxine était à Point Pleasant. La belle affaire. Point Pleasant. Maxine au milieu de vingt mille personnes.

— C'était peut-être tout ce qu'elle savait.

Léo haussa les épaules.

Je cherchai désespérément une autre question à lui poser.

— Et aussi..., continuai-je. Je ne comprends pas pourquoi vous avez scalpé Mme Nowicki. D'habitude, vous coupez un doigt.

— J'avais oublié ma pince coupante, expliqua Léo. Et tout ce qu'elle avait dans sa baraque, c'était son petit économe. On ne peut pas travailler proprement avec ça. À moins qu'il ne soit superaiguisé.

— Je n'arrête pas de te répéter de prendre du ginseng, dit Betty. Tu perds la mémoire.

La tête de Lula réapparut derrière la fenêtre. Cette fois, elle tenait un revolver à la main. Elle ferma un œil, visa et... PAN ! La vitre vola en éclats et les coqs d'un dessous-de-plat matelassé suspendu à un crochet sur le mur opposé montèrent sur leurs ergots.

— Bon Dieu de bon Dieu ! s'écria Léo en bondissant sur le côté et en se pirouettant vers la fenêtre.

— Lâche ton arme, trouduc ! brailla Lula. Sinon, je t'en fiche une dans les fesses !

Léo tira vers la fenêtre. Lula riposta et dégomma le micro-ondes. Betty et moi plongeâmes sous le comptoir.

Au loin, des sirènes gémirent.

Léo courut à la porte. Lula et lui échangèrent d'autres coups de feu et d'autres insultes. Les gyrophares de voitures de police envoyaient leur lumière stroboscopique à travers la fenêtre du salon. Il y eut d'autres cris.

— Je déteste quand ça dégénère, soupira Betty.

— Ça vous est déjà arrivé ?

— Pas vraiment. C'était plus organisé la dernière fois.

Betty et moi étions toujours sous le comptoir quand Morelli entra.

— Excusez-moi, dit-il à Betty. J'aimerais parler à Mlle Plum en privé.

Betty sortit de sa cachette à croupetons, se redressa et resta plantée au milieu de la cuisine comme si elle ne savait où aller.

Je sortis aussi de ma cachette.

— Tu pourrais peut-être la mettre en garde à vue ? dis-je à Morelli.

Morelli la confia à un policier et me fusilla du regard.

— Mais qu'est-ce qui se passe ici ? J'ai répondu à un appel sur mon alphapage et je tombe sur Lula qui hurle qu'on veut te tuer.

— Bah, il n'a pas pu s'y résoudre.

Morelli plissa les narines.

— C'est quoi, cette odeur ?

— C'est celle d'un cadavre dans la cave. Le coéquipier de Léo.

Morelli pivota sur ses talons et descendit au sous-sol. Quelques minutes plus tard, il resurgit, sourire aux lèvres :

— C'est Nathan Russo.

— Et ?

— C'était lui notre gentil distributeur de faux billets. C'est lui qu'on surveillait.

— Le monde est petit.

— Il y a une planche à billets aussi. Sous une bâche.

Je sentis mon visage se chiffonner et les larmes me monter aux yeux.

— Il voulait me tuer...

— Je sais ce que tu ressens, me dit Morelli.

Il passa un bras autour de mes épaules et m'embrassa sur le front.

— J'ai horreur de pleurer, dis-je. Après, j'ai le visage marbré et le nez qui coule...

— Pour l'instant, tu es plutôt pâle, commenta Morelli. Le type, en bas, a plus de couleur que toi.

Il me guida vers la véranda où Lula faisait les cent pas. Elle donnait l'impression d'être au bord de la crise de nerfs. Morelli me fit asseoir sur une marche et me dit de laisser pendre ma tête entre mes jambes.

Au bout d'une minute, les martèlements qui résonnaient dans mon crâne cessèrent et je n'eus plus envie de vomir.

— Ça va, dis-je. Je me sens mieux.

Lula s'assit à côté de moi.

— C'est la première fois que je vois une Blanche aussi blanche. Carrément blanc de blanc.

— Ne bougez pas, nous dit Morelli. J'ai à vous parler.

— Bien, m'sieur, à vos ordres, chef ! répondit Lula.

Morelli s'accroupit près de moi et me dit, baissant d'un ton :

— Tu n'étais pas entrée dans cette maison illégalement, hein ?

— Non. (Je secouai énergiquement la tête pour confirmer mes dires.) La porte était ouverte. On m'a invitée à entrer. Le vent a poussé le battant...

Morelli fronça les sourcils.

— Ça ne te ferait rien de choisir une version ?

— Laquelle tu préfères ?

— Bon Dieu, souffla Morelli.

Il retourna dans la maison, maintenant pleine de policiers. Les secours d'urgence venaient d'arriver. Inutilement. Personne n'avait été blessé, et le corps du sous-sol partirait en compagnie du légiste dans un véhicule mortuaire. Des voisins s'étaient rassemblés sur le trottoir à côté de l'ambulance. D'autres, sur le trottoir d'en face, étaient sortis sur leur véranda. Betty et Léo étaient chacun assis dans une voiture de police. On les avait séparés pour les interroger.

— Merci d'être venue à mon secours, Lula. Dis donc, tu as bien eu le dessous-de-plat. En plein dans le mille !

— Oui, sauf que c'était Léo que je visais. Désolée de pas t'avoir appelée à temps, mais mon portable passait plus. Une chance que j'aie pu avoir Morelli tout de suite.

Au coin de la rue, une jeep noire s'arrêta dans un crissement de pneus et un homme nu en bondit.

— Nom de Dieu ! s'écria Lula. Je le reconnais, cet enfoiré de nudiste !

Je me relevai et me mis à courir. L'enfoiré de nudiste n'était autre qu'Eddie Kuntz ! Quand il vit la foule devant chez lui, il se précipita derrière un massif d'arbustes. Je pilai à sa hauteur et le regardai. Kuntz était tatoué de la tête aux pieds de messages hauts en couleur tels que « Stylo bite », « Violent conjugal », « Enculé de première ».

— Oh, mon Dieu ! dis-je en faisant de mon mieux pour qu'il ne prenne pas mon cri du cœur pour une réaction devant son équipement personnel.

Kuntz était en rage.

— Elles m'ont pris en otage ! Elles m'ont tatoué tout le corps !

— Je pense qu'elles ont été généreuses avec leur « Stylo bite », dit Lula qui m'avait rejointe. Je parie que « Rognure de gomme » aurait été plus proche de la réalité.

— Je la tuerai, dit Kuntz. Je vais la retrouver et je la tuerai.

— Maxine ?

— Et ne comptez pas sur moi pour vous donner les mille dollars.

— La voiture qui vous a ramené...

— Elle est à l'autre chasseuse de primes. Celle avec les gros nibards. Elle m'a dit qu'elle avait intercepté un appel de la police sur sa radio et qu'elle venait ici. Elle est passée me prendre dans Olden Street. C'est là où Maxine m'avait largué. Devant le 7-Eleven !

— Vous savez où Maxine allait ?

— À l'aéroport. Elles sont toutes les trois. En Honda Civic bleue. Et je retire ce que j'ai dit pour les mille dollars. Si vous me ramenez cette sale conne, je fais de vous une femme riche.

Je pivotai sur mes talons et piquai un sprint vers la Firebird. Lula, à mes basques, martelait le sol pour ne pas se laisser distancer.

— J'en suis ! cria-t-elle.

On sauta dans la voiture et Lula démarra comme une fusée avant que j'aie fermé ma portière.

— Si elles l'ont déposé dans Olden Street, c'est qu'elles ont pris la Route 1, dit-elle.

Elle tourna dans Olden Street sur les chapeaux de roues et fonça en direction de la Route 1 qu'elle prit vers le nord.

J'étais tellement énervée que j'avais oublié de demander à quel aéroport elles allaient. Comme Lula, je supposai qu'il s'agissait de celui de Newark. Je lançai un coup d'œil au compteur de vitesse et vis que l'aiguille tremblotait autour de cent quarante. Lula appuya sur le champignon. Je m'arc-boutai dans mon siège et détournai le regard.

— Elles l'ont bien eu, ce petit con, pouffa Lula. Ça me fait mal au cœur de devoir arrêter Maxine. On ne peut qu'admirer son style.

— Très créatif, dis-je.

— Supergéant !

En fait, je trouvais ces tatouages un brin excessifs. Eddie Kuntz ne m'était pas particulièrement sympathique, mais je ne pouvais m'empêcher de tressaillir en imaginant Maxine planter des aiguilles dans ses chairs.

J'essayai de repérer la Honda bleue et j'essayais aussi de repérer Joyce. Pas étonnant que Joyce soit tombé sur Eddie Kuntz : dès qu'il y a un homme nu quelque part, Joyce Barnhardt n'est pas loin !

— Là ! criai-je. Sur le bas-côté de la route.

— Je les vois. Apparemment, Maxine s'est fait arrêter par les flics.

Non. Pas par les flics. Par Joyce Barnhardt qui avait collé un gyrophare rouge sur le toit de sa jeep. On s'arrêta derrière elle et on courut voir ce qui se passait.

Joyce tenait Maxine, Mme Nowicki et Margie sous la menace de son revolver. Les trois femmes étaient allongées par terre, jambes écartées, mains menottées dans le dos.

Joyce me fit un grand sourire.

— Tu arrives après la bataille, ma choute. Je viens de les arrêter. Que veux-tu ? Tu es une perdante. C'est dommage.

— Han ! fit Lula en plissant les yeux.

— Tu as menotté trois personnes, Joyce, et seulement l'une d'elles est recherchée par la police. Tu n'as pas le droit de malmener les deux autres.

— Je malmène qui je veux, répliqua Joyce. Tu es juste furax parce que je t'ai damé le pion.

— Je suis furax parce que tu es conne et non professionnelle.

— Fais attention à ce que tu dis. Si tu m'énerves trop, toi et ta Miss Saindoux, vous allez vous retrouver par terre avec ces trois-là. J'ai deux paires de menottes en rab.

— Tu disais quoi, là ? fit Lula. « Miss Saindoux » ?

Joyce pointa son revolver sur Lula et moi.

— Je donne trente secondes à vos gros culs pour qu'ils s'arrachent d'ici. Et vous allez devoir vous chercher un autre boulot, toutes les deux, parce qu'il est clair que je suis la chasseuse de primes numéro un à partir de maintenant.

— Ouais, fit Lula. On ne mérite pas de faire un boulot aussi cool. On pourra peut-être se faire embaucher au nouveau restau qui vient d'ouvrir. Il paraît qu'on peut manger tout ce qu'on veut et autant qu'on veut quand on y travaille. Même les gâteaux sortis du four. Bon, je vais t'aider à mettre ces trois-là dans ta caisse.

Lula aida Maxine à se relever et, quand elle la passa à Joyce, cette dernière poussa un petit cri, genre *hulk*, et s'écroula par terre.

— Oups, fit Lula. Encore un étourdissement.

Bien aidé par quelques volts du boîtier paralysant de Lula.

Un sac marin était posé sur la banquette arrière de la voiture de Joyce. Je fouillai dedans et trouvai les clés des menottes. Je libérai Mme Nowicki, puis Margie.

— Vous êtes libres, leur dis-je. Je n'ai pas le droit de vous arrêter, mais le ministère des Finances vous a dans le collimateur. Vous feriez mieux de vous rappeler à son bon souvenir.

— Ouais, tout juste, dit Mme Nowicki. C'est ce que je vais faire.

Lula épousseta Maxine tandis que Mme Nowicki et Margie dansaient d'un pied sur l'autre sur le bas-côté de la route.

— Et Maxie ? demanda Margie. Vous ne la libérez pas, elle ?

— Navrée. Maxine doit se présenter au tribunal.

— Ne vous en faites pas, dit Maxine à ses compagnes. Ça va s'arranger.

— Ça m'ennuie de te laisser comme ça, lui dit sa mère.

— Pas de problème. Je vous retrouverai quand tout se sera calmé.

Mme Nowicki et Margie montèrent dans la Honda bleue et filèrent.

Joyce, toujours étendue par terre, se mit à tressauter et ouvrit un œil. Je n'avais pas envie qu'on abuse d'elle alors qu'elle était à demi consciente. Aidée de Lula, je la chargeai dans la jeep, puis je pris les clés de la voiture et verrouillai les portières, l'enfermant bien au chaud dans le confort et la sécurité de l'habitacle. Le petit gyrophare rouge tournoyait toujours sur le toit. Je me dis qu'il y avait de fortes chances qu'un policier s'arrête pour voir ce qui se passait. Étant donné que ce gyrophare était illégal, il y avait également de fortes chances que Joyce se fasse arrêter. Mais bon, peut-être pas. Joyce savait s'y prendre pour faire sauter ses contredanses...

Maxine n'était pas d'humeur loquace tandis que nous roulions en direction du poste de police. Je la soupçonnais d'être en train de concocter sa version des faits. Elle faisait plus jeune que sur sa photo. Moins vulgaire. C'est peut-être ce qui arrive quand on tatoue sa rage sur le corps de son ennemi. C'est comme un noyé à qui on fait le bouche-à-bouche : il retrouve sa respiration. Ou peut-être était-ce à cause de sa coupe, de sa décoloration à cent dollars et de son T-shirt de marque. Maxine ne donnait pas l'impression d'être dans le besoin.

Le poste de police de Trenton, bâtisse en brique rouge purement fonctionnelle, est situé au nord de la ville. Le parking fait très sud de Brooklyn : vaste étendue goudronnée entourée de barbelés de trois mètres de haut.

Le but de cette clôture est d'empêcher les vols de voitures de police, mais c'est sans garantie.

On se gara au parking. Deux voitures de police étaient arrêtées devant l'entrée de service à l'arrière du bâtiment. Un policier faisait descendre Léo Glick d'un des véhicules. Celui-ci se tourna vers nous et nous lança un regard mauvais.

— Inutile de provoquer un esclandre, dis-je à Lula. On va passer par-devant, pour que Maxine n'ait pas à affronter Léo. Parfois, lorsque le tribunal siège, je peux amener mon fugitif directement devant ses juges.

Mais la session avait été ajournée. Je remis donc Maxine et son dossier entre les mains du policier à l'accueil.

— J'ai un message pour vous, me dit-il. Morelli est passé il y a cinq minutes et il a laissé ce numéro. Il veut que vous le rappeliez. Vous pouvez téléphoner de la salle commune.

Je composai le numéro et attendis que Morelli prenne l'appareil.

— Vu que tu es au poste, me dit-il, j'en conclus que tu as arrêté Maxine.

— J'arrive toujours à mes fins.

— Tu m'angoisses, là.

— Professionnellement parlant, je voulais dire.

— Il faut que tu me briefes sur ce qui s'est passé ici, chez les Glick.

Je passai sous silence le fait que j'avais utilisé la clé de Kuntz pour pénétrer dans la maison et lui racontai tout le reste.

— Comment se fait-il que tu m'aies rejointe si vite aujourd'hui ? demandai-je.

— J'avais repris la surveillance du 7-Eleven. (Il se tut un instant. J'entendis des voix en fond sonore.) Kuntz se montre très coopératif, reprit Morelli. Il est si furax qu'il est prêt à nous dire tout ce qu'on veut savoir. Maxine était en route pour l'aéroport, c'est ça ?

— Oui. Je l'ai arrêtée sur la Route 1.

— Elle était seule ?

— Non.
— Je t'écoute.
— Elle était avec Margie et Mme Nowicki.
— Et ?
— Et je les ai laissées partir. Je n'avais aucun motif pour les arrêter.

Et je n'avais pas spécialement envie qu'elles le soient. J'avais du mal à croire qu'elles étaient impliquées dans l'affaire de faux billets. D'ailleurs, je n'avais pas eu spécialement envie de livrer Maxine à la police. Ce que je soupçonnais, c'était qu'elles extorquaient de l'argent à Léo et étaient en route pour la belle vie. C'est terrible, je sais, mais quelque chose en moi avait envie qu'elles réussissent.

— Tu aurais dû me prévenir tout de suite. Tu savais que je voulais interroger la mère de Maxine.

Morelli était furieux. Il me parlait de sa voix de flic.

— Tu as autre chose à me dire ? demandai-je.
— Pas pour le moment.

Je tirai la langue au combiné et raccrochai. Je me sentais très adulte.

Mon père, avachi dans son fauteuil, regardait un match de base-ball à la télévision. Ma grand-mère, assise sur le canapé, dormait, le dos très droit, la tête renversée contre le dossier. Ma mère, assise à côté d'elle, faisait du crochet. C'était la scène traditionnelle du soir, et ce rituel avait quelque chose de rassurant. Jusqu'à la maison qui, semblait-il, sombrait dans une stupeur satisfaite une fois que la vaisselle était faite et que le seul bruit audible était les échos télévisuels du match de base-ball.

J'étais dehors, assise sur les marches de la véranda, désœuvrée. J'aurais pu faire quelque chose de très profond, comme penser au sens de ma vie, ou à celle de mère Teresa, ou à la vie en général, mais rien de tout ça ne me branchait vraiment. Ce qui me branchait pour le moment, c'était de m'offrir le luxe suprême de ne rien faire.

Après avoir laissé Maxine au poste, j'étais passée à mon appartement et avais eu l'heureuse surprise de constater que les travaux de réparation étaient en bonne voie. J'étais allée rendre visite à Mme Karwatt et à Mme Delgado, puis j'étais retournée chez Morelli pour rassembler mes effets. Maintenant que tout danger s'était éloigné, rester chez Morelli aurait pu faire croire qu'il y avait une relation entre nous. Or, c'était ça le problème : il n'y avait pas de relation. Il y avait... du sexe, beaucoup de sexe, un zeste d'affection véritable, mais l'avenir était trop lointain, trop incertain. Et pour couronner le tout, Morelli me rendait folle. Morelli m'électrisait sans même avoir à me toucher. Sans parler de mamie Bella. Sans parler de l'armée de spermatozoïdes morelliens qui fonçaient gaillardement dans l'espoir de percer le réservoir de la capote. Ma paupière commença à tressauter. Je posai le doigt dessus. Vous voyez ? Voilà ce que me fait Morelli... jusqu'à ma paupière qu'il fait vibrer.

Il valait encore mieux habiter chez mes parents. Je devais tenir le coup encore quelques semaines chez eux, puis je réintégrerais mon appart et ma vie reviendrait à la normale. Et ma paupière cesserait de tressauter pour un oui ou pour un non !

Bientôt dix heures. Aucune activité dans la rue. Pas un souffle d'air. Le temps s'était rafraîchi. Quelques étoiles unissaient leurs forces pour percer la légère pollution qui nimbait Trenton en vain.

Un basketteur du dimanche dribblait un peu plus bas dans la rue ; les climatisations ronronnaient ; un grillon solitaire stridulait dans le jardin.

J'entendis la plainte d'un moteur de moto, et je me dis qu'il y avait une infime chance que je connaisse le motard. Le bruit était fascinant. Aucun rapport avec les grognements de porc d'un moteur ordinaire plutôt avec le lancement d'une fusée. La moto se rapprochait, et je finis par l'apercevoir sous le réverbère au bout de la rue. C'était une Ducati. Toute de vitesse, de souplesse et de sensualité italienne. Idéale pour Morelli.

Il s'arrêta au bord du trottoir et retira son casque. Il était en jean, bottes et T-shirt noir. Tout à fait le genre d'homme dont les femmes doivent se méfier. Il cala son engin et vint vers moi de sa démarche nonchalante :

— Belle nuit pour s'asseoir dehors.

Ça me rappela la fois, quand j'étais girl-scout, où j'étais assise tout près du feu de camp et où mes boots avaient commencé à prendre feu.

— J'ai pensé que ça t'intéresserait de savoir comment se sont passés les interrogatoires, me dit-il.

Je me penchai vers lui, dévorée par la curiosité. Bien sûr que je voulais savoir !

— Ça a été le festival des grandes canailles, raconta Morelli. Je n'avais jamais vu autant de gens si désireux de s'accuser les uns les autres. Il se trouve que Léo Glick a un casier judiciaire d'un kilomètre de long. Il a grandi à Detroit et a travaillé pour la famille Angio. Comme « intimidateur ». Il y a vingt ans, il a décidé qu'il était trop vieux pour faire un travail musclé, alors il est devenu l'apprenti d'un faussaire qu'il a connu en prison : Joe Costa. Joe avait de très bonnes planches à billets. Léo a passé trois ans avec lui à apprendre le métier et puis, un beau jour, Costa meurt. Léo ne sait pas de quoi.

Je levai les yeux au ciel.

— Oui, dit Morelli. C'est ce que je pense aussi. Bref, Léo et Betty ont quitté Detroit pour Trenton ; au bout de deux ou trois ans, ils ont ouvert boutique. Léo connaissait Nathan Russo de Detroit. Nathan était racketteur pour les Angio. Léo l'a convaincu de déménager et de blanchir de l'argent sale pour lui. Tout était réglé à la perfection. Betty servait d'intermédiaire. Elle faisait tous les échanges dans des ballots de linge... à laver.

— Pas possible, dis-je.

Sourire de Morelli.

— Et Maxine ? demandai-je.

— Maxine était amoureuse de Kuntz, mais Kuntz est un enfoiré de première. Et violent avec les femmes. Maxine n'est pas la première à s'être fait tabasser par lui. Il les humilie par d'autres moyens aussi. Il n'arrêtait pas de dire à Maxine que c'était une sombre idiote. Un jour, ils se sont salement disputés et Maxine s'est tirée en prenant la voiture de Kuntz. Il a voulu lui donner une leçon, a porté plainte pour vol et l'a fait arrêter. Maxine a été libérée sous caution. Elle était folle furieuse. Elle est retournée voir Kuntz, lui a fait du charme mais, en fait, elle ne cherchait qu'une chose : se venger. Kuntz s'était toujours vanté d'être un supergangster et d'avoir monté une méga-affaire de faux billets. Maxine a réussi à le convaincre de lui montrer la planche à billets. Eddie, avec sa cervelle d'oiseau, est allé chez Léo et Betty pendant qu'ils étaient au supermarché et est revenu avec la planche, le livre de comptes et le sac marin plein à craquer de billets de vingt. Alors, Maxine lui a bourré le mou, l'a persuadé d'aller prendre une douche pour être fin prêt pour le second round, et elle s'est tirée avec tout.

— Et Maxine a joué les frimeuses.

— Oui, dit Morelli, Maxine a joué les superfrimeuses. Au début, c'était juste un jeu pour se venger. Faire suer Kuntz, tu vois. Le lancer dans une chasse au trésor infernale. Mais Léo l'a découvert et s'est lancé à la recherche de Maxine dans le pur style de Detroit. Il a interrogé Margie et la mère de Maxine, qui ne savaient rien sur rien.

— En dépit du fait qu'il les ait encouragées en les mutilant.

— Oui. Léo n'est pas un fin psychologue. Il n'a pas encore compris qu'on ne peut pas faire pleurer les pierres. Bref, quand Maxine a appris l'histoire du doigt et du scalp, elle a vu rouge et elle a décidé de mettre sa mère et Margie sur le coup et de décrocher le gros lot. Comme elle avait lu le livre de comptes, elle savait qu'elle avait affaire à Léo. Elle l'a appelé et lui a mis le marché en main. Un million de vrais dollars contre les planches et le livre de comptes.

— Léo disposait-il de cette somme ?

— Apparemment. Bien entendu, Maxine nie la partie chantage de toute l'histoire.

— Où est passé le million ?

Ma question eut l'air de l'amuser beaucoup.

— Personne ne le sait. Je crois qu'il est hors de nos frontières. Il est bien possible qu'on ne puisse retenir contre Maxine que des charges pour vol de voiture et défaut de comparution. Il n'existe aucune preuve concernant le chantage.

— Et le kidnapping d'Eddie Kuntz ?

— Aucune plainte déposée à ce sujet. Si tu avais « Stylo bite » tatoué sur tout le corps, tu crois que tu voudrais que ça se sache ? D'autant plus que la plupart de ces tatouages ne sont pas indélébiles. Le soir où Maxine a enlevé Eddie, elle l'a enfermé dans une pièce en compagnie d'une bouteille de gin. Il s'est soûlé et a perdu connaissance. Et quand il est revenu à lui, c'était Monsieur Tatouages.

Je regardais la Ducati en me disant qu'elle était supergéniale et que, si j'avais une moto pareille, alors c'est moi qui jouerais les superfrimeuses.

Morelli me donna un coup de genou.

— Une balade, ça te dit ?

Bien sûr que ça me disait. Je mourais d'envie de sentir ces cent neuf chevaux entre mes jambes et de mettre les gaz.

— Je peux conduire ? demandai-je.

— Non.

— Pourquoi ?

— C'est *ma* moto.

— Si j'avais une Ducati, je te laisserais conduire.

— Si tu avais une Ducati, il est probable que tu n'adresserais pas la parole à une crapule de mon espèce.

— Tu te souviens quand j'avais six ans et toi huit et que tu m'avais entraînée dans le garage de ton père pour jouer au petit train ?

Morelli plissa les yeux.

— On ne va pas remettre ça sur le tapis, quand même ?

— Ce n'est jamais moi qui conduisais le train, c'était toujours toi. Moi, tu me faisais toujours faire le tunnel.

— J'avais la loco qu'il fallait.

— Tu as une dette envers moi.

— J'avais huit ans !

— Et quand j'avais seize ans et que tu m'as séduite derrière les éclairs au chocolat, à la boulangerie ?

— Oui, et alors ?

— Je n'avais jamais le dessus. Toujours le dessous.

— C'est complètement différent.

— Non, ce n'est pas différent, c'est exactement, la même chose !

— Bon sang, dit Morelli. Allez, monte sur la bécane.

— Tu me laisses conduire, d'accord ?

— Mais oui, tu vas conduire.

Je caressai la moto. Rutilante. Douce. Rouge.

Un second casque était attaché à l'arrière. Morelli le prit et me le tendit.

— Quel dommage de devoir cacher toutes ces jolies boucles, me dit-il.

Je mis le casque et fixai la jugulaire.

— Un peu tard pour les flatteries.

Ça faisait un bail que je n'avais pas conduit de moto. J'enfourchai la Duc et la passai en revue.

Morelli s'assit derrière moi.

— Tu es sûre de savoir conduire une moto ?

Je démarrai et fis ronfler le moteur.

— Oui, j'en suis sûre.

— Et tu as ton permis ?

— Je l'ai passé quand j'étais mariée à Dickie. Il est toujours valable.

Il s'agrippa à ma taille.

— Voilà qui va remettre nos compteurs à zéro, dit-il.

— Loin de là.

— Oh, que si. En fait, cette balade te fera prendre un tel pied qu'après c'est *toi* qui auras une dette envers moi.

Aïe, aïe, aïe.

Première mission

La prime
Janet Evanovich

Stéphanie Plum, jeune trentenaire au chômage depuis six mois, se fait embaucher comme chasseuse de primes dans l'agence de cautionnement de son cousin Vinnie. Sa première mission consiste à retrouver un policier accusé de meurtre, Joe Morelli, qui s'avère être un de ses anciens amants. Lorsqu'elle parvient enfin à lui mettre la main dessus, celui-ci la convainc de l'aider à prouver son innocence…

(Pocket n° 11022)

Trafic de cercueils

Deux fois n'est pas coutume

Janet Evanovich

Cette fois, la chasseuse de primes Stéphanie Plum est chargée de ramener Kenny Mancuso, un trafiquant d'armes inculpé pour coups et blessures, qui ne s'est pas présenté à son procès. Parallèlement, elle est engagée par un ami du fugitif pour retrouver des cercueils ayant disparus dans des circonstances étranges. Pour y parvenir, elle sera obligée de collaborer avec Joe Morelli, un policier parti, lui aussi, à la recherche de Kenny.

(Pocket n° 11023)